태산을 바라보다 望嶽

태산은 무릇 어떠한가
제나라와 노나라는 푸르름 끝없고
조물주는 신묘한 위풍을 모았고
산의 북쪽과 남쪽은 아침저녁을 갈랐다
층층이 일어나는 구름이 가슴 설레게 하니
눈을 부릅뜨고 돌아드는 새를 바라다본다
반드시 정상에 올라
뭇산이 작은 것을 한번 보리라

岱宗夫如何, 齊魯靑未了. 造化鍾神秀, 陰陽割昏曉.
蕩胸生層雲, 決眥入歸鳥. 會當凌絶頂, 一覽衆山小.

未來神武

진조여휘

Fantastic Oriental Heroes

장담 신무협 판타지 소설

진조여휘 5
장담 新무협 판타지 소설

초판 1쇄 찍은 날 § 2006년 1월 12일
초판 1쇄 펴낸 날 § 2006년 1월 22일

지은이 § 장담
펴낸이 § 서경석

편집장 § 문혜영
편집책임 § 서지현
편집 § 유경화 · 심재영

펴낸곳 § 도서출판 청어람
등록번호 § 제1081-1-89호
등록일자 § 1999. 5. 31
어람번호 § 제2-0807호

주소 § 경기도 부천시 원미구 심곡1동 350-1 남성B/D 3F (우) 420-011
전화 § 032-656-4452 팩스 § 032-656-4453
http://www.chungeoram.com
E-mail § eoram99@chollian.net

ⓒ 장담, 2005

ISBN 89-5831-936-4 04810
ISBN 89-5831-770-1 (세트)

진조여휘

Fantastic Oriental Heroes

장담 신무협 판타지 소설

5

호돈의 계절

도서출판 청어람

목차

1장
풍령신주(風靈神珠)

1

휘이이잉……. 콰과과과!!

반 시진 몰아치고 일각을 멈춘다는 풍곡의 바람이 거세게 불어온다. 바람을 거슬러 동굴 앞에 다시 선 휘는 감회 어린 눈으로 동굴의 위를 쳐다보았다.

대기십성(大氣心盛) 천지감(天地瞰) 증혼(增魂)…….

'있을지 없을지는 나도 모른다. 그러나 이 안에서 부는 바람에 풍령의 기운이 서려 있다는 것 또한 사실이다.'

고개를 내리고 동굴 안을 바라보는 휘의 입가로 하얀 미소가 밝게 번져 갔다.

"도사할배께서 보호해 주시는 이상, 풍령주는 새로운 주인을 맞이할 수 있을 것이다."

자기 자신에게 최면을 걸 듯 중얼거리며, 휘는 거센 바람이 쏟아져 나오는 동굴 안으로 걸어 들어갔다.

오 장여를 들어가자 어두워진 동굴 안이 잘 보이지 않았다. 하지만 그것도 잠시, 천양의 기운을 끌어올리자 눈앞의 어둠이 물러가고 길게 뻗은 동굴이 눈앞에 드러났다.

동굴은 그리 깊지는 않았다. 오십여 장을 들어가자 동굴의 끝이 나타나더니 숭숭 뚫린 수십 개의 작은 동혈(洞穴)들이 보였다.

작은 것은 직경이 두 치밖에 되지 않는 것도 있었고, 큰 것은 머리가 들어갈 정도인 것도 있었다. 그 동혈들에서 쏟아져 나온 바람이 계곡 전체를 바람에 휩싸이게 한다는 것이 믿어지지 않을 정도였다.

그러나 휘는 믿지 않을 수가 없었다. 이미 자신이 몸으로 겪고 있는 것이다.

동굴 안에서 느낀 바람의 세기는 몸이 날아가 버릴 정도로 거셌다. 다른 사람이라면 내공을 일으켜 천근추의 공력을 써야만이 견딜 수가 있을 정도였다. 그러나 휘는 군이 천근추로 몸을 고정시킬 필요가 없었다. 그 자신의 몸이 무의식 중에 바람 사이의 결을 가르고 있었던 것이다.

조용히 서서 동혈을 바라보았다. 그리고 동혈에서 뿜어져 나오는 강대한 바람을 느껴보았다. 천양과 지음의 기운을 동시에 끌어올린 채.

'부드럽다.'

첫 느낌은 부드러운 비단이 온몸을 감싸는 듯했다.

'포근하다. 포근한 기운이 천양과 지음 사이를 노니는 것만 같다.'

일각이 지나지 않아 느껴진 두 번째 느낌이었다.

휘는 천양과 지음의 기운을 더욱 강하게 끌어올려 보았다. 그러자 온몸의 모공을 통해 바람의 기운이 스며들더니, 강해진 두 기운을 다스리려 준동하는 풍령의 기운에 힘을 보탠다.

힘이 보태진 풍령의 기운이 순한 양처럼 누그러진 천양과 지음의 기운을 사지백해로 인도한다.

'시원하다. 전신의 탁한 기운이 씻겨 나가는 듯하다.'

세 번째 느낌이 뇌리를 환하게 밝혔다.

지금껏 느껴보지 못했던 새롭고도 신선한 느낌이었다.

영원히 그런 기분 속에 살고픈 욕망이 일어날 정도로 강렬한 쾌감이었다. 그래서 힘을 더 끌어올려 보기로 했다.

점점 더 두 기운을 강하게 끌어올리자 풍령의 기운도 강해졌다. 그럴수록 쾌감도 진해지고, 휘의 표정도 더욱 밝아졌다.

그러던 어느 순간, 두 기운을 더 이상 끌어올릴 수 없을 정도가 되었을 때였다. 천양과 지음의 기운이 두 기운 사이로 스며든 풍령의 기운을 따라 휘돌기 시작했다.

처음에는 천천히 휘돌던 기운이었다. 한데 시간이 지나자 점점 더 속도를 높여간다. 휘도는 속도가 너무나 빨라서 제어하기 힘들 정도다.

한순간이었다. 더구나 빠르게 휘돌던 기운이 힘마저 급격히 키워간다.

독맥에 뭉쳐 있던 천양의 기운이 일시에 분출하고, 기해혈에 잠겨 있던 지음의 기운이 둑이라도 터진 것마냥 거세게 넘쳐흐른다.

그 모든 기운이 가슴에서 만나 휘돌고 있다. 살아 있는 세 마리의 광룡(狂龍)처럼!

"웃!!"

순간, 휘의 눈이 부릅떠졌다. 벌겋게 달아오른 얼굴에선 금방 불길이라도 일어날 듯하다.

'이런! 한 번에 너무 무리했나?'

엄청난 기운이 내부에서 휘돌더니 빠져나갈 구멍을 찾아 위로 솟구친다!

"이익!!"

휘도는 기운을 짓누르려 이를 악물었다!

하지만 그럴수록 기운은 더욱 거세게 솟구쳐 오른다!

뇌리가 하얗게 타 들어가는 고통에 정신이 아득해진다!

전면을 노려봤다. 거센 바람이 쏟아지는 동혈이 아득히 보인다. 찰나, 휘의 입을 뚫고 동굴이 무너질 듯한 광렬한 기합이 터져 나왔다.

"타아앗!!"

전면을 향해 혼신의 힘을 쏟아내는 휘의 표정이 처절하기만 하다.

찰나간에 전신 모공을 통해 휘도는 힘을 방출했다. 그것은 선천의 의지였으며, 본능이었다.

휘의 깊은 곳에 잠자고 있던 본능의 의지가 깨어났다. 의지가 휘의 몸을 보호하기 위해 스스로 움직인 것이다.

콰과과광!!

가늠하기조차 힘든 엄청난 기운의 폭출에 전면의 벽이 가루로 부서져 나간다.

동혈을 통해 쏟아지던 바람이 거꾸로 동혈 안으로 밀려들어 간다!

우르르릉!

동굴이 울음을 터뜨리며 뒤흔들렸다. 전면이 부서지고 깎아지며 무너져 내렸다. 마치 동굴 전체가 무너질 것처럼.

그렇게 동혈이 있던 동굴의 벽면이 무너지자, 때맞춰 세상을 날려 버릴 것 같던 바람마저 시들어 버렸다. 마침내 광란의 바람이 부는 반 시진이 지나간 것이다.

얼마나 지났을까, 뿌옇던 먼지구름이 바닥에 내려앉았다.

휘의 내부를 거세게 휘돌던 기운 역시도 모공을 통해 힘이 방출되자 서서히 안정을 찾아가기 시작했다.

"후아……. 제길……."

사지가 후들후들 떨린다. 전신의 힘이 하나도 남지 않은 듯하다. 일시 지간 힘의 공백 상태가 느껴지자, 휘는 털썩 주저앉아 동굴이 안정을 찾기를 기다렸다.

숨을 몇 번 들이키고 내쉬는 사이에 동굴의 떨림도 잦아들었다.

그제야 휘는 조심스럽게 내부의 기운을 살펴봤다. 행여나 너무 심한 타격을 입지 않았나 걱정하면서. 그런데…….

"응? 뭐야?"

잘못되어 힘을 잃은 것이 아닌지 걱정이 되었건만, 내부의 힘은 조금 전과 다름없이 그대로 남아 있다. 천양의 기운도, 지음의 기운도. 오직 육신만 나른할 뿐이다.

아니, 달라진 것도 있다.

독맥을 오르내리던 천양의 움직임은 종전보다 더 유유(柔流)하고, 지음의 기운이 잠들어 있던 기해의 바다는 더욱더 넓어져 있다. 그리고 가슴에서는 풍령의 기운이 잔잔히 기분 좋게 흐르고 있다.

탈진한 표정으로 멍하니 자신의 변화를 관조하던 휘의 입가에 피식 웃음이 지어졌다.

"큰일날 뻔했네. 훗! 한 번에 너무 많은 욕심을 내면 안 된다고 초 형이나 풍 형한테 항상 주의를 주면서도……. 에휴……."

휘는 자신을 책망하며 전면을 주시했다. 순간, 휘의 눈이 부릅떠졌다.

부서진 암벽의 두께는 족히 다섯 자 이상 되어 보였다. 두꺼운 곳은 일 장에 이른 곳도 있었다.

하지만 휘가 놀란 것은 암벽의 두께 때문이 아니었다. 물론 자신이 무의식 중에 그렇게 두꺼운 바위를 부쉈다는 것 때문도 아니었다. 다름 아닌 무너진 암벽 너머에 보이는 석벽, 정확히는 빙벽(氷壁) 때문이었다.

"맙소사! 동굴에 웬 얼음벽이?!"

가운데가 세 자 넓이로 천장에서 바닥까지 길게 갈라진 빙벽은 휘의 모습이 비칠 정도로 반질거리며 차가운 한기를 내뿜고 있었다.

휘는 그제야 바람이 왜 그렇게 지나칠 정도로 차가웠는지 이해가 되었다. 바람이 저 갈라진 틈에서 불어왔다면, 틈을 통과하는 동안 양옆의 차가운 빙벽으로 인해 한기를 머금게 되었을 터였다.

한데 바람이 과연 갈라진 틈 안에서 불어왔을까? 저 안은 과연 어떻게 생겼을까?

휘는 조용히 내력을 돌려보았다. 별다른 이상은 느껴지지가 않았다. 나른하던 몸도 충만한 기운으로 인해 정상으로 돌아오고 있었다. 그렇다면 망설일 것이 없다.

벌떡 일어서 틈바구니 앞으로 다가가 안쪽을 살펴봤다. 처음에는 희미했지만 안력을 집중시키고 시간이 지나자 점점 더 뚜렷이 보이기 시작했다.

반질반질한 빙벽은 상당한 거리까지 이어져 있었다. 그리고 그 빙벽 너머에는… 무언가가 있었다.

"뭐, 뭐야? 저건?!"

휘의 놀란 눈이 크게 뜨여졌다.

"회오리… 바람?"

그랬다. 빙벽이 끝나는 십 장 너머에는 회오리바람이 광란하듯이 휘돌고 있었다. 빙벽의 넓이보다 훨씬 커다랗게 휘도는 것을 보니 동공(洞空)이 있는 듯했다. 그렇지 않고서야 반경이 저리 클 수가 없었다.

한데 왜 저 회오리바람은 쏟아져 나오지 않는 걸까?

괴이하다. 의문이 꼬리를 문다.

'저기에 풍령신주가 있을까?

가슴이 두근거린다. 옛날 무저동에서 무언가를 발견했을 때만큼이나.

'좋아! 직접 확인한다!'

갈라진 틈 안으로 몸을 밀어 넣었다. 벽에서 느껴지는 한기에 등줄기가 오싹하다. 천양의 기운을 끌어올리자 포근한 기운이 전신을 치달린다.

"자! 가보자구!!"

스스로에게 용기를 불어넣고자 한 소리 외친 휘가 발걸음을 옮겼다.

틈은 휘의 몸이 충분히 빠져나갈 수 있을 정도로 넓었다. 한 걸음, 한 걸음, 신중하게 걸음을 옮기며 열정을 담은 두 눈을 회오리바람에 고정시켰다.

빙벽을 손으로 쓸어보기도 했다. 반질반질한 것이 얼음으로 만든 거울을 만지는 것만 같다. 손바닥을 타고 차디찬 기운이 온몸으로 전해진다. 덕분에 마음도 차분히 가라앉고 있다.

"후우……."

경공을 쓴다면 단숨에 통과할 수 있을 테지만, 혹시 모를 상황에 대비하지 않을 수가 없다.

풍령신주를 아무나 가져가라고 그냥 덩그러니 놔두지는 않았을 것이다. 무언가 방해물이 있을 터, 문제는 그것이 무엇인지를 모른다는 것이다.

급할수록 쉬어가라 하지를 않던가. 서둘다 낭패 보는 것보다야 천천히 확인하는 것이 훨씬 낫다.

그렇게 칠 장을 전진하고 목적지를 삼 장여 남겨놓았을 때였다.

'음? 뭐지?'

괴이한 느낌, 우뚝 걸음을 멈춘 휘는 안력을 돋우어 앞을 직시했다.

무언가가 보인다.

천천히 손을 내밀어 만져 보았다. 실이었다. 자신의 안력으로도 잘 보이지 않을 정도로 가느다란 실. 촉감으로나 알 수 있을 정도의 굵기, 머리카락 정도의 굵기다.

손으로 실을 잡고 쓸어내려 봤다. 순간, 싸한 통증이 손끝에 전해진다.

"흡!"

예리한 칼날에도 끄떡없는 자신의 손끝 살갗이 엷게 베어지는 느낌이다. 아무리 손끝에 내력을 주입하지 않았다지만, 이건 날카로워도 너무나 날카롭다.

"뭐야? 뭔데 이리 날카로워?"

문득 스치는 생각에 휘의 얼굴이 하얗게 굳어졌다. 만일 경공을 펼쳤다면……?

부르르… 칼날을 향해 날아가는 파리?

아마 잘 다져진 어육까지는 아니더라도 작지 않은 상처를 입어야 했을 것이다.

가슴을 쓸어내리고 자세히 살펴봤다. 실은 열십 자 모양으로 걸쳐져 있었다. 그것도 하나가 아니라 다섯 개나 된다.

"휴우……."

안도의 한숨을 내쉬며 손끝에 공력을 주입해 실을 잡아당겨 봤다.

휘잉!! 팅!

"잉?"

끄떡도 없다. 조금 늘어지기만 할 뿐 끊어질 생각을 않는다.

"대체 뭐지? 단순한 실 같지는 않은데……."

스르룽…….

만양을 꺼내다 말고 멈칫, 무엇 때문인지 만양을 다시 집어넣었다. 그리고 다시 실을 따라 내려가며 벽 쪽을 살펴봤다.

철침이 보인다. 실은 철침에서 위로, 그리고 다시 철침에 묶여서 아래로… 또 위로, 아래로……. 그런 식으로 계속 연결이 되어 있다.

"아하!"

그렇다면 간단한 일이다.

철침이 있는 곳을 향해 손가락을 쿡, 쑤셔 넣었다. 밀가루 반죽을 쑤시듯이. 그렇게 해서 철침을 빼내자 철침에 묶인 실이 축 늘어진다.

또 쿡… 쿡…….

조심스럽게 철침에서 실을 끌러낸 휘의 입가로 만족의 웃음이 번졌다.

"이렇게 질기고 날카로운 실이라면 쓸모가 많을 거야. 대체 무엇으로 만든 것이지?"

만양을 쓰지 않은 이유는 그 때문이었다. 귀하게 보이는 실을 잘라서 버리기에는 너무 아까웠던 것이다.

철침에 실을 감아 품속에 집어넣은 휘가 눈을 들어 회오리바람 쪽을 바라보았다. 여전히 회오리는 돌고 있었다. 한데.

우르르르…….

멀리서 들리는 듯한 굉음이 귀를 울린다.

"이런!!"

시간을 너무 지체했나 보다. 일각의 시간이 지난 듯하다. 회오리바람과 실에 너무 신경을 쓰다 보니 시간이 지나간 것을 잊어버렸다.

이제는 여유 부릴 시간은커녕 자칫하면 바람의 본체를 직접 몸으로 맞이해야 할지 모른다. 얼마나 강할지 알 수조차 없는 바람을.

굉음이 바람을 몰고 온 시간은 찰나간이었다.

휘가 다급히 몸을 날려 빙벽의 틈을 막 통과했을 때다. 회오리바람이 돌고 있는 반대편에서 거대한 힘이 올라왔다. 지하로 꺾어진 틈 사이에서.

휘이이…… 쐐에에…….

순간, 휘는 알 수 있었다. 풍동의 바람이 왜 그리도 거센지를.

지하에서 올라온 바람이 강하기는 하지만, 그 자체는 그저 보통 바람보다 조금 더 강한 정도였다. 그러나 지하의 바람이 회오리바람에 부딪치자 회오리바람이 지하의 바람을 튕겨낸다.

한 번, 두 번, 세 번. 그렇게 계속적으로 튕겨진 바람은 시간이 지나면서 점점 더 기세를 올리다가, 바람이 빠져나갈 때쯤에는 그 힘이 본래의 힘보다 몇 곱절로 강해져 있었다.

그렇게 거세진 바람이 결국은 분출구를 찾아 휘가 있는 입구 쪽으로 빠져나가는 것이다.

당장에 휘는 그 힘을 전신으로 맞이해야 했다.

"우웃!"

생각대로다. 동혈을 통과한 바람도 서 있기 힘들 정도로 거셌거늘, 직접 부딪친 바람의 힘은 상상을 초월했다. 풍령의 기운을 일으키지 않으면 바람의 결을 찾을 수조차 없을 정도다.

휘는 내력을 끌어올리고 앞을 노려보았다. 바람이 워낙 거센 데다 어둠은 더욱 짙어져 있지만 그럭저럭 앞을 볼 수는 있었다.

회오리바람이 보였다. 그리고 회오리바람의 중심에서 휘돌고 있는 무언가도.

'풍령신주다!'

확실치는 않지만 풍령신주 외에는 그 어떤 설명으로도 구슬처럼 보이는 주먹만 한 저 물체를 설명할 수가 없다.

천천히 힘을 끌어올렸다. 천양의 기운도, 지음의 기운도.

두 기운이 거세게 일어나자 풍령의 기운도 즉시 움직이기 시작했다.

느껴진다. 거센 바람의 결이 서서히 느껴진다. 풍령의 기운이 일어나자 바람이 휘의 몸을 비껴가는 것만 같다.

앞으로 나아갈 수 있을 듯하다.

걸음을 옮겨보았다. 한 걸음, 두 걸음…….

이제 회오리바람의 중심이 지척이다. 비껴가는 바람의 칼날에 옷이 찢어질 듯이 펄럭인다.

실눈을 뜬 채 중심을 노려보았다. 그때였다. 휘의 겨우 떠진 눈이 거세게 떨렸다.

회오리바람의 중심은 태풍의 중심처럼 고요했다. 휘는 그곳에 있는 것이 풍령신주라 생각했었다. 주(珠)라 했으니 당연히 구슬일 거라 생각했었다. 그런데 그것은 단순한 구슬이 아니었다. 너무도 맑아서 눈이 시릴 정도의 투명한 기운이 뭉친 기운의 집합체였다. 저것이 정녕 풍령신주일까 의문이 들 정도다.

눈을 아래로 내려봤다. 그 고요한 태풍의 중심 아래에 누군가가 써놓은 글이 보인다. 바람에 씻겨 나간 듯 희미해진 글이.

풍령의 진체(眞體)에 혼을 심어놓았으니 삼령의 연을 이은 자가 아니면 취하지를 말라. 육신이 가루가 되어 흩어지리라.

아마도 지양 선인이 써놓은 글인 듯했다. 그가 아니라면 그 누가 있어 풍령을 말하고 삼령을 들먹이겠는가.

휘의 가슴이 거세게 뛰었다. 역시 생각대로 풍령신주였다. 도사할배가 그렇게 애타게 찾았던 삼신주 중의 하나가 이곳에 있었던 것이다. 그런데…….

'어떻게 가져가지?'

맙소사! 방법이 없다. 손을 뻗어도 잡히지가 않는다. 그저 손을 뻗는

만큼 밀려날 뿐이다.

어이없는 고민으로 일각을 소비했다. 형체가 없는 것을 무슨 수로 가져간단 말인가! 기운이 뭉친 것이라 실질적인 형체도 없고, 그렇다고 회오리바람이 이는 것을 통째로 품에 넣을 수도 없지 않은가 말이다!

구슬도 꿰어야 보배라 했는데, 가져갈 수 없는 풍령신주라니…….

아무리 머리를 쥐어짜 봐도 머리만 아플 뿐이다. 바람은 더욱 거세지는데 마땅한 방법이 떠오르지 않는다.

'그래도 취할 방법이 있으니 글을 써놓았을 텐데…….'

"웅……?"

'육신이 가루가 된다고? 그냥 잡는다고 육신이 가루가 돼? 그 말은…….'

"취한다? 설마… 먹으란 말인가?"

뜨악한 표정으로 풍령신주를 바라보았다.

'에라 모르겠다. 그냥 갈 수야 없지.'

털썩, 가부좌를 틀고 앉아 천천히 입을 벌렸다. 들고 갈 수 없으니 마지막 방법으로 흡취하기로 작정한 것이다.

한데 입을 벌린 채 풍령의 법문을 외울 때였다!

풍령신주가 살아 있는 것처럼 꿈틀대더니, 마치 자신의 보금자리를 찾아들어 가는 물총새처럼 찰나간에 휘의 입으로 쏘아져 들어온다.

콰우우!!

쏙!

입을 닫고 자시고 할 시간도 정신도 없었다. 너무 갑작스런 풍령신주의 움직임에 눈만 크게 뜨고 앞만 바라볼 뿐이다. 그사이 주먹만 한 풍령신주는 아무런 걸림도 없이 목구멍을 통과해 버렸다.

"헉!"

그때부터 시작이었다. 풍령이 휘의 몸을 집어삼키기 시작한 것은.

처음에는 단순히 시원한 바람이 가슴속을 헤집는 듯 느껴졌다. 기분이 좋을 정도로, 답답한 가슴이 뻥 뚫릴 정도로. 한데 한순간에 폐부를 헤집고도 양이 차지 않는지 풍령은 전신의 모든 혈맥을 타고 내달렸다.

세맥 사이사이를 누비는 풍령의 기운 탓에 손가락 사이에서, 발가락 사이에서 바람이 이는 듯 느껴진다.

온몸의 솜털이 모공을 통해 빠져나오는 느닷없는 기운 때문에 뻣뻣이 일어 춤을 춘다.

전신을 휘도는 풍령의 기운으로 인해 전신 근육이 부풀어올랐다 가라앉았다를 반복하고 있다.

그러다 결국 풍령은 제어할 수 없는 거대한 바람이 되어 위로 솟구쳤다.

천양의 기운도 지음의 기운도 미친 듯 내달리는 풍령의 기운에 조용히 숨을 죽이고 있을 뿐이다.

휘리리리…….

몸속에서 미친 바람 소리가 이는 듯하다. 고막이 멍하고 머리가 터질 것만 같다.

미친 듯 내달린 풍령이 찰나간에 백회에 이르더니 희열의 춤을 추고 있다. 머리카락이 하늘로 솟구치고 뇌리는 하얗게 비어버렸다.

앞이 보이는데도 내가 앞을 보고 있는 것인지, 아니면 내가 나를 보고 있는 것인지를 알 수가 없다. 그저 내 몸이 내가 아닌 것만 같다.

그러다 결국, 그러한 것마저 하얗게 변해 버렸다.

하얀 세상을 부유(浮游)한 지 얼마나 지났을까.

휘이이…….

어깨 위의 머리카락이 살랑이는 바람에 날려 얼굴을 간지른다. 그만 일어나라는 듯이.

"음? 아!!"

시간이 얼마나 흘렀는지 모르겠다.

일각? 한 시진? 아니면 하루?

눈을 떠봤다. 아니, 눈은 계속 뜨여 있었던 것 같다. 처음부터 아무 일도 없었던 것처럼.

천천히 몸을 일으켜 사방을 둘러보았다.

달라진 것은 아무것도 없다. 갈라진 지하의 틈새에서 바람이 올라오고 있는 것도 그렇고, 내 몸도…….

'음?'

조금 느낌이 이상하다.

내 몸이 바람이 되어버린 느낌이랄까?

슬며시 천양과 지음, 두 가닥 기운을 끌어올려 보았다. 즉시 반응하는 두 가지 기운이 전과는 사뭇 다르게 느껴진다. 이전과는 다르게 상충하는 느낌이 없다.

모든 힘이 바람의 기운에 녹아 허공에 붕 뜬 것 같은 기분, 하지만 그리 싫은 기분은 아니라는 것이 마음에 들었다.

'흠! 느낌이 좋은데!'

바람이 확연히 약해진 풍곡의 동굴에서 휘가 나왔다.

휘는 나오자마자 하늘을 올려다보았다.

'뭐야? 시간이 별로 안 지났잖아?'

정신을 잃은 시간이 얼마나 되는지 몰라 걱정이 태산이었는데 막상 해를 바라보니 길어야 일각 이상은 되지 않았던 듯하다. 다행이라는 생각이 드는 한편으로는 조금 아쉬운 기분도 들었다.

'후우……. 너무 시간이 짧아서 풍령신주를 제대로 다스리지 못한 것은 아닌지 모르겠네.'

공력이 조금 는 것처럼 느껴지지만 그 외에는 특별하게 다가오는 느낌이 없다. 다만 전신이 가벼워졌다고나 할까?

그리고 천양과 지음의 충돌이 없어졌다는 것 정도……. 머리 속도 맑아진 것 같고…….

'뭐야? 생각해 보니 한두 가지가 아니잖아? 이거 내가 욕심이 너무 많은 것인가?'

한 치의 발전을 위해 평생을 바치는 절정고수들을 본다면, 오히려 짧은 시간에 얻은 것치고 너무 많은 것을 얻었다고 해야 할 판이었다.

휘는 환해진 얼굴로 걸음을 옮겼다.

휘가 풍령신주를 취해서인지 계곡의 바람도 잦아들었다. 그저 일반적인 바람보다 조금 센 정도의 바람만이 불 뿐이다. 석벽을 빙벽으로 만들 정도의 냉기는 여전했지만 이전에 비하면 산들바람이었다.

"그건 그렇고… 뭐라 말한다?"

이제는 또 다른 고민이 생겼다.

분명 풍곡의 바람이 사라졌으니 조사를 할 것이고, 곧바로 동굴의 안쪽이 부서진 것을 알게 될 것이다. 과연 무당은 어떤 반응을 보일까.

부서진 동혈을 원래대로 복구시키라고 할까?

'에라 모르겠다. 부딪치고 나서 생각하자.'

2

밧줄을 타고 솟구치듯이 암벽을 올라가자 초평우를 비롯한 일행은 도관으로 올라간 듯 보이지 않았다. 운검만이 가부좌를 튼 자세로 휘를 맞이했다.

그런데 운검의 눈에는 곤혹스런 빛이 가득 담겨 있다. 휘가 올라오자마자 운검이 참지 못하고 입을 열었다.

"조 도우, 대체 무슨 일이 있었던 건가?"

"예?"

휘의 어정쩡한 대답에 운검이 재촉하듯 물었다.

"바람이 이전과는 비교도 안 될 정도로 거세게 불더니 느닷없이 잔잔해져 버렸네. 대체 어찌 된 건가?"

"후우⋯⋯. 그게⋯⋯."

휘는 고개를 푹 숙이고 동혈이 부서진 이야기를 해줬다. 최대한 미안한 표정을 지으며.

휘의 말에 운검의 입이 쩍 벌어졌다.

"그러니까, 동혈을 쳤더니 동굴 벽이 부서져 버렸다, 이 말인가? 그 후에 한바탕 바람이 더 거세지고 나서 잦아들었다?"

휘가 고개를 끄덕였다. 어차피 풍령신주에 대한 것을 말할 수는 없었으니 싹둑 잘라진 이야기만을 해줄 수밖에 없었다. 거짓은 아니었으니까. 비록 싹둑싹둑 잘린 이야기이기는 하지만.

설레설레 고개를 젓던 운검이 깊게 한숨을 내쉬며 말했다.

"하아⋯⋯. 무당이 이백 년 가까이 고민하고, 빈도가 십 년을 싸워온 바람이 한순간에 사라지다니⋯⋯."

"죄송합니다. 미처 잠력이 폭발하리라곤 생각을 못했습니다."

"아니네, 그게 아니야. 사실 풍곡은 본 파에서 연단하는 단약의 재료 중에서도 아주 중요한 약초가 자라던 곳이었네. 한데 바람이 강해지면서부터 약초들이 제대로 자라지를 못했었지. 한데 이제는 그 바람이 없어졌으니 약초들이 잘 자라지 않겠나? 허허허……. 그리고 보면 조 도우가 무당에 은혜를 베푼 셈이 되는 것이네. 가세. 내 비록 별 볼일 없는 솜씨지만 차라도 한잔 대접해야겠네."

'휴우…….'

속으로 안도의 숨을 내쉰 휘는 가슴을 쓸어내렸다. 빚을 졌다 생각했는데, 우습게도 거꾸로 은혜를 입힌 상황이 되어버렸다. 어찌 되었든 하나 있던 고민마저 해결되자 마음이 홀가분해졌다.

운검을 따라 도관으로 올라갔다.

올 때는 미처 느끼지 못했던 무당산의 아름다운 풍경이 유난히 눈에 들어온다. 건너편 태화봉 정상 쪽은 벌써부터 붉게 달아오르기 시작하고 있었다.

그걸 보니 문득 천간산이 떠오른다. 천간산도 단풍 하나는 기막히게 드는데……. 오죽하면 나무가 피를 흘리지 않나 생각을 했었을까.

철군명이 떠나간 철혈성은 지금 어떤 상황일까. 사부님은 잘 계실까? 사모님은… 연연이는…….

크윽! 연연이에게 시달릴 생각을 하니 벌써부터 머리가 지끈거린다.

그래도… 얼마나 컸는지 보고 싶은 마음에 가슴이 두근거리는 것은 어쩔 수가 없다. 육 개월이라는 시간은 여자가 변신하기에 충분한 시간이니까.

'가을이구나. 벌써…….'

어느새 계절은 본격적인 가을로 접어들고 있었다. 정신없이 중원을 한 바퀴 돌다 보니 미처 느끼지도 못한 사이에 흐른 세월이었다.

이런 저런 생각으로 감회에 젖은 채 운검의 거처인 선암도관에 이르렀을 무렵, 휘는 물론이고 운검의 표정까지 굳어졌다.

도관의 마당에서 검기의 기운이 흘러나오고 있었던 것이다.

빠른 걸음으로 도관에 들어가자 대치하고 있는 두 사람이 보인다. 한 사람은 풍인강이었고, 한 사람은 도복을 입은 삼십 중반의 도사였다. 이미 한 수를 겨룬 듯 흩어진 옷매무새를 한 두 사람의 기색에서는 칼날 같은 한풍이 흐르고 있었다.

한쪽에서 형형한 눈을 빛내며 두 사람의 대치를 바라보고 있던 초평우가 휘를 발견하고는 반색을 했다.

"형님!"

휘가 대답을 하기도 전에 운검이 먼저 소리쳤다.

"이게 무슨 짓이냐?! 송양! 대체 어찌 된 일이냐?"

대치하고 있는 도사의 뒤에 서 있던 젊은 도인이 굳은 얼굴로 예를 취했다.

"운검 사숙을 뵈옵니다."

"누가 인사를 하라더냐? 어찌 된 일인지 묻지 않느냐? 왜 운오 사제하고 저 도우하고 검을 맞대고 있는 것이냐?"

"그게… 저……."

"어허!"

젊은 도인은 힐끗 대치 중인 도사를 보더니 입을 열었다.

"저희들은 장문인의 명으로 사숙을 모시러 왔습니다. 그런데 사숙은 안 계시고 저자들이 도관에서 고기를 구워 먹고 있기에 운오 사숙께서 추궁하시는데… 검으로 이야기를 하자고……."

"…고기?"

눈살을 찌푸린 운검의 반문에 휘가 초평우를 바라보았다. 그러자 초평우는 구석에서 뒷짐을 지고 있는 영등을 향해 고개를 돌렸다. 마치 모든 원인은 저기에 있다는 듯.

휘의 눈길이 자신을 향하자 영등이 머뭇거리며 슬쩍 손을 내밀었다. 그 손에는 잘 익은 토끼 뒷다리가 하나 들려 있다.

'어휴!'

정말 말릴 수 없는 스님이다. 하필이면 도관에서 고기를 구워 먹다니.

휘가 말없이 이마만 짚고 있자 영등이 억울하다는 투로 삐죽거리며 말했다.

"배가 고픈데 그럼 어떻게 합니까? 아무리 뒤져 봐도 밥은 보이지 않고……."

끙! 그걸 변명이라고 하는지…….

어쨌든 싸움은 말리고 볼 요량으로 운검을 돌아보았다. 운검의 표정이 묘하게 일그러져 있다. 아마도 어이가 없는가 보다. 설마 스님이 고기를 구워 먹은 당사자일 줄은 생각도 못했다는 표정이다.

휘가 넌지시 말했다.

"영등사의 고제자 분이신데… 소림의 심연 대사님과도 연이 있는 분입니다."

별수없다. 심연 대사님 이름이라도 팔아먹는 수밖에.

'용서해 주세요, 대사님.'

아니나 다를까, 운검의 두 눈이 휘둥그레졌다.

"자운당의 심연 대사님 말인가?"

"예. 바로 그분께서 아끼는 분입니다. 식탐만 빼면 더할 것이 없는 분이신데……."

절대 거짓은 말하지 않는다는 휘의 신념에 따라 살짝 변질된 진실을 들은 운검의 고개가 끄덕여졌다.

"쯧쯧……. 어째 식성까지도 그분을 닮았구먼."

"그럼… 아셨습니까?"

심연이 고기를 먹는다는 걸 아는 듯, 운검이 고개를 설레설레 저으며 혀를 찰 때였다. 한쪽에서 한 치도 물러서지 않고 대치하고 있던 두 사람이 느닷없이 부딪쳐 간다. 미처 말릴 틈도 없이.

"오옷!"

"차앗!!"

순식간에 삼검이 교차되었다. 운오는 구궁검의 아홉 초식 중에서 가장 빠르고 강한 삼초의 검식을 펼치고, 풍인강은 우직한 진천검의 검식을 연달아 세 번 내쳤다. 방향만 틀어서.

쩌저정!!

파박!

일수 격돌을 하고 두 걸음 물러선 풍인강이 씩 웃으며 검을 곧추세운다. 그러자 세 걸음을 물러선 운오의 얼굴이 와락 일그러졌다. 상대는 두 걸음 물러섰는데 자신은 세 걸음 물러선 것이 못마땅한 듯한 눈치다.

자신이 밀린 것을 인정할 수 없다는 듯 운오가 다시 검을 쳐들자 운검이 손짓을 하며 운오의 앞을 막아섰다. 그러면서 풍인강을 놀란 눈으로 바라봤다.

"진천검?!"

진천검이란 소리에 풍인강은 움찔 어깨를 떨고는 운검을 쳐다봤다. 자신의 가문이 무너진 이후로 자신의 검을 아는 사람을 처음 본 것이다. 한데 오히려 운검의 표정이 더 심각하다.

"도우는 진천검문과 어떻게 되는 관계인가?"

운검의 침중한 물음에 풍인강의 눈빛이 번쩍 빛을 발했다.

"그러는 분은 진천검을 어찌 아시오?"

"진천검문의 풍산학 대협과는 오래전에 검을 섞어본 적이 있지. 빈도는 진천검문과 남이 아니네.”

무언가를 생각하는 듯 고개를 모로 꼬던 풍인강이 어느 순간 번쩍 고개를 들어 운검을 바라봤다.

도복을 입고 있어 확실치는 않지만 어딘지 눈에 익은 듯한 모습, 오래 전에 본 어떤 사람의 모습이 가물거리며 겹쳐 보인다.

‘천검보주의 동생이라면 사공… 사공?’

문득 확연히 떠오르는 얼굴.

“호, 혹시… 웅… 숙부?”

“음?”

이번에는 운검이 놀란 표정을 지었다. 그러더니…….

“그럼 네가 바로… 그 순둥이… 강이란 말이냐?”

“쿨럭! 수, 순둥이……?”

“커윽!”

휘와 초평우의 입에서 동시에 사레들린 기음이 터져 나왔다. 그러든 말든 풍인강은 검을 내리고 멍하니 운검을 바라보더니 끝내 고개를 푹 숙였다. 언뜻 그의 눈가에 이슬이 맺힌 듯 보인다.

“웅 숙부……. 크윽!”

입을 쩍 벌린 초평우가 눈을 왕방울만 하게 뜨고서 휘를 바라본다.

“형님, 풍가 놈이… 우네요. 세상에… 얼음덩이가 눈물을 흘리다니…….”

휘도 풍인강의 진심이 결코 차갑지만은 않다는 것을 익히 알고 있었다. 그렇다고 설마 울기까지 할 줄이야……. 공연히 코끝이 찡해진다.

‘감추느라 힘들었겠군.’

운검과 풍인강이 서로 잘 아는 듯 말하자 무당의 제자들도 당황하는 모습들이다.

운검은 오십이 명의 운자배 제자들 중에서도 무당칠검으로 꼽히는 제자였다. 같은 항렬이라 해도 운오와는 그 격이 다른 것이다. 그러다 보니 심지어 운오마저 검을 늘어뜨리고 운검의 눈치를 보고 있다. 그러자 휘가 재빨리 나섰다.

"이러지 말고 들어가서 이야기를 나누시지요?"

"음… 그러세. 강아도 일단 들어가자꾸나."

도관 안으로는 운검과 풍인강을 비롯해 휘와 초평우, 그리고 운오만이 들어갔다. 영등은 지은 죄가 있는지라 밖에서 어물쩍거리며 안으로는 들어가지를 않았다.

안으로 들어간 휘는 놀람을 금치 못했다. 무당칠검의 수좌를 다투는 사람의 방이라 믿을 수 없을 정도로 아무런 장식도 없었던 것이다. 방 안에는 단출하니 나무 침상 하나와 손때 묻은 서탁이 전부였다. 검박하다 못해 황량해 보일 정도였다.

안으로 들어가자 운검이 재촉하듯 물었다.

"대체 어찌 된 것이냐?"

스윽, 눈물을 훔친 풍인강이 나직하게 입을 열었다.

"철혈성이 섬서 외곽의 중소문파를 압박하자, 그들의 행사를 못마땅하게 여긴 아버님께서 임가형에게 도전하셨다가 그만… 깊은 상처를 입고 돌아가셨습니다."

"으음… 나도 그 말은 들었다만, 내가 갔을 때는 이미 문이 닫히고 아무도 없더구나. 무당에 몸을 담고 이십 년 가까이 찾아뵙지를 않았으니……. 허… 내 잘못이 크구나."

"아버님이 돌아가시고 나서 저는 부곡산에 들어가 검을 익혔습니다. 임가형을 이기기 위해서."

말을 멈춘 풍인강이 이를 지그시 깨물고는 말을 이었다.

"그리고 철혈성에 빚을 돌려주기 위해서……."

순하디순한 풍인강의 표정이 서리가 뒤덮인 듯 차가워졌을 정도니 운검은 풍인강의 고생을 익히 짐작할 수 있었다. 게다가 혼자서 익힌 검이 무당의 운자배 제자 중에서도 촉망받는 운오와 비등하다 못해 약간은 앞서 보이는 것이 대견하게 생각되는 운검이었다.

이후로도 운검과 풍인강의 이야기는 일각을 더 이어갔다. 오랜만에 만난 숙부와 조카답게.

그사이 송양이 차를 들여왔다. 차를 한 모금 들이킨 운검이 그제야 생각났다는 듯 옆에 공손히 앉아 있는 운오를 보고 물었다.

"운오 사제, 장문인께서 무슨 일로 오라 하시는 건가?"

운오도 방 안의 분위기에 휩쓸려 까마득히 잊고 있다가 운검의 물음에 얼굴이 하얗게 변했다.

"아! 이런! 사형, 자소궁에 손님이 오셨는데, 그분들을 만나시고는 칠검 사형을 모두 소집하라 하셨습니다. 제가 그만… 저분 도우와 검을 나누다 깜박……."

운오를 따라 무당의 자소궁으로 가는 동안에도 영등은 버려두고 온 토끼 고기를 아쉬워했다. 하지만 어쩌겠는가. 휘가 직접 대놓고 말하는데.

"만두에 든 고기를 먹는 것은 상관없지만 피를 직접 묻혀 고기를 구하는 것은 안 됩니다. 아셨죠?"

잘못하면 고기 든 만두까지 못 먹게 될지 모른다는 생각에 영등은 아쉬움을 접고 풀 죽은 표정으로 휘의 뒤만 따라갔다.

그리고 한쪽에선 초평우가 풍인강에게 운오의 검이 어떠했는지 묻기에 정신이 없었다. 자신이 먼저 나서지 못한 것이 못내 아쉬운 표정이다. 무당의 검을 알 수 있는 절호의 기회였건만.

"어때? 할 만해? 제법 날카롭던데……."

"변화가 심하기는 하지만 힘이 좀 약하더군요. 혼자서 단약을 꿀꺽한 사람보다는……."

거기서 단약 얘기가 왜 나오냐? 남자새끼가 쪼잔하기는…….

그래도 사실은 사실이니 대놓고 말은 못하고 엉뚱한 것만 물었다.

"근데… 너 정말 순둥이였냐?"

힐끔, 영등은 물론 휘마저 쳐다본다. 그러자 풍인강이 냉랭한 어투로 답했다.

"앞으로 그 말을 하는 사람에게는 내 검이 먼저 답해줄 거요."

그 말투가 어찌나 싸늘한지 모두가 슬그머니 고개를 돌렸다.

무당 제자들의 뒤를 따라 자소궁에 도착한 것은 일각여가 지나서였다.

"구경들 하고 있게나. 사람이라곤 고리타분한 도사들뿐이지만 무당의 경치만큼은 구경할 만할 게야."

운검이 한마디를 남기고 운오와 함께 자소궁의 본전으로 들어가자 제일 먼저 초평우의 눈이 빛났다.

무당산의 경치에 감탄해서? 천만의 말씀. 그것이 아니다.

저만치, 자소궁의 뜰에 서서 연못 속을 노니는 잉어의 군무를 바라보는 당홍이 보인 것이다.

키가 큰 그녀가 고개를 숙이고 상념에 잠긴 듯한 모습 그 어디에서도, 검을 들고 싸늘한 냉기를 흘리며 상대의 가슴에 검을 쑤시던 그녀를 상상할 수 없었다.

그러다 보니 초평우의 입을 뚫고 가벼운 감탄이 흘러나왔다. 자신도 모르게. 황홀한 눈빛으로.

"흠! 멋지군."

뭐가 멋지다는 걸까?

휘와 나란히 걷던 풍인강이 고개를 돌려 초평우를 바라봤다. 초평우의 반쯤 풀린 시선 끝에 당홍이 걸려 있다.

그걸 보고는 자신도 모르게 피식, 작은 웃음이 새어 나왔다.

'그렇게 당하고도 그런 말이 나오다니…….'

그러다 무슨 생각이 들었는지 뜨악한 표정으로 초평우를 돌아봤다.

'서, 설마… 초 형님이 당홍을……?'

휘를 보자 휘의 입가에도 가는 웃음이 걸려 있는 것이 보인다.

아무래도 자신의 생각이 맞을지 모른다는 불길한(?) 생각에 풍인강이 넌지시 입을 열었다.

"저… 대형, 초 형님이 아무래도……."

휘가 보일 듯 말 듯 고개를 끄덕였다. 그러자 풍인강이 용기를 내어 말을 맺었다.

"아무래도 제정신이 아닌 것 같습니다. 몇 번 당하더니……."

휘잉! 휙!

날아오는 초평우의 주먹을 가볍게 피한 풍인강이 굳은 얼굴로 휘를 바라보았다.

"제 말이 맞는 것 같죠?"

"그려! 죽을라면 뭔 말을 못하겠냐?! 내 오늘……."

하지만 초평우의 결심 아닌 결심은 결심으로만 끝이 나야 했다.

"늑대!"

당홍이 고개를 돌리더니 한 마리 미쳐 날뛰기 직전의 늑대를 부른 것이다.

"무슨 일로 여기까지 온 거지?"

천천히 고개를 돌리는 늑대의 표정이 일순간 순박한 강아지의 표정으로 바뀌었다.

아! 꽃을 좋아하는 늑대여!

"하! 하! 당 낭자야말로 여기서 뭐 하는 거요?"

"홍! 남이야 뭘 하든 말든."

"우리야 운검 도장님을 따라 자소궁 구경을 왔소만, 뭐 잘못된 것이라도 있소?"

자소궁 쪽으로 거침없이 걸음을 옮기는 운검과 운오를 바라본 당홍이 냉랭히 입을 열었다.

"자소궁은 지금 외인의 출입이 금지되어 있거든. 결코 늑대 따위가 들어갈 수 있는 곳이 아니란 말이지."

크윽! 말끝마다 늑대 늑대……. 계속 맞고만 살 수 없단 생각에 초평우도 반격을 가했다.

"날 세운 고양이도 못 들어가는 건 마찬가진가 보군."

당홍이 비릿한 조소를 머금었다.

"눈은 장식으로 달고 다니나 보군. 보면 모르나? 그래서 나와 있잖아."

"……."

말로는 도저히 이길 수가 없다. 초평우가 입만 벙긋거릴 뿐 아무 말도 못하자, 당홍은 말을 잊은 늑대는 본체만체 풍인강을 바라보고 물었다.

"그런데… 어디서 한 판 했나?"

그녀는 풍인강의 찢어진 옷이 단순히 찢어진 것이 아니라 검기에 의해 찢겼다는 것을 알아본 것이다.

"운오 도장하고 일검을 나누었지."

초평우가 또다시 재빨리 나섰다. 어떻게든 당홍과 말을 섞어보려는 초평우가 가련해 보일 지경이다. 하지만 당홍은 조금도 신경을 쓰지 않고 풍인강에게 말했다.

"제법 한 수가 있을 거라 생각은 했지만 운자배의 제자와 검을 나눌 정도라니……. 어때?"

"예?"

"나하고 한 판 하지?"

이에 초평우가 가슴을 치며 말했다.

"나하고 하지!"

"칼 들고 설치는 늑대는 싫거든? 좀 빠져 주지 않을래?"

와락 표정이 일그러진 초평우를 힐끔 바라본 풍인강이 천천히 고개를 끄덕였다. 고소하다는 듯 입가에 웃음까지 띠고서.

"좋죠! 언제?"

3

자소궁은 당홍의 말대로 운자배 이상의 제자들만이 모여 있었다. 심지어는 청자배의 원로들까지 상당수 나와 있었다.

운검은 뜻밖이라는 눈빛을 띠었지만 곧 무심한 표정을 하고 한쪽 구석에 앉았다. 그러자 때마침 장문인인 청천 도장을 향해 질문을 하는 소리가 들린다. 옥허궁을 맡고 있는 청수 도장이었다.

"장문인, 백리가주의 말대로라면 천하가 그들에게 놀림을 당하고 있단 말이 아니오이까?"

"그에 대해서는 아직 조사를 더 해봐야 하겠습니다만, 백리 대협이 우리 무당에 거짓 서신을 보낼 연유가 없지 않겠습니까?"

"그건 그렇소만……. 허! 신비의 세력이라… 대체 칠패의 하나인 혈천교를 장악한 세력이라니… 당최 믿기지가 않소이다."

"그들뿐이 아닙니다. 철혈성이 급작스럽게 힘을 키운 것 역시도 정체를 알 수 없는 세력이 뒤를 받쳐서 그렇다는 이야기도 있지 않습니까?"

"음……."

장문인 청천 도장의 말에 원로들의 얼굴이 침중하게 가라앉았다. 어찌 그러지 않으랴. 칠패라는 이름이 강호에 우뚝 선 이후의 세월은 구파와 오대세가에게는 치욕의 역사였다. 그런 칠패 중의 한곳이, 아니, 어쩌면 그 이상의 세력이, 누군가의 손에 의해 좌지우지되고 있다는 것은 구파와 오대세가에게는 너무도 암울한 상상이었다.

청천 도장은 좌우를 훑어보고는 천천히 입을 열었다.

"해서… 몇몇 제자들을 이번 일에 투입할까 합니다. 원로들께서도 하산해야 할 상황이 될지도 모르는 만큼 많은 협조를 부탁하는 바입니다."

청천 도장의 말은 결정이나 다름없었다. 고요히 가라앉은 대전의 침묵이 어깨를 무겁게 짓누르자 모든 사람들의 표정이 굳어졌다. 그때였다. 구석진 곳에 무심한 표정으로 앉아 있던 노도장이 말문을 열었다.

"장문 사형, 제가 직접 백리 도우를 만나겠습니다."

"청진 사제가?"

그는 전대(前代)의 무당칠검 중의 한 사람으로 성격이 치밀한 것으로 유명한 청진 도장이었다. 한 장의 서신으로 알 수 있는 것에는 한계가 있기에 그 성격대로 직접 나서려 하는 것이다.

청진 도장이 먼저 나서자 청천 도장은 반색하지 않을 수 없었다.

열두 명의 청자배 원로들 중 그 누구보다도 청진의 일 처리가 꼼꼼하다는 것을 그도 잘 알고 있었다. 다만 청진이 무당을 암중으로 가르고 있는 두 개 파벌 중 장문인인 자신의 검명파와 반대에 서 있는 도명파 사람이라는 것이 마음에 걸렸기에 함부로 그를 호명할 수 없었던 것이다. 하지만 만일 그가 나서지 않았다면 자신이 먼저 부탁을 해야 했으리라. 그만큼 이번 일의 중요함은 파벌조차 무시해야 할 정도라 생각한 청천이었다.

"청진 사제가 나서준다면야 더할 나위 없소이다. 허허허!"

뜻밖이라는 표정이 원로들의 눈을 스치고 지나갔다. 그러나 누구도 청진의 결정에 토를 달지는 않았다. 청진이 나서기로 작정했다면 그만한 이유가 있으리라 짐작한 탓이었다.

원로들의 반발이 나오지 않자 청천은 재빨리 일을 진행시켰다.

"그럼 청진 사제를 수장으로 해서 칠검 중 둘을 비롯해 운자배의 제자 다섯과 송자배의 제자 열을 동행시킬까 하오이다. 다른 고견들은 없으신지……."

아무도 반론을 제기하지 않았다. 무당의 청자배가 강호에 나가는 것은 근 오 년 만의 일이었다. 무당이 다시 강호를 활보할 시기가 가까워졌다는 말이다. 장문인의 말에 반론을 제기하기에는 그들의 가슴을 울리는 격동이 너무도 컸다.

청송 도장이 그 격동을 참지 못하고 고개를 끄덕였다.

"어찌 장문인의 결정에 토를 달 수 있겠습니까. 다만… 본산의 제자 십여 명이 한꺼번에 움직이다 보면, 보나마나 강호의 눈이 몰릴 것입니다. 하니 그에 대한 대비도 해야 할 것입니다."

"그렇습니다. 칠패가 쳐다보고 있지만은 않을 것입니다. 어떻게든 상관하려 할 터, 좋은 생각이 있으신 분은 기탄없이 말씀하시기 바랍니다."

청천 도장의 말에도 힘이 실리기 시작했다. 오랜만에 두 파벌의 마음이 하나로 모아진 것이다. 그리고 보면 백리가의 요청이 무당의 갈라진 마음을 합할 수 있는 계기가 되었으니 이제는 누가 말린다 해도 이 일에 나서고 싶은 것이 청천 도장의 속마음이었다.

이 사람 저 사람 나서서 자신들의 생각을 말하다 보니 대전 안이 시장

판처럼 시끄러워졌다. 하지만 청천 도장은 그마저도 즐거울 뿐이다.

그렇게 분위기가 한참 무르익어 갈 때였다. 다급한 발소리와 함께 운자배의 제자 중 연락을 책임지고 있던 운향이 굳은 얼굴로 들어왔다. 그러자 입구 쪽에 앉아 있던 운곡이 책망하듯 엄한 목소리로 나직이 꾸짖었다.

"무슨 일인데 이리 급하게 다니는 게냐? 어르신들이 계시는 것을 모른단 말이냐?"

운향은 가볍게 운곡을 향해 예를 취하고는 품속의 서신을 보여줬다.

"사형, 그게 아니오라 장문인께 전할 중요한 서찰이 지급으로 당도한지라……."

운곡이 의아한 표정으로 서신과 운향을 번갈아 봤다.

"지급으로? 장문인께 전할 서찰이 왔다고?"

"예, 속가인 허창의 사검문(思劍門)에서 온 서찰입니다. 그럼……."

운향이 빠른 걸음으로 청천 도장을 향해 다가가자 대전에 모여 있던 원로들마저 입을 닫고 운향만 쳐다봤다.

회의를 하는 중에 들어왔다는 것은 그만큼 다급하다는 이야기다. 게다가 장문인에게 시간을 다투듯이 전해야 할 서찰이라면 그 중요도가 결코 지금 나누고 있는 이야기에 못지않다는 말.

운향에게서 서찰을 건네받은 청천 도장이 잠시 서찰을 내려다보더니 눈을 빛냈다.

무당은 최대한 본산제자들의 움직임을 자제하며 속가의 제자들을 이용해 정보를 모아왔다. 그러다 보니 수많은 속가제자들이 보내는 정보 역시 엄청날 수밖에 없었다. 오죽하면 도문이 정보를 관리하는 사람들을 따로 두고 운용해 왔을까.

하지만 그리했음에도 모든 정보를 일일이 확인한다는 것은 쉽지가 않은 일이었다. 그래서 만든 것이 중요도에 따른 등급이었다. 그리고 지금, 청천 도장의 손에 들린 겉 표지에는 그 등급 중에서도 가장 높은 등급인 태극 무늬 일곱 개가 찍혀 있었다.

"칠태극이……."

침음성을 흘리며 칠태극이 찍힌 서신을 펴가는 청천 도장의 손으로 모든 시선이 집중되었다.

마침내 서신을 다 편 청천 도장이 천천히 서신을 읽어갔다. 한데, 서신을 읽어 내리는 청천 도장의 두 눈이 어느 순간에 부릅떠지며 굳어버린다.

보다 못해 청운 도장이 물었다.

"장문 사형, 대체 무슨 서신이기에 그리도 놀라시는 겁니까?"

궁금하기는 모두가 마찬가지였다. 밝게 펴져 있던 장문인의 안색을 한순간에 굳혀 버릴 정도의 내용은 과연 무엇일까?

한참 만에 서신에서 눈을 뗀 청천 도장이 무겁게 입을 열었다. 그리고 그가 입을 열자 모든 사람들의 표정도 굳어버렸다.

"십팔마마공 중에 두 가지가 출현했다 합니다. 천도맹에서 유출되었다 하는데… 천검보가 현재 그 비급을 손에 넣었다 합니다. 지금 그 일로 하남 전체가 들썩거리고 있답니다."

휘는 자소궁을 돌아 태화전까지 돌아보았다. 무당의 거대함은 말로만 듣던 것보다 더했다. 뒤를 따라다니던 초평우와 풍인강마저 질린 듯한 기색이다.

"뭐가 이렇게 크다냐?"

초평우가 어이없는 표정으로 고개를 내저었다. 그러자 심심하다며 따라나선 당홍이 역시나 한마디 한다.

"무당은 단순한 무림의 문파가 아니다. 오죽하면 황궁에서조차 명을 내려 도관을 짓겠나? 뭘 알고서나 구경해."

"잘났다……."

차마 심하게 말하지는 못하고 구시렁거리는 초평우의 표정에 휘는 웃음이 나오는 것을 참아야만 했다. 하지만 곧이곧대로 웃는 사람도 있었다.

"크크크……. 초 시주, 어째 힘이 빠진 것 같수."

영등이었다. 다시 기가 살아난 영등의 이죽거림에 초평우가 살기(?) 어린 눈을 치켜떴다. 하지만 어쩌랴. 때려봐야 손만 아픈 걸.

'언제고 저 머리통에 칼자국을 내주고 말겠다!'

그런 내심을 알기나 하는지 영등의 이죽거림은 계속되었다.

"자고로 여자를 잘못 만나면 고생문이 훤하느니……. 아미타불. 언제든 영등사로 오시게. 내 머리는 깎아줌세."

휙, 고개를 돌린 초평우가 하늘을 우러러봤다.

"젠장할, 하늘은 고기 먹는 땡추를 왜 그냥 놔두는 거야?! 날벼락이라도 치지 않고서!"

그때였다. 휘가 고개를 돌리고 신형을 날리려다 멈칫하고는 손을 휘저었다. 당홍도, 풍인강도 검을 잡아가며 우뚝 멈춰 섰다. 순간.

피잉! 딱!! 쨍그랑!

"어이쿠! 뭐야?"

느닷없는 비명(?) 소리에 모두가 영등을 쳐다봤다.

"어떤 망할 시주가 부처님의 머리에다 검을 던진 겐가!!"

웃음이 터져 나왔다.

"쿡쿡……."

"푸하하하!!"

특히 초평우는 가슴이 뻥 뚫리기라도 한 듯 시원한 웃음을 터뜨렸다.

'하늘은 역시 공평하구나' 하는 표정으로 웃으며 바닥에 떨어진 물체를 바라보았다.

조금 전 영등의 뒤통수를 때리고 떨어진 것은 부러진 검날이었다.

어찌 보면 웃기는커녕 가슴을 쓸어내려야 마땅한 일이었다.

날아온 검날이 만일 자신들에게 떨어졌다면?

그렇다면 큰 상처는 몰라도 작은 생채기 정도는 어쩔 수 없었을 것이다. 자신들은 영등처럼 피부가 단단하지 않으니까. 그런데도 웃음이 나오는 것은 어쩔 수가 없었다.

초평우의 말이 끝나기 무섭게 마른하늘에 날벼락이 떨어지다니!

사실 휘는 무언가가 날아오는 것을 처음부터 느꼈었다. 다만 살기도 없고, 자신에게 날아오는 것이 아니어서 쳐다보기만 했었다. 그러다 날아오는 물체가 검 조각이라는 것을 안 순간 손을 뻗어 흡물공을 펼치려 했었다. 하지만 거리가 너무 멀었다. 그래도 풍인강의 뒤를 향해 날아가는 것을 보고 그냥 놔둘 수가 없었다. 그래서 일지를 튕겼다. 한데… 그만 튕겨 나간 검 조각이 핑그르르 돌더니 영등의 뒤통수를 때린 것이다.

웃음이 나오는 중에도 검 조각의 움직임이 휘의 뇌리를 가득 메웠다. 분명 정확히 중간을 맞혔거늘 검은 불규칙적으로 선회하며 엉뚱한 방향으로 날아갔다. 만일 저런 식으로 강기가 춤을 춘다면……? 아마 막아내기가 훨씬 힘들 것이다.

그렇게 엉뚱한 일로 잠시 발걸음이 멈춰졌을 때였다.

"죄송합니다. 혹시 다치신 분은 안 계십니까?"

청년 도인 한 사람이 담장을 돌아 부리나케 뛰어나왔다. 그 도인의 손에는 허리가 부러진 검이 하나 들려 있었다. 아마도 부러진 검날의 주인인 듯싶었다. 그를 본 초평우가 빙그레 웃으며 말했다.

"다친 사람은 없소이다. 머리가 워낙 단단한 돌이어서 흔적도 남지 않았으니 너무 염려 마시오."

그야말로 오랜만에 즐거워진 초평우였다.

아무도 다치지 않았다는 말에 도인의 표정이 한결 풀어졌다. 하지만 그렇다고 해서 영등의 마음까지 풀어진 것은 아니었다.

"아미타불, 젊은 시주께서 검을 수련하다 그리된 것을 이 땡추가 뭐라하겠소. 괜찮소이다. 허허허!"

웃으며 손을 휘젓는 영등의 눈에서 고약한 빛이 어린다. 휘는 문득 드는 생각에 영등의 손놀림을 예의 주시했다.

영등의 손에서 미풍이 살랑인다.

'설마?'

설마는 역시나였다. 영등의 손이 흔들리자 곧 바로 청년 도인의 입에서 억, 소리가 나왔다.

허리를 반쯤 구부린 청년 도인이 일그러진 표정으로 영등을 바라보았다.

"대, 대사……."

"허허허! 나는 대사가 아니라 땡추라오. 받은 게 있으면 주고, 준 것이 있으면 반드시 받고 마는 땡! 추! 말이오."

어이없는 눈으로 영등을 바라보던 휘의 입에서 탄식이 새어 나왔다.

"후우……. 대범천여래장을 이런 데 쓰다니……."

심연 대사님이 보면 뭐라 할까? 그렇다고 쥐어 팰 수도 없고……. 음? 쥐어 패?

'하긴 대범천여래장을 익히려면 많은 고난이 따라야 한다고 했으니까. 그 고난을 내가 만들어주지 뭐.'

영등을 바라보는 휘의 입가로 가느다란 미소가 걸렸다. 그걸 본 초평우가 몸을 부르르 떨었다. 풍인강은 검병을 움켜쥐었다. 그리고 불쌍한 눈으로 영등을 바라보았다.

하지만 영등은 자신이 저지른 일의 후환이 옆에 있음을 모르고 입가의 웃음을 지우지 않고 있다.

불쌍한 영등 스님.

초평우가 처음으로 영등을 위해 묵념을 하고 있을 때였다.

"송연, 뭐 하는 건가? 사람이 다쳤나?"

세 명의 이십대 청년 도인 세 사람이 우르르 달려나오며 소리친다. 그 모습에 힘을 얻었는지 송연이라는 도인이 영등을 바라보며 말했다.

"다치지는 않았네. 다만, 스님의 손이 좀 매섭군."

"뭐라고? 그럼 맞았단 말인가? 무당 안에서 무당의 제자를 때릴 간 큰 자가 있단 말인가?"

달려온 도인들은 혈기 등등하게 휘 일행을 쏘아보았다. 하지만 그들의 눈빛 따위에 기가 누그러질 영등이 아니었다.

"아미타불, 빈승의 머리에 검을 날린 시주가 뉘신지?"

쓰윽, 훑어보는 영등의 눈에서 살벌한 눈빛이 일렁인다. 오히려 청년 도인들이 움찔 몸을 떤다. 그러자 영등이 조용히 일을 마무리했다.

"빈승은 검에 머리를 맞았는데, 저 시주는 배에 바람만 살짝 스쳐 갔을 뿐이라오. 아미타불!"

영등의 말에 청년 도인들은 무안한 기색으로 서로를 돌아봤다. 더 따진다는 것이 어색한 상황이다.

그 모습을 보고 초평우는 감탄을 금치 못했다.

'많이 늘었다. 정말.'

하지만 영등의 말장난에 신경을 쓰지 않는 사람도 있었다. 바로 당홍이었다. 그녀는 굳은 안색으로 오직 휘만 바라볼 뿐이다.

조금 전, 부러진 검날은 분명 똑바로 날아왔었다. 그런데 일시간에 허공에서 꺾였다. 휘의 손가락이 가볍게 튕겨지고 나서.

자신은 미처 대처할 시간도 없었는데, 휘는 기다렸다는 듯 가볍게 대처한 것이다. 비록 묘하게 돌며 영등의 뒤통수를 때리긴 했지만.

한마디로 휘의 능력이 자신보다 한참 위라는 뜻.

휘를 노려보는 당홍의 눈빛이 점점 가라앉자 휘는 가볍게 웃음을 지으며 고개를 돌렸다.

그녀의 눈빛이 무엇을 말하는지 짐작할 수 있었다. 그러나 모른 체하기로 했다. 사서 고생하기는 싫으니까. 그리고 검을 섞으면 사정을 봐줄 수 없으니 때려 눕혀야 하는데……. 그랬다간 늑대의 원망을 어찌 듣는단 말인가. 차라리 등을 돌리고 말지.

그렇게 고개는 물론이고 등까지 돌렸을 때다. 멀리 자소궁이 있는 곳에서 몇 사람이 빠르게 내려온다. 그중에는 백리연을 비롯해 적인풍과 운검 도장도 끼어 있다.

휘의 눈에 이채가 어렸다. 세 사람의 기색이 가벼워 보이지가 않는 것이다.

'무슨 일이지? 백리 소저가 가지고 온 소식이 무당을 뒤흔들 정도였나?'

당홍도 뭔가 심상치 않은 느낌이 드는지 휘에게서 눈을 돌려 내려오는 사람들을 쳐다봤다.

"그래, 무당 구경은 잘하셨는가?"

운검의 물음에 휘가 빙그레 웃었다.

"덕분에… 정말 대단하군요. 하루종일 다녀도 다 구경하기가 힘들겠습니다."

"허허허……. 좀 넓기는 하지. 한데… 미안하게 됐군. 내 좀 더 이야기를 나누고 싶은데 급한 일이 생겨서 말이네."

비록 겉으로는 웃고 있지만, 운검의 표정은 그답지 않게 굳어 있었다. 풍인강을 바라보는 시선에는 미안한 감마저 담겨 있다.

운검이 잠시 말을 멈추자 뒤따라 내려온 백리연이 운검을 한 번 바라보고는 나직이 말했다.

"십팔마마공이 나타났대요. 지금 하남이 그 일로 시끄럽다고 해요. 더구나 천검보가 그 일의 중심에 있어서……."

백리연의 말을 들은 휘의 눈이 반짝였다.

'마침내 여기까지 그 소문이 돌았군. 그래선가? 천검보의 일 때문에……'

한데 그때, 초평우가 눈을 휘둥그렇게 뜨고는 말했다.

"십팔마마공? 형님, 그거 명운곡에서 봤던 그 책을 말하는 것 아닙니까?"

잠깐 어리둥절하던 운검이 눈을 크게 떴다.

"조 도우! 그 일을 아는가?"

어차피 엎질러진 물이다. 성급히 말을 꺼낸 초평우를 뭐라 할 것도 없었다. 언젠가는 끼어들어야 할지 모른다는 생각을 하고 있던 터였으니까.

"무당에 오기 전 우연히 그 일에 휘말린 적이 있습니다."

"허! 그런……."

"그 일이 호북의 무당까지 알려졌으니 지금쯤은 소문이 강호 전체로 퍼지고 있겠군요."

무당마저 알았다면, 아마도 지금쯤은 칠패는 물론이고 구파나 오대세자 모두가 알 것이다.

끝내 혈풍이 부려는가?

휘는 안색을 굳히고 운검에게 물었다.

"그전에… 무당은 어찌하기로 했습니까?"

보다 많은 정보를 얻기 위해선 먼저 내놔야 한다. 운검도 그 정도는 알고 있었다. 더구나 상대는 십팔마마공을 직접 본 듯이 이야기를 하지 않는가 말이다.

"음… 일단은 나와 몇 사람이 천검보로 갈 생각이네. 어쩌면 사숙들 중 한 분이 같이 가게 될 듯하이. 결정은 천검보에 가서 하게 될 것이야."

무당칠검에 청자배까지 움직인다면 무당이 본격적으로 나서기로 했다는 말과도 같다.

휘는 천천히 고개를 끄덕였다. 그리될 수밖에 없는 일이었다. 그 일을 획책한 자가 그리되길 원했고, 또 그리되도록 수작을 부렸을 테니까. 그리되지 않길 바랐지만, 세상의 흐름은 원하는 대로만 흐르는 것이 아니란 것을 휘도 알고 있었다.

"장문인을 만나뵙고 싶습니다만."

"장문인을?"

운검이 눈을 크게 뜨자 휘가 조용히 말했다.

"저희만큼 그 일을 잘 알고 있는 사람도 없을 겁니다. 당시 현장에 있었으니까요. 조금이라도 더 알고 가신다면 일 처리가 훨씬 수월하실 겁니다."

천검보를 위해서라도…….

"그리고 그 일로 장문인과 상의하고 싶은 것이 있습니다."

믿어줄지는 모르지만…….

운검은 흔들림없는 휘의 눈빛을 받으며 고개를 끄덕였다. 빨려들 것 같은 눈빛에는 아무런 색이 없다. 어쩌면 자신이 생각했던 것보다 더 고수일지 모른다는 생각이 불현듯 드는 운검이었다.

4

청천 도장과의 만남은 비밀리에 이루어졌다. 휘가 그걸 원했기 때문이다. 명운곡의 일을 겪고 나자, 아무리 무당이라 해도 삼악의 눈을 벗어나 있지는 않을 거라 생각 든 것이다.

운검의 부탁과 십팔마마공이 출현할 당시 현장에 있었다는 말에 만나기는 하지만, 청천은 내심 마음이 기껍지는 않았다.

아직 이십대의 젊은 사람이 비밀리의 만남을 좋아한다는 것이 왠지 탐탁하지가 않은 것이다. 감히 무당의 장문을 만나면서 비밀이라니…….

"허허허……. 차를 들게나."

휘는 청천 도장의 말에 조용히 찻잔을 응시했다. 연녹색 찻물이 맑게 우러난 찻잔에선 은은한 향이 스며 나오고 있었다.

휘가 차를 마시지 않고 바라만 보고 있자 운검이 의아한 눈으로 물었다.

"왜 그러나? 차가 마음에 안 드나?"

휘는 여전히 아무런 말도 없이 찻잔만 바라보았다. 그러자 청천이 노기 띤 음성으로 입을 열었다.

"어허! 이 차는 본도가 매일 마시는 차네. 감히 의심을 하는 겐가?"

그제야 휘가 눈을 들었다.

"찻물을 보니 세상이 보이는 듯해서요."

탕!

다탁을 가볍게 내려친 청천이 짐짓 목소리를 깔고 휘를 바라봤다.

"허! 지금 본도와 선문답이라도 하자는 겐가?"

"찻물에서 색과 향은 보이고 느껴지는데 어째 마음은 보이지가 않습니다. 해서 그 마음이 어디로 숨었나 찾고 있었지요."

"무어라?"

청천의 눈이 굳어졌다.

휘가 엉뚱한 말만 하자 운검은 당혹스럽기만 했다. 도가의 장문 진인을 앞에 놓고 선문답을 하자는 것은 아닐 것이다. 그런데 왜 자꾸 엉뚱한 소리만 하는 것일까.

노기를 억누르고 있는 청천을 보며 휘가 나직이, 너무도 낮아 신경을 써야만이 들을 수 있을 정도로 나직이 입을 열었다.

"적은… 제가 보고자 하는 찻물 속의 마음만큼이나 깊이 숨어 있습니다. 그러니 조심할 수밖에요."

꿈틀, 청천의 기다란 눈썹이 역팔 자를 그렸다. 그러나 휘의 말은 한 점 흔들림 없이 계속되었다.

"천 년, 아니, 어쩌면 더 오래전부터 어둠 속에서 지내온 자들입니다. 무당보다도, 소림보다도 훨씬 이전부터……."

누천년이라 하면 믿어줄까?

"…무슨?"

"그들을 모르고는 제가 하는 말을 이해하실 수 없을 테니, 찻물 속에서 마음을 찾고자 하는 저를 이해해 주시길……."

운검이 눈을 동그랗게 뜨고 휘를 바라보았다. 비록 반나절도 안 되는 시간이었지만 지금까지 그가 봐온 휘가 아니었다. 앉아 있는 모습이 거대한 바위 같게만 느껴진다. 절대 흔들리지 않을 것 같은 거대한 바위 말이다.

"으음……."

청천의 노기 띤 표정도 서서히 가라앉았다. 눈앞의 젊은이가 조금은 다르게 보이는 것이다. 그저 버릇없는 어린 후배인 줄 알았는데 숨겨진 무언가가 있는 것 같기도 하다.

"말해보게. 무얼 말하고 싶은 겐가?"

"그전에… 주위를 물려주시지요."

"음?"

청천의 눈에서 신광이 흘러나왔다.

장문인의 거처는 사시사철 밤이고 낮이고 가리지 않고 수신위가 상주하고 있다. 외출시에도 삼 장 거리를 떨어지지 않는 것이 지금까지의 법도였다. 한데 어찌 알았는지는 몰라도 그 법도를 물리라 한다.

"그들은 나를 지키는 사람들이네. 나를 해하려는 사람들이 아니란 말이지."

또다시 괘씸한 마음이 든다. 자신이 이렇게 마음이 자주 바뀌는 사람이었는지 의아스러울 정도다.

운검을 바라보았다. 그도 곤혹스런 눈치다. 다시 휘를 보고는 한마디 하려 할 때다.

"그럼 제가 잠시 혼절만 시키도록 하겠습니다."

"……."

끝내 청천의 입이 쩍 벌어졌다. 기가 차서 말도 안 나온다는 표정으로.

운검의 눈 깊은 곳에선 기광이 번뜩였다. 어쩌면 자신의 예상이 맞을지도 모른다는 생각에.

입을 벌린 청천이 헛웃음을 터뜨리며 말했다.

"허! 허! 삼은자(三隱子)가 본도를 지킨다는 말이 무슨 뜻인지나 알고…… 해보겠다면 말리지는 않겠네만……."

"그럼 승낙으로 알겠습니다."

스르륵…….

순간, 청천과 운검은 환상을 보았다. 아니, 자신들이 보고 있는 것이 환상인지 실체인지조차 분간이 가지 않았다.

휘의 몸이 분해되듯이 사라지고 있었다. 세 갈래로. 뿌연 그림자만 남긴 채.

풍령의 기운이 발동된 오보천환은 가히 다른 말이 필요없었다. 그것은 환상, 눈을 빤히 뜨고도 어찌할 수 없는 신기루였다.

사사사……

모래 스치는 소리가 여기저기서 동시에 들린다.

청천과 운검은 번쩍, 고개를 들었다.

"아!"

붉고 영롱한 꽃이 천장에 스며들고 있다. 우측 벽에도 한 송이 혈련화가 그려지는 듯하더니 흔적도 없이 사라진다. 그것은 또 다른 아름다움이었다.

미처 정신을 차리기도 전에 휘의 모습이 두 사람 앞에 어른거렸다. 처음의 그 모습 그대로. 뒤이어 잔잔한 음성이 귓전을 울린다.

"한 시진 정도면 혈이 풀릴 것입니다."

휘는 조용히 입을 열며 두 사람을 바라보았다. 넋이 반쯤 빠진 모습이다. 신법을 펼친 휘 자신조차 놀랄 정도로 완벽한 오보천환이었으니 두 사람의 마음은 오죽하랴.

휘는 만족한 심정으로 본론을 말하기 시작했다. 두 사람이야 어떤 표정을 짓고 있든 간에…….

"십팔마마공이 나타나기 전 괴이한 일이 있었습니다. 바로 천도맹이 야귀도를 쫓고 있었는데, 그 이유가…….."

재빠르게 본래의 신색을 회복한 두 사람이 어색한 표정을 지었다. 그러나 휘의 이야기가 꼬여진 매듭을 풀기 시작하더니, 점점 본론을 향해 깊어져 가자 심각하게 변하기 시작했다.

그러다 운검이 먼저 의혹에 찬 목소리로 물었다.

"그럼 천도맹이 잃어버린 책자는 십팔마마공이 아니었단 말인가?"

"소진용에게 듣기로는……."

청천도 물었다.

"내단이 아닌 동패를 잃어버렸었다고?"

"그렇습니다. 분명 여우경은……."

"그들의 말을 믿을 근거는?"

"없습니다."

"……."

딱 잘라 말해 없다고 하자 잠시 침묵이 흘렀다.

"험! 험……."

어색한 헛기침을 내뱉으며 청천과 운검이 휘를 바라보았다.

놀란 건 놀란 거고, 밝혀야 할 진실은 진실이다. 한데 휘는 근거가 없다 한다. 그럼 뭘로 믿어야 한단 말인가. 비록 상황이 공교로울 정도로 맞물려 돌아가기는 했지만, 그렇다고 천도맹의 말이 사실이라는 증거는 되지 못한다.

휘도 모르는 바는 아니다. 그렇기에 함부로 나서지 않았던 것, 두 사람의 반응도 예상했던 대로일 뿐이다.

생각에 잠긴 듯한 두 사람을 바라보며 휘가 조용히 입을 열었다.

"십팔마마공쯤은 자신들의 계획을 위해 쉽게 포기할 수 있는 세력이 있다면 어찌하시겠습니까?"

"말도 안 되네! 십팔마마공을 쉽게 생각할 무림문파가 어디에 있겠는가?"

"무당만 해도 십팔마마공 이상 가는 무공이 몇 가지 있는 것으로 알고 있습니다만……."

"음……. 그건… 그렇지. 하나……."

자파의 무공을 높이 사주는 데야 달갑지 않을 사람이 어디 있을까. 청천의 표정이 부드럽게 풀렸다. 그러자 휘가 송곳으로 찌르듯이 물었다.

"삼악을 아십니까? 마백을 아십니까?"

"……?"

"철혈성이 마백일지 모르는 세력의 손아귀에 떨어졌다는 것은 아십니까?"

휘의 말에 두 사람이 동시에 외쳤다.

"그럼 그 신비 세력이?!"

휘의 눈에 이채가 어렸다. 두 사람도 알고 있는 듯하다. 그렇다면 말하기가 훨씬 수월할지도.

"그 신비 세력의 책임자와 한 번 부딪쳐 본 적이 있습니다. 그때 본 것입니다만, 그는 가슴속에 마백의 표식을 한 기물을 지니고 있었습니다. 이리 말씀드리면 믿으실지……."

숨을 한 번 크게 내쉰 휘가 조용히 말했다.

"그의 무공은 대문파의 수장과 겨룰 수 있을 정도였습니다. 단지 철혈성에 책임자로 나와 있는 자의 무공이 말입니다. 아시겠습니까? 그들에게 있어 십팔마마공은… 그저 조금 강한 무공에 불과할 뿐입니다. 물론 정확히 확인된 사실은 아닙니다만, 제가 듣고 본 정보로 추측해 봐서는 그렇다는 말입니다."

이미 두 눈으로 휘의 무공을 본 두 사람의 귀에는 그 말조차도 확신할 수 있다는 말로 들릴 뿐이다. 무인에게는 백 마디 말보다 한 초식의 검이 더 확실한 믿음을 주는 법이니까.

"마백이라……."

청천이 독백하듯 중얼거리자 휘가 다시 말을 이었다.

"저는 그 사실을 밝히기 위해서 철혈성에 갈 생각입니다. 훗날 그들에 대해서 밝혀지는 게 있다면 무당에 제일 먼저 정보를 건네지요."

"자네……."

격정에 찬 운검의 뜨거운 눈빛이 휘를 향했다.

이름도 알려지지 않은 청년이 마의 무리와 대적하기 위해 적진에 뛰어들겠다는데 자신은 무엇을 하고 있었는가.

'운검아, 너 자신이 부끄럽지 않느냐?'

운검의 뜨거운 눈빛을 받으며 휘는 조용히 입을 열었다.

'집에 가는 겁니다.'

그 말은 하지 않고.

"저 나름대로 할 일이 있기 때문에 가는 것입니다. 제가 무슨 협사라거나, 정의감에 불타는 사람이어서가 아닙니다. 그리고 무당에 부탁드리고자 하는 일이 있습니다."

청천과 운검의 표정이 굳어졌다. 비록 부탁이라지만, 어떤 식으로든 요구를 당한다는 것에 익숙하지 않은 두 사람이었기에 휘의 말이 어색하기만 한 것이다.

"비밀리에 힘을 모아주십시오. 제가 아는 그들은, 결코 한두 문파가 힘을 합한다고 해서 싸울 수 있는 자들이 아닙니다. 게다가 어둠에 깔린 눈과 귀가 얼마나 되는지도 모릅니다."

오죽하면 무당 장문인을 지키는 수신삼은자의 눈과 귀를 막았겠는가.

"아마… 무당이 앞장선다면 구파와 오대세가도 마다하지 않겠지요."

그럴 것이다. 무림의 대문파일수록 명예에는 한없이 약하니까.

요구 같지도 않은 요구에 청천은 안도의 숨을 내쉬었다. 만일 휘의 말이 사실이라면 오히려 자신들이 나서서 해야 할 일이었다.

청천이 물었다.

"칠패는 왜 제외하는가?"

"물론 그들 중 힘을 보탤 곳은 있을 겁니다만, 현재는 어느 곳이 마백의 마수에 물들어 있는지 알 수가 없는 상황입니다."

사실 구파와 오대세가도 믿을 수 없는 곳이 있겠지만, 그래도 칠패보다는 낫지 않을까 하는 것이 휘의 생각이었다.

게다가 암암리에 힘을 키워온 구파와 오대세가가 최근에 와서 본격적으로 움직일 생각을 가지고 있으니만치, 그 움직임을 이용한다면 신비 세력을 견제하는 데 더 용이할 거라는 계산이 선 것이다.

청천이 머뭇거리다 입을 열었다.

"음… 백리 여도우가 왜 왔는지 아나?"

휘가 청천을 바라봤다. 눈빛이 처음보다 훨씬 부드럽게 느껴진다.

"혈천교가 신비 세력에 잠식당한 듯하다는 백리진군의 서찰을 가지고 왔네. 호남무림의 정파고수들 실종 사건이 아무래도 그들의 짓 같다는 걸세. 함께 조사를 해보자고 하더군. 간간이 호북에까지 나타나는 그들의 움직임이 아무래도 수상하다고 하면서 말이네."

청천의 말에 점점 힘이 들어갔다.

"나는, 우리 무당은, 앞으로 마도의 창궐을 지켜보고 있지만은 않을 작정이네."

구파와 오대세가가 신생 세력에 하나둘 무릎 꿇고 뒤로 물러섰던, 그 뼈아픈 팔십 년 전의 과오를 되풀이하고 싶지 않다는 것이 더 솔직한 표현이었을 게다.

"언제고 확인되는 것이 있거든 알려주게. 정의를 위해서 우리 무당이 도울 수 있는 게 있다면 어떻게 해서든 돕겠네."

휘가 조용히 고개를 끄덕이며 웃음을 지었다.

"저와… 저희 만상문 역시……."

칠채보석을 쌓아 만든 산이 이럴까.

가을 하늘 아래 무당의 화려함은 산을 내려가는 이의 발걸음을 자꾸만 붙잡는다. 터벅거리는 나그네들의 어깨 위로 떨어져 내리는 단풍잎에 사람도 산을 닮아 붉게 물들어간다.

그러나 시뻘겋게 불타오르던 저 산들도 찬바람이 일면 허연 백설을 뒤집어써야 하리라.

무당산을 떠나는 휘의 발걸음이 한결 가벼워졌다. 천검보와 천도맹 사이에 얽힌 사건은 무당이 끼어듦으로써 보다 신중히 다뤄질 것이다. 그 말인즉, 암중의 누군가가 획책한 계획이 약간 비틀어졌다고나 할까?

그것만으로도 휘의 행보에 큰 도움이 된다 할 수 있었다. 아무래도 암중인들은 그만큼 그쪽에 더 신경을 써야 할 테고, 그럼으로써 휘가 움직이기도 편해질 테니까. 상대가 마백이든, 사령이든, 그 누구든.

그리고 강호의 대문파들이 많이 움직일수록 강호에 흐르는 정보의 양도 많아질 터, 그렇다면 만상문에게는 더없이 좋은 기회였다. 강호의 중심에 자리를 잡을 기회 말이다.

입가에 하얀 웃음을 지으며 걸어가던 휘가 뒤를 돌아보았다. 적인풍과 당홍이 보인다.

두 사람이 따라올 줄은 생각도 못했다. 백리연을 보호하며 무당까지 온 당홍이 무엇 때문에 따라오는 걸까.

아무리 백리연이 무당과 함께 움직이기로 했기 때문에 안전을 걱정할 필요는 없다 하더라도 당홍이 자신들을 따라올 이유는 없었다. 게다가 당홍이 따라오니 적인풍까지 따라온다.

"왠지 재미있는 일이 벌어질 것 같거든."

당홍의 말에 휘는 더 이상 그들을 신경 쓰지 않기로 했다. 날 선 고양이 옆에서 마냥 즐거워하는 늑대의 얼굴을 보는 것만으로도 가슴이 훈훈해지는 휘였으니까.

2장
피를 쫓아 움직이는 사람들

1

　구름이 하늘을 가려 별빛조차 보이지 않는 밤, 삼경을 알리는 북소리
가 아득히 들려오고, 어둠이 너무 짙어 야조조차 날기를 포기하고 날개
를 접고 있건만, 무양산 계곡 한가운데 위치한 대전에는 사람들이 소리
없이 모여들고 있다.

　하나같이 굳은 표정에 은근한 기대감을 숨긴 사람들, 그들은 한번도
고개를 옆으로 돌리지 않고 대전 안으로 들어가더니, 행여 기척이라도
날세라 조심스럽게 엎드렸다.

　옷자락 스치는 소리도 들리지 않는다. 사람이라면 당연히 지니고 있는
기운조차 그 어디에서도 느껴지지 않는다. 심장이 약한 자가 들어서면
그대로 심장이 멎어버릴 듯한 질식감만이 무겁게 대전을 짓누르고 있을
뿐이다.

　그렇게 모여든 자가 삼백이었다.

　천여 평 넓이의 거대한 대전. 안을 밝히고 있는 불빛이라곤 오직 허벅

지 굵기의 황촛불 여섯 개가 전부였다. 그럼에도 엎드려 있는 사람 누구 하나 대전 안을 어둡다 생각하는 사람이 없었다.

그들은 아는 것이다.

오늘, 그나마 여섯 개의 불빛을 밝힌 것마저도 궁주의 특별한 명령이 있었기에 가능한 일이라는 것을.

둥…….

크지도 않은 북소리가 흐릿한 어둠을 흘러 거대한 대전 곳곳을 누비자, 약속이라도 한 듯 사람들이 모두 일어섰다.

둥…….

그리고 다시 엎드렸다. 그럼에도 아무런 소리도 나지 않는다. 멋모르고 지붕 위를 지나가던 박쥐가 질색하며 도망가는 날갯짓 소리만이 들려올 뿐이다. 그렇게 침묵조차 잠들어가던 어느 순간.

"신! 마! 앙! 복!!"

일제히 터지는 앙복의 외침!

어둠을 짓누르는 무거운 외침에 거대한 대전이 진저리를 친다.

수줍게 얼굴을 내밀던 초승달이 깜짝 놀라 구름에 얼굴을 파묻는다.

그때, 화답이라도 하듯 대전의 안쪽에서 나지막하면서도 굵은 음성이 울려 나왔다.

"신. 마. 현. 신!!"

벽을 타고 울리는 메아리가 사라지기도 전, 황촛불의 불빛조차 닿지 않는 어둠 속에서 붉은 빛이 은은히 밝혀지더니, 칙칙한 붉은 빛 사이로 다섯 명이 걸어나왔다.

두 명의 청년과 세 명의 노인, 붉은 빛이 뿌연 안개 사이로 흐르는 회랑을 따라 들어선 그들이 좌우로 도열하자, 마치 처음부터 그 자리에 있었던 것처럼 한 사람이 태사의에 나타났다.

금방이라도 피가 뚝뚝 떨어질 것만 같은 핏빛 귀면탈의 괴인.

나이를 짐작할 수도 없는 핏빛 귀면탈의 금포인은 나타나자마자 사위를 쓸어보았다. 황금빛으로 빛나는 두 눈이 사위를 쓸어보자 엎드려 있던 자들이 온몸을 부르르 떨고, 겁에 질린 어둠이 황촛불에 출렁였다.

그때였다.

"마를 따르는 자들이여, 아수라를 경배하라!!"

"앙! 복!"

"아수라께서 말하셨도다! 이제… 때가 되었다!!"

우르릉……

음울한 울림이 대전을 뒤흔들었다.

단 한 마디였다. 그 한마디에 이제껏 아무런 기운도 흘리지 않고 엎드려만 있던 삼백 마웅들의 전신에서 기쁨에 젖은 마기가 일시에 뿜어졌다.

"본좌는 알릴 것이다! 본 궁이 곧 천하의 하늘임을! 따르는 자는 살 것이요, 거역하는 자는 죽일 것이다!"

격동에 찬 떨림이 전염병처럼 번져 갔다. 황촛불이 꺼질 듯이 흔들렸다. 누구도 예외가 없었다. 심지어 단상에 서 있던 오 인마저 두 눈에서 줄기줄기 마기를 뿜어내며 기쁨에 젖어 있다.

"제 일로군(一路軍)은 강북을!"

"신마의 명에 따르오이다!"

젊은 자 중 은의를 입은 자가 무릎을 꿇었다.

"제 이로군은 강남을!"

"혼을 바쳐 봉행하오리다!"

혈의를 입은 자가 엎드렸다.

귀면탈의 금포인이 두 사람을 차례로 바라보더니 다시 말을 이었다.

"제 삼로군은… 혈로(血路)를 간다!"

이번에는 아무도 움직이지 않았다. 그럼에도 의문을 가지는 자 역시 없었다. 다만 엎드려 있던 두 사람의 눈에서 기광이 번뜩였을 뿐이다.

시간이 흐르고, 광란하던 마기의 회오리가 바닥으로 내려앉자 귀면탈의 괴인이 고개를 쳐들고 외쳤다.

악마가 하늘의 피를 갈구하듯이.

"아수라를 경배하는 자들이여! 천하를 피로써 취하라! 피로 덮인 천하를 아수라께 바쳐라!!"

"하늘 아래 유일의 힘, 아수라를 위하여!! 신.마.앙.복!!"

2

섬서로 넘어가는 길은 첩첩산중을 돌고 돌아가야 했다. 오죽하면 산 하나를 넘는 데 아흔아홉 구비를 돌 정도다.

앞서 가는 사람들을 바라보며 가을바람을 만끽하던 휘가 하늘을 올려다보았다. 남으로 내려가는 기러기 떼 뒤를 또 다른 철새들이 뒤따르고 있다.

'이제는 해결을 봐야 할 것 같군.'

뒤통수에 달라붙은 끈적끈적한 눈길에 신경이 쓰인다.

언제부턴지 정확히 기억은 나지 않지만, 꽤 오래전부터 느끼고 있었다. 멀리 떨어진 채 끈덕지게 따라붙고 있는 눈길은 모두 셋. 다만 살기를 품고 있는 눈길은 아니었기에 그러려니 했었다. 하지만 이제는 그럴 수가 없게 되었다. 한중으로 가는 길은 둘 중 하나여야 했기 때문이다.

친구, 아니면 적.

적이라면 벨 것이다. 그게 누구든, 몇이든.

*   *   *

꾀죄죄한 행색에 등 보따리를 짊어진 두 노인은 피곤에 절은 눈으로 저 멀리 구비를 돌아가는 사람들을 쳐다보았다.

"씨발, 도대체 어디까지 가는 거야? 그리고 적인풍이 놈은 또 왜 끼어든 거야? 뭐 얻어먹을 게 있다고 같이 따라다니냐고!!"

무당에서 내려올 때만 해도 가는 길이 같아서 잠시 같이 가는 줄로만 알았다. 그런데 헤어질 생각을 안 하고 며칠째 같이 가는 것을 보니 아무래도 당분간 헤어질 마음이 없는 듯하다.

그래서 더 화가 난다. 한 놈도, 아니, 네 놈도 힘든데, 거기다 승부를 자신할 수 없는 적인풍까지 끼어들고 보니 모든 원망이 적인풍에게 몰린다.

키가 작은 흑의노인이 구시렁거리며 투덜거리자, 갈의—본래는 백의였던 것 같다—를 입은 노인이 초립을 들고 빨간 눈으로 흑의노인의 등을 노려보았다.

'내 언젠가는 저놈 때문에 제명에 죽지 못할 줄 알았거늘. 미쳤다고 여기까지 따라와서……. 크윽! 벌써 가을인데…….'

그런 갈의인의 마음을 아는지 모르는지 흑의인이 이를 갈며 말했다.

"저놈이 호북으로 오기에 아래로 내려갈 줄 알았더니, 젠장, 왜 섬서로 가는 거지?"

"집이 거긴가 보지 뭐."

"련에 연락은 넣었냐?"

"음."

"뭐래? 도와줄 사람은 보내준다던?"

"음."

"다행이군……."

비록 남쪽에 치우쳐 있지만 호북은 귀마련의 총단이 있는 곳이 아니던가. 지금까지 보고만 있었던 것도 총단의 힘을 빌려 놈을 치기 위해서였다. 남들이야 어떻게 생각하든 말든.

지원군이 온다는 말에 눈을 빛내는 흑의인을 바라보며 갈의노인이 빨간 눈을 가늘게 떨더니 마지못한 듯 입을 열었다.

"이번에도 안 따라오면 껍질을 벗겨 버린다더라. 련주 늙은이가."

"무슨… 설… 마……?"

"설마고 지랄이고, 놈이 창산이마를 꺾었다는 것을 련주도 알았거든. 그런 놈을 죽이려면 적어도 오사 모두가 동귀어진을 각오해야 하는데, 그 늙은이가 허락할 거 같으냐? 거기다 몇 놈이 더 있는데……."

"어, 어떻게……? 혹시 네가?"

흑의노인 흑살지주가 눈을 부라리자, 갈의노인 유혼귀자가 도리어 이를 갈며 얼굴을 디밀었다.

"그럼 어떻게 하냐? 젊은 놈한테 당해서 네놈이 피똥을 한 달간 쌌다고 서신에 적었는데도 믿어주지를 않는데."

"그, 그러면… 내가… 똥꼬를 다쳤다는 것도……?"

흑살지주의 얼굴이 흑색으로 물들었다. 그러자 유혼귀자가 고개를 끄덕이며 말했다.

"그나마 그 이야기를 듣고는 오랜만에 웃었다고 패지는 않는다고 했다더라. 어쩔래?"

흑살지주의 두 눈이 시뻘겋게 달아올랐다.

"뭐, 뭘?"

"안 돌아갈래? 너하고 나하고 달려들어 봐야 놈의 머리카락도 못 건들 텐데."

"미, 미쳤냐? 지금까지 고생한 것이 얼만데……. 그리고!"

흑살지주가 유혼귀자를 죽일 듯이 노려봤다.

"네놈이 다 이야기했다며?!! 쪽팔려서 어떻게 가냐?!!"

이제는 빼도 박도 못하게 되었다. 죽으면 죽었지, 어떻게 동료들에게 놀림을 받으며 산단 말인가.

─한 달간 피똥 쌌다며? 한 달간 피똥 싼 놈!

헛소리가 공명되어 귓전에 울리는 것만 같다.

죽자! 죽어! 차라리 저놈하고 한바탕하고 죽자!

벌떡!

몸을 일으킨 흑살지주가 성큼성큼 걸어가자 유혼귀자의 얼굴이 하얗게 변해 버렸다.

"어? 거, 거미귀신아! 너 왜 그래?"

"똥꼬에 꽃 그림 그려진 놈이라고 놀림을 받느니 아예 죽을란다! 네가 내 친구만 아니었어도… 그놈의 빨간 눈깔을 뽑아버렸을 텐데……. 크흑! 친구라 그럴 수도 없고……."

"거미귀신아… 내가 일부러 그런 것이 아니고……."

유혼귀자가 말리려 하지만 흑살지주의 걸음은 더욱 빨라질 뿐이다.

"놔! 너는 잘 먹고 잘살아라! 나는… 죽으러 갈란다!!"

"미, 미안하다……."

결국은 유혼귀자가 미안하단 말과 함께 흑살지주를 따라 걸음을 옮겼다. 죽음이 기다리고 있을지도 모를 길을 따라…….

뒤에서 유혼귀자의 풀 죽은 음성이 발자국 소리와 함께 들리자 흑살지주의 입꼬리가 묘하게 틀어졌다.

'헹! 내가 죽어도 혼자 죽을까 봐? 저승길도 같이 가야 덜 심심하지,

이놈아! 살아도 같이 살고 죽어도 같이 죽는 게 친구다, 이놈아!'

암영은 실눈을 뜨고 저만치 앞에서 힘차게 걸어가는 두 사람을 의혹에 찬 눈으로 바라보았다.

놈의 흔적을 찾는 데 한 달, 그 후 낙양에서 놈들의 흔적을 찾은 때부터 무려 오 개월이 넘도록 추적을 해왔다. 그러다 언제부턴지 자신 외에도 여휘라는 놈을 쫓는 두 사람이 있음을 알았다. 그때부터 자신은 그 두 사람의 눈까지 의식해야만 했다. 그 바람에 제대로 흑마령주에게 소식도 전하지 못했다.

때로는 거치적거리는 두 사람을 죽여 버릴까 생각도 했었다. 하지만 두 사람의 무공이 결코 자신의 아래가 아님을 알고 포기해야만 했다. 그렇게 쫓고 쫓는 기이한 행렬이 중원을 한 바퀴 돌도록 이어졌다.

그런데… 이제 와서 앞선 두 늙은이가 미친 사람처럼 행동을 한다.

왠지 불안한 마음이 든다. 아무래도 제정신이 아닌 듯하다.

암영은 두 사람이 불쌍해 보였다. 몹쓸 눈병이 들었는지 빨간 눈알을 한 노인과 얼마나 고생을 했는지 얼굴이 온통 주름으로 뒤덮인 노인의 갖은 고생을 보면서 동병상련의 정이 든 것이다.

'쯧쯧쯧, 피똥을 싸면서까지 쫓아다니다니…… . 얼마나 원한이 컸으면…… .'

왜 피똥을 싸는지는 모른다. 다만 늙다 보니 장이 약해져 그런 거라 생각할 뿐이었다. 그런 몸을 이끌고 원한을 갚기 위해 적을 쫓는 두 노인을 보니 울화가 치민다.

'어린 놈이 저런 노인에게 얼마나 큰 원한을 심어놓았기에…… . 내 무슨 일이 있어도 저놈만은 가만두지 않으리라! 흑마령주님의 명이 아니어도 저놈만은…… .'

어릴 때부터 살인과 첩보 훈련만 받아온 암영이 처음으로 가진 자신만의 감정이었다.

*   *   *

휘가 잠시 쉬었다 가자고 할 때만 해도 그러려니 했었다. 주위의 풍광도 볼만했고, 고갯길을 질리도록 돌다 보니 따분한 마음이 들었기 때문이다.

모두가 바위에 걸터앉아 쉬고 있을 때, 초평우는 여전히 당홍의 주위를 맴돌았다. 어떻게든 이야깃거리를 찾아 말을 붙이려고.

"어… 내 듣기로는 아가씨가 사천당가의 사람이라 알고 있는데……."

그러다 쓸데없는 말을 해서 당홍의 눈총을 받기도 했다.

"내가 당가의 사람이든 아니든, 늑대가 웬 상관이지?"

"당가의 사람이면 암기나 독을 쓴다 들었는데 웬 검?"

"남이야 검을 쓰든 암기를 쓰든 신경 끄라니까!"

빽, 소리를 내지른 당홍이 살기마저 띤 눈초리로 노려보자 초평우의 목이 쏙 들어갔다. 그러자 더 이상 두면 안 되겠다 생각했는지 적인풍이 전음을 보냈다.

"초 소협, 당홍은 당가에서 버림받다시피 한 아가씨라네. 당가의 이야기를 더 하면 아마 당장 검이 날아올지 모르니 조심하게나."

"흡!"

대경실색 숨을 들이킨 초평우가 미안한 마음에 당홍을 바라보았다. 그러다 당홍의 마음을 풀어줄 생각으로 당홍의 얼굴을 바라보며 말했다.

"어떤 놈이 아가씨의 얼굴에다 칼질을 해놓았는지… 때려죽일……."

한데…….

"우리 엄마야."

"응?"

당홍이 살벌한 눈으로 초평우를 노려보았다.

"우리 엄마라구, 얼굴에 상처를 낸 사람이. 근데, 뭐? 때려죽여?"

"그, 그게… 아니구 말이지……."

제기랄! 젠장!

초평우가 하늘을 원망하며 손사래를 치자 당홍이 천천히 검병을 잡아간다.

"우리 엄마가 나를 살리기 위해서 얼마나 고생했는지 알아? 늑대! 네놈이 아냐고!! 이 상처도 엄마가 나를 살리려다 실수해서 생긴 거란 말이다! 엄마가 얼마나 미안해하다가 돌아가셨는데, 뭐 어째?!"

당홍이 소리치며 금방이라도 달려들 듯하자 초평우의 안색이 노래졌다. 그러다 이대로 당할 수는 없다 생각했는지 벌떡 일어서며 소리쳤다.

"내가 알았냐? 내가 알았냐구! 네가 언제 말이나 해줬냐?!"

"누가 늑대더러 나 생각해 주랬나? 응?!"

"그래도 너 생각해 주는 사람은 나밖에 없잖아! 씨이……."

그렇게 당홍과 초평우가 서로를 잡아먹을 듯이 노려보고 있을 때였다. 휘가 뜻 모를 말을 한다.

"흠, 이상하군요. 스스로 나타나다니……."

"예?"

풍인강이 제일 먼저 반응을 보인다. 벌떡 일어선 풍인강이 휘의 시선을 따라 고개 아래로 눈을 돌리자 초평우도 이때라는 듯 재빨리 당홍을 피해 휘에게 달려왔다.

그걸 보고 영등이 한마디 했다.

"아미타불. 초 시주, 좀 더 노시지……. 고양이와 늑대가 싸우면 누가 이길지 알 수 있는 절호의 기회였는데……."

대답은 당홍이 했다.

"흥! 내가 지금까지 머리 깎은 중은 안 죽였는데… 잘하면 이번 길에 새로운 경험을 할지 모르겠군."

당홍의 살 떨리는 말에 영등은 염불도 외지 않고 입을 다문 채 눈을 소리나게 돌려 고개 아래를 내려다봤다.

그곳에는 짐을 짊어진 두 노인이 발걸음도 힘차게 고갯길의 구비를 돌아오고 있었다. 그러다 내려다보는 자신들과 눈이 마주치자 경기라도 들린 듯 우뚝 멈춰 선다.

영등이 사람 좋은 인상을 지으며 큰 소리로 입을 열었다.

"아미타불! 시주, 우리는 산도적이 아니니 너무 겁먹지 않으셔도 되오이다. 허허허……."

흑살지주는 구비를 돌자마자 자신들을 쳐다보는 휘와 눈이 마주쳤다. 설마 앉아서 기다릴 줄은 생각도 안 하고 있던 그로선 심장이 쿵 소리를 내며 떨어지는 듯했다.

걸음을 옮겨야 하는데 발이 떨어지지를 않는다.

'으으… 왜 안 가고 여기서… 설마?'

아닐 거라 생각하면서도 꼭 자신들을 기다린 것만 같아 온몸이 사시나무처럼 떨려온다. 왠지 뒷구멍마저 쓰라린 것처럼 느껴진다.

뒤에서 그런 흑살지주를 바라보던 유혼귀자가 한숨을 내쉬었다.

'에휴……. 그럼 그렇지. 그놈의 병이 또 도졌군. 다 나은 줄 알았더니……'

하지만 발걸음이 떨어지지 않는 것은 자신도 마찬가지다.

그때 들려오는 구원의 소리.

영등사에서부터 같이 다닌 땡추가 건네는 말에 흑살지주는 간신히 용기를 내어 입을 열었다.

"저, 정말… 산대왕이 아니시란 말이오?"

영등은 노인이 겁에 질려 물어오자 너털웃음을 터뜨렸다.

"허허허!! 부처가 섞인 산도적을 봤습니까? 걱정 마시고 올라오십시오. 아미타불!"

두 노인이 어기적거리며 고갯길을 올라오자 휘가 빙그레 웃었다. 다른 사람은 몰라도 자신은 알 수가 있다. 노인들의 얼굴을 보고 안 것이 아니다. 두 사람이 감춘다고 감추고는 있지만, 내재되어 있는 기운만은 속일 수가 없는 것이다. 자신이 한번 대해본 적이 있었으니까.

이 장 앞까지 다가온 노인이 자꾸만 시선을 돌리자 휘가 먼저 말을 걸었다.

"언제 저희를 만나신 적이 있던가요?"

흑살지주가 정신없이 손사래를 쳤다.

"아, 아니오! 우리 같은 촌부들이 언제 공자님을……."

문득 장난기가 동했는지 휘가 웃으며 말했다.

"난 또……. 사실 제가 어떤 분의 엉덩이에 꽃을 선물한 적이 있어서……."

"커억!"

자신도 모르게 사레들린 신음을 토해낸 흑살지주가 목을 부여잡았다. 그러자 유혼귀자가 나서서 재빨리 등을 두드렸다.

"이, 이 친구… 기침을 너무 심하게 하면 안 된다니까."

휘는 초립을 쓰고 있는 유혼귀자를 보며 터져 나오려는 웃음을 가까스로 참았다.

몇 달간을 뒤만 쫓다가 무엇 때문에 나타났는지는 모른다. 하지만 자신들의 능력이 안 된다는 것을 알면서도 나타난 것을 보면 분명 무언가 다른 목적이 있을 것이다.

휘가 흥미로운 눈으로 두 노인을 바라보고 있는데 초평우가 고개를 갸웃거리며 다가왔다.

"어디서 본 것 같은데……. 노인장, 혹시 나 본 적 없수?"

흑살지주가 처량한 표정을 지으며 고개를 흔들었다.

"우리 같은 노인들이 언제 협사 같은 영웅들을 봤겠습니까?"

"그래요? 이상하네……."

연신 고개를 흔드는 초평우를 보며 휘는 두 사람에 대해 말해주고픈 충동을 느꼈다.

―저 노인이 바로 초 형의 목에 거미줄을 감았던 흑살지주요.

그러면 어떤 반응을 보일까? 아마 당장 죽이네, 살리네, 난리를 칠 것은 불 보듯 환하다.

말해줄까 말까, 잠시 망설이던 휘의 눈에 언뜻 뭔가가 보였다.

그것은 아주 우연이었다. 유혼귀자가 행여 자신의 빨간 눈동자가 들킬까 봐 몸을 반쯤 돌리고 있었기에 볼 수 있었다.

'응? 저 책은?'

유혼귀자의 등에 진 짐에서 무언가가 반쯤 빠져나와 있었다. 책이었다. 그런데 문제는, 그 책이 휘도 본 적이 있는 책이라는 것이었다. 휘의 눈에 곤혹스런 빛이 떠올랐다.

'그럼… 한고점의 책을 정기적으로 사갔다는 노인들이 바로……?'

많은 책을 사가서 한고점에 막대한 도움(?)을 준 노인들에 대해 언제고 고마움을 표하고 싶다 말했던 휘였다. 그런데 설마 그 노인들이 흑살지주와 유혼귀자였다니…….

휘의 입가로 하얀 웃음이 걸렸다.

'좋아. 좀 더 두고 보지. 그래도 한고점에 적지 않은 돈을 퍼주었으니 일단 죽이지는 않겠어.'

두 노인은 알까? 버리기 아까워서 자신들이 어쩔 수 없이 메고 다닌 책 덕분에 목숨을 구했다는 것을?

"출발합시다. 갈 길이 멉니다. 아! 그리고 노인장들도 같이 갑시다. 이렇게 험한 산을 두 노인들끼리만 넘으면 위험하거든요."

"아, 아니, 우리는……."

유혼귀자가 손을 흔들려 하다가 우뚝 멈추었다.

"조금만 같이 가면 되오. 같이 안 가겠다면 나도 어쩔 수 없소. 묻고 가는 수밖에. 알아서 하시오. 유혼귀자."

귀청을 파고드는 전음, 휘의 전음에 유혼귀자는 혼이 다 달아나는 기분이었다.

'놈은 알고 있었다. 맙소사! 이제 죽었… 가만? 그런데 왜 같이 가자는 거지? 죽이지는 않겠다는 것인가? 그런데 조금만 같이 가면 된다고? 왜?'

휘의 전음에 부들부들 떨고 있는 유혼귀자의 소맷자락을 멋모르는 흑살지주가 잡아당긴다.

"가, 같이 가자구……. 우리만 가면 위험하잖아."

흑살지주는 전음을 듣지 못한 듯했다. 유혼귀자는 처연한 눈빛으로 자신을 재촉하는 흑살지주를 바라보았다.

잘되었다 생각하고 있는 듯하다. 같이 다니다 보면 기회를 얻을 수 있을 거라고 생각하는 것 같다. 미칠 노릇이다.

그렇다고 희망에 차 있는 흑살지주에게 차마 그 사실을 알려줄 수도 없었다. 전음을 보내 사실을 알려준다면 아마 오줌을 지리고 주저앉을지도 모른다.

유혼귀자는 차마 친구가… 적 앞에서 부끄러운 꼴을 보이는 것은 보고 싶지 않았다. 그래도… 친구니까.

"그, 그래. 가세."

결국 같이 가기로 동의하는 수밖에 없었다.

목에 매인 줄은 없지만, 보이지 않는 동아줄에 목이 매인 것처럼 느껴지는 유혼귀자였다.

'빌어먹을! 꼼짝없이 끌려 다니게 생겼구만. 에휴… 늙어 이 무슨 고생이람. 아마도 나에게 죽은 원혼들이 저놈의 손을 빌려 복수를 하려나 보다. 젠장할!'

도망을 갈까 생각을 안 해본 것도 아니다. 하지만 수십 년을 함께해온 친구를 놔두고 도망갈 수는 없지 않은가 말이다. 게다가 그렇게 도망가 봐야 신세한탄하다 죽을 게 뻔한데…….

명색이 유혼귀자가 그렇게 죽을 수는 없다.

'그래, 친구야! 살아도 같이 살고, 죽어도 같이 죽자!'

그렇게 늘어난 일행과 함께 한 시진가량을 걷던 도중이었다.

"먼저 가십시오. 잠시 볼일 좀 보고 따라가겠습니다."

느닷없이 휘가 잠시 다녀올 곳이 있다는 투로 말을 하자 사람들은 의아한 눈으로 휘를 바라보았다.

첩첩산중에서 대체 어디를 다녀온다는 말인가.

그때 무슨 생각을 했는지 흑살지주가 넌지시 입을 열었다.

"닦을 종이 필요하면 조금 줄 수도…….."

아마도 그는 휘가 뒤 마려운 일을 보겠다는 뜻으로 알아들었나 보다. 유혼귀자가 옷을 잡아당기는 데도 끈덕지게 보따리에서 종이를 꺼내려 한다. 하지만 흑살지주가 반쪽이 된 책을 꺼내 들었을 때 휘의 신형은 이미 이십여 장을 나아가고 있었다.

"쩝. 부드러워서 닦을 때 좋은데……."

간간이 팔아서 노자로도 썼지만 볼일을 볼 때마다 고마움을 느꼈던 책이었다. 특히 한참 아팠을 때는 더욱더.

학자들이 알면 무식한 놈이라고 욕을 할 테지만, 그놈들도 그곳을 아파보면 자신의 마음을 알 터였다.

흑살지주가 손에 든 반쪽짜리 책을 보며 중얼거리자 초평우가 손을 내밀었다.

"그거… 나 주쇼."

엉겁결에 반쪽짜리 책은 초평우에게 넘어갔다. 한데 책을 받아 든 초평우가 당홍을 훔쳐보면서 슬그머니 웃음을 짓는다. 왜?

'여자도 싸야 산다구. 우허허……. 더구나 아가씨의 거기를 풀잎으로만 닦게 놔둘 수야 없지. 암!'

암영은 나무 위에 숨어서 휘가 내려오는 모습을 보고는 숨을 멈추었다. 마음이야 혼내주고 싶지만, 그것은 말 그대로 마음뿐이었다. 상대는 암인대를 혼자서 도륙한 놈이다. 그리고 지금은 그때보다 훨씬 더 강해져 있다.

암영은 퇴로를 확인하려 뒤를 돌아보았다. 우거진 넝쿨로 가려진 암벽 사이로 한 사람 정도는 빠져나갈 수 있을 것 같다. 그곳으로 사라진다면 아마 곧바로 찾지는 못할 듯싶었다. 눈을 빛낸 암영은 다시 휘가 내려오는 모습을 보기 위해 고갯길을 바라보았다. 그런데.

"응?"

보이지 않는다. 분명 내려오고 있었는데 아무리 둘러봐도 보이지를 않는다.

'혹시?'

자신의 미행을 알아챘을지 모른다는 생각이 든다.

'일단은 물러나자.'

암영이 나무를 내려오려 할 때다.

"오랫동안 따라다녔는데 그냥 간다면 내가 섭하잖소."

"헉!"

휘의 음성이 귀청을 파고들었다. 청천벽력 같은 충격에 암영의 안색이 딱딱하게 굳어버렸다.

하늘이 무너져도 놀라지 않을 거라 자신했었거늘, 심장이 떨어질 것 같은 충격에 온몸이 굳어진다. 하지만 자신이 누군가? 신마천궁 암천단의 정예가 아닌가.

굳은 표정을 빠르게 안정시킨 암영은 옆으로 고개를 돌렸다. 휘가 보였다. 손가락보다 가느다란 나뭇가지에 고요히 서 있는 휘가.

"여… 휘? 조… 휘?"

진휘는 모르는가 보다.

암영이 자신이 아는 이름을 대자 휘가 싱긋 웃으며 말했다.

"그보다 더 좋은 이름도 있지. 내 이름은… 진조여휘야."

"진조여… 휘?"

"그렇지, 진조여휘. 그것이 내 진짜 이름이라니까."

휘의 담담한 말에 암영의 표정이 하얗게 변했다. 상대가 그동안 감추어온 이름을 알려준다는 것은… 더 이상 볼일이 없다는 말.

"이익!"

이를 앙다문 암영이 망설임없이 뒤로 몸을 튕겼다.

정면 대결은 일말의 희망도 없다는 것을 그는 잘 알고 있다. 일단은 도망이라도 쳐야만이 나중을 기약할 수 있다. 하지만 그것은 그저 그의 희망일 뿐, 휘의 그림자가 어른거린다 느껴진 순간.

쾅!

"크억!"

어떻게 된 것인지도 모른 채 일격을 맞고 날아가는 암영의 눈이 절망으로 물들었다. 강하다는 것은 알고 있었지만 이건 해도 너무한다. 그림자도 제대로 보지 못하고 당하다니…….

목을 타고 솟구치는 비릿한 피 냄새에 아득한 기분이 들었다. 그래도 온 힘을 다해 다시 몸을 날렸다. 마지막이라는 생각으로.

휘는 악착같이 몸을 날리는 암영을 바라보며 오른손을 들어올렸다. 검지가 붉게 물들더니 손가락 끝에 구슬이 생겨난다.

천홍!

휘가 손가락 끝에 떠오른 붉은 구슬을 튕기자 빠르게 휘도는 구슬이 한줄기 붉은 선을 그리며 날아간다.

그사이 암영은 십 장을 날아 암벽의 틈으로 사라지고 있다. 순간.

피이이잉!

붉은 선을 그리며 날아간 구슬이 팽그르르 돌며 암영이 사라진 암벽을 휘돌았다.

구전홍(球轉紅), 천홍을 이용하고 영등의 머리를 때린 검날의 회전을 응용해 펼쳐 본 지법이었다.

"커억!"

암벽 뒤에서 숨 막힌 비명이 터져 나옴과 동시에 흐릿해진 휘의 신형이 암벽을 돌아 내려섰다.

암영이 가슴을 부여잡고 부들거리고 있다. 손가락 사이로 시뻘건 피가 뿜어지고 있는 것이, 아무래도 구전홍이 암영의 등을 관통한 듯하다.

휘의 이 사이로 무감정한 음성이 새어 나왔다.

"이대로 편하게 죽을 건지, 아니면 죽기 전에 온갖 고통을 당할 것인 지는 그대의 결심에 달려 있다."

하늘에서 금방 서리라도 내릴 것만 같은 차가운 음성에 암영의 일그러 진 표정이 휘를 향했다.

"크크크… 어리석은 짓……."

암영에게서 느껴지는 것은 어둠의 기운, 그러고 보니 언젠가 느껴본 기운이다. 철혈성의 추적대에게서 느꼈던 것과 비슷한 기운.

그 사실을 깨닫자 휘의 입가에 하얀 웃음이 걸렸다.

이런 자는 결코 고통에 입을 열지 않는다는 것쯤은 휘도 안다. 어차피 일개 추적자에게서 많은 것을 알아내겠다는 생각 자체가 웃기는 일이다. 그럼에도 한 가지만은 확인하고 싶었다.

"죽음은 한 번, 어떻게 죽을 것인지 선택도 오직 한 번뿐, 결정은 그대 가 하라, 마. 백. 의 종이여……."

그 어떤 말에도 흔들리지 않을 듯하던 암영의 두 눈이 휘의 마지막 말 에 흡떠졌다.

"어, 어떻게……?"

"철혈성에 마백의 마졸들이 있다는 것은 결코 비밀이 아니다."

솔직히 지금까지는 십 할 자신하지 못하고 있었다. 그러나 눈앞에 있 는 자의 반응으로 봐서는 분명한 듯하다.

―철혈성의 신비 세력은 역시 마백이었다.

휘는 생각지도 못했던 뜻밖의 소득에 차가운 웃음을 지었다. 경악으로 일그러진 암영의 눈빛이 서서히 꺼져 가는 것을 바라보며 뒤돌아서는 휘 의 머리 속에 한 사람의 얼굴이 떠올랐다.

'이제부터 시작이다. 마백… 철군명! 후후후……'

3

"적 대협."

걸어가던 도중에 휘가 느닷없이 부르자 적인풍이 고개를 돌렸다.

"혈천교에 대해 아신다고 하신 걸로 기억합니다만."

"조금은……."

"무당 장문인께서 그러시더군요. 백리 소저가 무당을 방문한 이유가 바로 혈천교 문제 때문이라고 말입니다."

"흠! 드디어 놈들이 마각을 드러낸 것인가?"

적인풍이 침음성을 흘리며 미간에 골이 깊게 패이자 휘가 조용히 물었다.

"알고 계신 것이 있으시면 말씀해 주실 수 있으신지요."

잠시 생각을 가다듬은 적인풍이 다섯 걸음 정도를 옮기다가 입을 열었다. 휘를 따라가면서 휘의 질문을 마냥 피할 수만은 없었던 것이다.

"내가 혈천교의 변질을 눈치챈 것은 약 오 년 전이네. 그 당시 나와 내 친구들은 형산을 다녀오던 길이었지……."

적인풍이 형산을 다녀오던 중 장사를 지나 동정호 변을 거슬러 올라오던 길이었다고 한다. 평소 형님이라 부르며 친하게 지내던 한산장의 장주를 만났는데 그가 한숨을 내쉬며 말하길.

"혈천교에서 서신이 왔는데 교에 가입하지 않으면 멸문을 각오하라고 하네."

"그게 무슨 말입니까, 형님? 혈천교가 왜 느닷없이 강제로 가입을 요구한단 말입니까?"

"그걸 모르니 답답한 것 아닌가. 지금 그 일로 호남은 난리가 아니네. 아직 자세한 소문은 나지 않고 있지만 벌써 몇 개 상당수의 사람들이 그들의 명을 따르지 않았다는 이유로 죽음을 당했네. 겉으로야 소리 소문 없이 암살당하거나 지병으로 죽은 것처럼 알려져 있네만… 들은 바에 의하면 그들 역시 죽기 전에 내가 받은 서신과 비슷한 서신을 받았다 하더군."

"그럴 수가? 그놈들이 눈 가리고 아웅 하는 것도 정도가 있지, 어찌 그런 무도한 일을?"

"워낙 은밀히 이루어진 일인지라 모두가 쉬쉬하고 있는 형편이네."

이런 저런 대화를 나누며 술잔을 기울이고 적인풍은 한산장을 떠나왔다. 그런데 열흘도 지나지 않아 한산장의 장주가 죽음을 당했다는 소문이 적인풍의 귀에 들려온 것이다.

"그 당시 나는 화가 나서 물불을 가리지 않고 혈천교의 총단이 있는 마안산을 찾아갔네. 하지만 놈들은 극구 부인하면서 오히려 소란을 일으킨다며 검을 들이대더군."

적인풍이 싸늘한 눈빛을 흘리며 이를 지그시 깨물었다.

"중과부적인지라 일단은 물러났지. 그리고 대체 그놈들이 왜 그러는지를 알아봤네. 그런데 말이야… 간간이 알 수 없는 놈들이 보이는데, 그놈들 무공이 괴이하기 짝이 없더군. 웬만한 무공은 알아본다 생각했는데 그놈들 무공만큼은 도저히 알 길이 없었네. 그래서 친구들을 동원했지."

말을 하던 적인풍이 당홍을 바라봤다.

"유빙도 그렇게 끼어들었네. 그렇게 동분서주해서 결국 한 가지를 알아내긴 알아냈지. 비록 별것은 아니었지만."

적인풍이 다시 휘를 바라보며 말했다.

"우리가 알아낸 것이 뭔지 아나? 그것은 혈천교의 최고위 수뇌부들 중 많은 수가 바뀌었다는 것이었네. 그것도 한둘이 아닌 듯 보였네."

그 말인즉 혈천교가 한바탕 뒤집혔다는 말이나 같았다. 한데 어떻게 칠패의 한곳에서 그 정도의 일이 일어났는데도 무림에는 소문 하나 나지 않았단 말인가.

적인풍이 말을 이었다. 그리고 거기에 답이 있었다.

"그중 가장 큰 변화가 뭔 줄 아나? 교주는 혈궁마존 그대로인데… 그들 말로는 태상이라 부르는 사람이 또 있는 것 같더군. 그자는 워낙 치밀해서 앞에 나서지 않은 채 뒤에서 조종만 하는데도, 그의 말에 혈천교의 모든 것이 움직이고 있는 듯했네."

끝내 적인풍의 입에서 한숨이 터져 나왔다.

"후우, 누군지는 몰라도 정말 무서운 자야. 그 일로 친우만 잃고 얻은 것이 없으니……. 그저 먼저 간 친우들에게 죄스러울 뿐이네."

그 후 한참을 말없이 걸었다. 휘도 적인풍도. 그리고 입술을 깨물고 있는 당홍도.

휘가 입을 연 것은 그렇게 입을 다물고 걸은 지 이각여가 흘러서였다.

"아마… 제 생각이 맞다면… 당금 무림에서 그 정도의 일을 꾸밀 곳은 한곳뿐입니다."

적인풍이 놀란 눈으로 휘를 바라보았다.

"소리 소문 없이 칠패를 통째로 휘어잡을 만한 곳이 있단 말인가?"

휘가 고개를 끄덕였다. 그리고 마백에 대한 것을 말해주었다. 전 같으면 확실치 않은 말은 하지 않았을 휘였지만, 명운곡의 일을 겪은 뒤로는 일말의 가능성이라도 남에게 알려놓는 것이 좋을 것 같다는 생각이 든 것이다.

휘의 말이 진행될수록 적인풍의 눈이 커지고 당홍의 안색마저 굳어졌다.

"그들의 힘은… 아직 정확히 드러난 것은 없습니다만, 제 나름대로 판단한다면 칠패 중 두 곳 이상의 힘을 지니고 있습니다."

"불가능해요. 어떻게……."

당홍이 불신의 표정으로 휘를 바라보았다. 초평우가 발끈하려 하자 재빨리 휘가 말을 이었다.

"저는 그들과 싸워봤습니다. 비록 그들의 하부 조직이었지만 말입니다."

"하부 조직으로 어떻게 그들을 평가한단 말이죠?"

"일개 하부 조직의 몇 명이 절정의 고수를 죽일 능력이 있다면 어떻게 하시겠습니까?"

"어떻게… 그런 말도 안 되는……?"

당홍은 물론이고 적인풍의 눈마저 휘둥그레졌다. 두 사람의 눈에 불신의 빛이 짙어져 간다. 그러자 풍인강이 검을 뽑아 들었다.

쩡!

"나와 붙어보면 알 것이오!"

살벌한 검기가 빼어 든 검에서 자연스럽게 피어오르고, 풍인강의 입에서는 생각하기도 싫은 일을 떠올린 사람마냥 일그러진 음성이 새어 나왔다.

"나는 휘 대형이 그들과 싸울 때 숨어 있었소! 한 사람이라면 어떻게 해볼 수 있었지만, 둘이라면 분명 상대할 수 없었소! 행여나 휘 대형께 짐이 될까 봐 숨어 있어야만 했단 말이오!"

휘잉!

한 바퀴 휘두른 검으로 인해 옅은 검막이 형성되었다. 검강의 초기 단

계라 할 수 있는 기의 운용이었다.

"그것이 육 개월 전 일이오. 그 후로 나는 남에게 방해가 되지 않기 위해 나름대로 노력을 했소. 한 번 붙어봅시다! 그럼 알게 될 거요. 그들이 얼마나 무서운 자들인지!!"

적인풍과 당홍의 눈이 가늘게 흔들렸다. 그때였다.

"아니야! 풍가는 그래도 한 사람이라도 상대할 수 있었지. 나는……"

쨍!

대도를 빼 든 초평우가 넓은 도신에 얼굴을 들이밀었다.

"나는 한 사람은커녕 일 초도 받을 수 없었어. 그래서 개구멍 속에 들어가 바들바들 떨어야 했지. 분해서 말이야……. 그 기분 알아? 나하고 붙어봐! 그럼 알게 될 거야! 지금이라면 그놈들 두셋쯤은 상대할 수 있을 것 같거든?"

두 사람이 검과 도를 빼 들고 살벌하게 기운을 흘리자 적인풍과 당홍이 당황한 표정을 지었다. 설마 그런 사연이 있을 줄은 꿈에도 몰랐던 두 사람이었다. 자신들과 비교해도 크게 뒤떨어지지 않는 두 사람의 처절(?)한 외침에 비감마저 서려 있거늘, 뭐라 할 것인가. 다행히.

"그만 하세요. 그런다고 두 분이 검을 뺄 것 같지는 않으니까."

휘가 나서자 두 사람이 어물쩍 도검을 집어넣었다. 그런데 어째 말뜻이 묘하다. 초평우가 도를 집어넣으며 중얼.

"에이, 좋은 기회였는데, 한 번 붙어보자니까."

풍인강이 검을 거두며 구시렁.

"휘 대형은 왜 나서서 방해를……"

그러면서도 다짐을 받듯 또박또박 끊어 말했다.

"휘 대형의 말씀을 믿지 않는 사람은… 동료도, 뭣도 아닙니다. 잊지 마쇼!"

어이가 없는지 바닥을 선장으로 콩콩 찍어대며 영등이 중얼거린다.

"그런 마음으로 부처님을 섬기기나 하지들……. 싸움닭처럼 안달하지 말고. 쯧쯧쯧……."

그제야 적인풍과 당홍은 두 싸움닭이 말하는 바를 짐작할 수 있었다. 다름이 아니었다. 두 사람은 자신들과 겨루고 싶어 안달하고 있는 것이다. 거기에 더해 휘에 대한 맹신적인 믿음까지.

아연해진 두 사람을 향해 휘가 말했다. 아직 불신을 떨치지 못한 두 사람에게 알아서 짐작하라는 듯이.

"그들의 위에는 령주라는 사람이 있습니다. 그가 바로 철혈성을 뒤에서 움직이고 있는 자입니다."

휘의 말이 이어지자 정신을 차린 적인풍이 이마를 찌푸리며 물었다.

"그와도 겨뤄봤는가?"

그 질문에 초평우와 풍인강도 흥미로운 눈으로 휘를 바라본다. 그들도 아직 그 이야기는 듣지 못한 것이다. 영등도 염불을 중얼거리며 귀를 쫑긋 세웠다.

"한 번, 딱 한 번 손을 나눠봤습니다. 그 당시에는 서로 우열을 가리기가 힘들었습니다."

곡중헌도 전력을 다하지 않았다는 것을 아는 휘로선 그리 말할 수밖에 없었다. 휘의 말에 적인풍과 당홍은 그러려니 한다. 하지만 초평우와 풍인강을 비롯해 염불만 외우고 있던 영등마저도 휘둥그런 눈으로 휘를 바라본다. 그러다 도저히 못 참겠는지 초평우가 물었다.

"그럼 지금이라면……?"

"아마… 제가 조금 나을 겁니다."

휘의 말이 겸손이라는 것을 아는 세 사람은 서로를 바라보며 말했다.

"오 초면 되지 않을까?"

"글쎄요… 휘 대형의 방식을 본다면 그래도 오 초면 너무 길지 않을까요?"

"아미타불. 그 정도면 부청양 시주와 비슷하겠군."

영등의 말에 적인풍이 어이없는 표정을 지었다. 그러면서 생각했다.

'설마 고운 부청양을 말하는 것은 아니겠지?'

그런데 초평우가 말한다.

"음, 부청양은 좀 그렇고 창산이마 정도는 되겠군."

풍인강이 무슨 소리냐는 투로 초평우를 바라본다.

"창산이마는 둘이 덤벼서 오 초에 졌는데 어떻게 그 사람들을 비교합니까?"

"죽기 살기로 버티면 개개인이라도 오 초는 버틸 수 있는 실력은 된다니까!"

그 말에 도저히 듣고만 있을 수 없는지 당홍이 나섰다.

"늑대! 대체 무슨 헛소리야? 창산이마가 누군지나 알고 하는 소리야?!"

이번에는 초평우도 만만치 않게 버텼다.

"진짜라니까! 진짜… 야……."

처음만.

"씨이… 진짠데……."

뒤따라가던 흑살지주는 검은 얼굴이 더욱 검어졌다. 유혼귀자는 아예 수그린 고개를 들 생각도 못하고 있다.

창산이마에 대해서는 조금 알고 있던 사실이지만, 부청양의 일은 몰랐었다. 직접 앞에서 하는 말을 들으니 오금이 저려온다.

"거미귀신아! 어떡할래? 그냥 헤어져 돌아가자!"

"빨간 눈깔아, 겁나면 너나 돌아가! 나는 어떡해서든 저놈에게 복수하고……."

"미친놈아! 저놈은 우리를 알고 있단 말이다!"

유혼귀자가 더 이상 숨기지 못하고 사실을 털어놓자 잘 걸어가던 흑살지주의 발걸음이 우뚝 멈춰 섰다.

"무, 무슨……?"

"저놈은 우리가 누군지 알고 있단 말이다. 함부로 행동하면 가만두지 않겠다고 했단 말이다, 이 멍청아!"

흑살지주는 부들거리는 발이 떨어지지 않아 걸음을 옮길 수가 없었다.

알고 있었다고? 알고도 모른 체한다고? 왜?

덤벼들 때까지 기다렸다가 더 처참하게 죽이려고 그랬을까? 그런데 그 이야기를 왜 이제야 하는 거야?

두 노인이 멈춰 서 있자 휘가 돌아본다.

흠칫, 흑살지주는 아랫배에 힘을 주었다.

기죽지 않으려고? 아니, 긴장 때문에 나오려는 오줌을 참기 위해서였다. 똥꼬를 다친 이후로 긴장만 하면 오줌이 마려운 것이다. 쪽팔리게…….

겨우 참고 있는데 휘가 물어온다.

"왜 안 오십니까? 어디 아프십니까?"

휘의 물음에 걸어가던 모든 사람들이 두 노인을 바라본다.

찔끔, 끝내 조금 나온 것 같다.

'으… 조또…….'

"그, 그게……."

"정 그러시면 나중에 따라오십시오. 저희 먼저 갈 테니까."

"그, 그럴… 까요?"

이때라는 듯 유혼귀자가 재빨리 나섰다. 순간 휘의 전음이 귓전을 울렸다.

"돌아가서서 귀마련주에게 신비 세력에 대한 이야기를 한다면 아마 별다른 질책은 없을 듯한데 말이죠. 아직은 강호에 퍼지지 않은 정보라서……. 혈천교에 대한 것은 알지 몰라도……."

자신을 죽일 실력도 없으면서 따라올 이유가 무엇이겠는가? 기회를 엿보아 뭔가를 획책하겠다는 뜻. 그런데 저렇게 눈만 마주쳐도 떠는 사람들이 그럴 수 있을까?

그러면서도 끈덕지게 따라오는 이유가 어쩌면 임무 실패에 대한 책임 때문일지 모른다는 생각이 들었기에 넌지시 떠봤다.

휘의 전음에 유혼귀자의 두 눈이 반짝였다.

그렇다. 아직 강호에 알려지지 않은 정보를 가져간다면, 어쩌면 오히려 어깨를 펴고 돌아갈 수 있을지도 모른다.

"아, 알겠소이다."

"이… 빨간……."

"이놈아! 빠져나갈 구멍까지 마련해 주는데 뭘 망설여?"

유혼귀자는 빠르게 휘가 한 말을 흑살지주에게 해줬다.

"내… 똥꼬 다친 것은……."

"죽이지 않은 것만 해도 어딘데, 정보까지 줬잖아! 그냥 가자!"

어쩔 수 없었다. 흑살지주는 휘를 한번 쳐다보고는 고개를 푹 숙였다.

'씨발, 돌아갔을 때, 어떤 놈이고 똥꼬 이야기만 꺼내봐라. 이걸로 거기를 그냥, 콱!'

소매 속에 든 장침을 힘주어 움켜쥔 흑살지주의 입가로 엷은 미소가 떠오른다.

유혼귀자는 안도의 한숨을 몰아쉬다 말고 의아한 표정을 지었다.

'이, 이놈이 끝내… 미쳐 버렸나?'

그는 모르는 것이다. 흑살지주의 소매 속에 든 것이 무엇인지, 어떤 용도로 사용하려 가지고 다니는 것인지.

두 노인이 힘없이 제자리에서 돌아서자 휘는 다시 걸음을 옮겼다.
"가시죠? 갈 길이 먼데……."
별 무리 없이 두 사람을 떨쳤다.
죽일 수도 있었지만, 두 사람은 본의였든 본의가 아니었든 한때나마 금전적인 도움(?)을 줬던 사람들이 아닌가. 뭐, 모용서하를 죽이려 한 것을 생각하면 그만한 대가를 치러주고 싶지만 어느 정도는 그 대가를 받기도 했고, 개인적인 원한도 없으니…….
'아닌가? 초 형이라면 조금 원한이 있을지도 모르겠군.'
그리고 이로써 귀마련과도 약간의 끈을 만들어놓은 셈이니 휘로선 절대 손해 볼 것이 없었다.
앞서 걸어가는 초평우의 웅얼거림만이 조금 마음에 걸릴 뿐.
"어디서 본 노인 같은데… 어디서 봤지? 으음… 왜 목이 뻐근하지?"

3장.
기다리는 사람, 돌아오는 사람

쪼로롱! 쪼롱!

맑은 햇살이 시원하게 느껴지는 시월의 아침, 방울새가 노래하며 단잠에 빠진 상무원의 사람들을 일깨울 때, 뒤뜰에서 검무를 추던 연연은 이마에 송골거리는 땀을 닦아내며 고개를 들었다.

나뭇가지에 다정히 앉아 있는 방울새 두 마리가 보였다. 나뭇잎 끝에 매달린 수정이 따사로운 아침 햇살에 빛을 발하다 방울새의 가벼운 날갯짓에 뚝 떨어진다.

그 모습에 연연의 입가에 쓸쓸한 웃음이 맺혔다.

'오빠는 언제 올까? 겨울이 오기 전에 올까? 와야 하는데……. 보고 싶어, 오빠…….'

어느덧 매듭을 묶은 것도 천 개가 다 되어간다. 천 개를 묶고 소원을 빌면 오빠가 돌아온다고 어머니가 말씀하셨는데, 아직 오빠에 대한 소식은 알 길이 없다.

"하아……."

가녀린 한숨을 내쉬며 두 자 길이 검을 치켜들었다. 반짝이는 검날에 투영되는 얼굴.

"오빠가 안 오면 내가 찾아갈 거야. 치이……."

아침마다 반복되어 쌓인 그리움에 이제는 가슴속이 꽉 차버렸다. 그리움을 잊기 위해 미친 듯이 검무를 추어도 답답함은 가시지를 않는다.

연연은 멍하니 검날을 바라보다 힘없이 검을 내리며 돌아섰다.

붉은 입술을 깨물며 돌아서는 연연의 축 처진 어깨 위에 단풍잎이 떨어져 내린다. 누구도 대신해 줄 수 없는 열다섯 살 소녀의 방심 위로 떨어져 내리던 단풍잎이 속삭인다.

—사랑은 붉게 타오를 때가 가장 아름다운 거야.

살랑이는 바람이 뺨을 스치듯 어루만지고 지나간다.

—아이야, 사랑은 바람 같은 거란다.

정말 그럴까? 하지만 싫어. 바람 같은 사랑은 싫어!

덜컥, 검대에 거칠게 검을 올려놓고 뒤뜰을 나섰다. 아직 아침이 이른지 돌아다니는 사람은 없었다. 어머니는 깨어서 아버지를 드릴 차를 달이실 거고, 아버지는 어머니가 끓여주는 차를 마시며 다향을 즐기고 계시나 보다.

평상시라면 지금쯤 나오실 텐데…….

터벅터벅, 쪽문을 지나 정원으로 들어서던 연연은 멈칫, 발걸음을 멈추었다. 기이한 느낌에 뒤돌아 정문 쪽을 바라보았다.

"……?"

정문 앞을 누군가가 지나가고 있었다. 오늘만이 아니다. 근래 들어 세 번째다.

'누굴까?'

그냥 지나가는 사람 같게도 보이지만, 흘낏거리며 안을 바라보는 눈빛에 관심이 담겨 있다. 아무래도 신경이 쓰인다.

이를 지그시 깨문 연연은 정문 쪽으로 발걸음을 옮겼다.

'한 번 물어봐야겠어.'

정문으로 나가자 저만치 자연스럽게 걸어가고 있는 빼빼 마른 황의무사가 한 명 보였다.

"이봐요!"

황의무사가 돌아서며 눈을 크게 뜨고 연연을 바라보았다.

"예? 저 말입니까?"

"그래요. 잠깐 저 좀 볼래요?"

"무슨 일로?"

연연이 눈을 치켜뜨고 다가가자 장한의 눈빛에 묘한 빛이 어렸다.

"왜 상무원을 감시하는 거죠?"

"감시라뇨?"

"흥! 제가 모를 줄 알아요? 매일같이 상무원 안을 살펴보고 있었잖아요!"

이번에도 부정한다면 따끔한 맛을 보여줄 생각이었다.

아무리 아버지가 상무원에 틀어박혀 있다 해도 명색이 철혈성주의 사제가 아닌가. 그런데 일개 무사가 함부로 상무원을 감시하다니. 비록 사소한 일이었지만, 그 자체로 아버지의 자존심에 상처를 주는 일이라 연연은 생각한 것이다.

그런데 상대의 반응이 묘하다. 긍정도 부정도 하지 않고 입가에 가벼운 웃음만 머금고 있다.

"지금… 나를 놀리는 거예요?"

"어찌 감히……."

그러면서도 입가의 웃음만은 지우지를 않고 있다.

"지금 웃고 있잖아요! 그게 놀리는 게 아니면⋯⋯."

연연이 발끈하며 여린 두 주먹을 움켜쥐자 황의무사가 조용히 그녀를 바라보았다. 한데 그때, 정문 쪽에서 나직한 목소리가 들려왔다.

"연연아, 물러서거라."

고봉천이었다. 차를 마시고는 아침 바람을 쐴 겸 방을 나서는데 연연의 목소리가 밖에서 들려와 부리나케 나와본 것이다.

"아버지, 일찍 나오셨네요?"

구원군까지 나타나자 연연의 기세가 더욱 올라갔다. 돌아서며 무사에게 재촉하는 소리에 힘이 실린다.

"빨리 말하지 않을 거예요?"

그런데 또다시 고봉천이 말린다.

"연연아, 잠깐 물러서려무나."

"아버지?"

연연이 의아한 눈으로 바라보자 고봉천은 빙그레 웃음을 지었다.

"내가 이야기해 볼 테니 너는 들어가서 쉬도록 해라."

고봉천으로선 상대가 아무리 일반 무사라 해도 걱정되지 않을 수가 없었다. 연연이 비록 적지 않은 무공을 익혔다 해도 아직 실전 경험이라고는 전무한 아이였다.

더구나 상대의 태연한 모습이나 숨겨진 기세는 결코 일반 무사의 그것이 아니다.

만일 싸움이라도 일어나 다친다면?

그것은 생각하기조차 싫은 끔찍한 일이었다.

연연이도 그런 아버지의 마음을 알기에 고개를 끄덕이며 뒤로 물러섰다. 황의무사를 한 번 더 째려보고는. 마치 아버지 말 안 들으면 가만 안

둘 거야! 하는 눈빛으로.

연연이 힐끔거리며 상무원 안으로 들어가자 고봉천이 굳은 표정으로 물었다.

"왜 그러는지 알 수 있겠나?"

종자정을 시켜 감시자를 찾으려 했을 때는 하늘로 솟았는지 땅으로 꺼졌는지 보이지 않던 자였다. 그래서 이제는 감시자가 없는 줄로만 알고 있었다. 그런데 요즘, 종자정이 다른 일로 감시를 하지 못하자 이때라는 듯 나타났다.

대체 이자는 누굴까? 누구의 명으로 상무원을 감시하는 것일까?

"말을 하지 않는다면… 내 손이 무정타 원망을 하게 될 것이네."

일순간 고봉천의 전신에서 무서운 기세가 흘러나왔다. 가볍게 내딛는 한 걸음에 어깨 위로 떨어지던 낙엽이 가루가 되어 흩날린다.

비록 지금은 한 팔이 없다지만, 한때 절정의 경지에 발을 디뎌본 적이 있는 고봉천이었다. 그의 기세는 결코 일개 무사가 받아낼 수 있는 기세가 아니었다. 그런데……

고봉천의 눈이 굳어졌다. 황의무사는 그 복장만으로 본다면 평범한 일반 무사였다. 하지만 자신의 기세를 별다른 어려움 없이 받아넘기는 자를 어찌 평범한 무사라 하랴. 역시 생각대로다.

"그대는 누군가?"

으르렁거리는 목소리가 고봉천의 입에서 흘러나왔다. 과거 비영검단을 이끌던 유성비월객의 위세가 이십 년 만에 다시 되살아난 듯했다. 그제야 황의무사의 입이 열렸다.

"제 맘대로 입을 열면 맞아 죽는데, 그래도 입을 열어야 합니까?"

"음?"

말투가 기이하다. 마치 잘 아는 사람에게 좀 봐주라는 말투다.

고봉천이 이마를 찌푸리자 황의무사가 다시 입을 열었다.

"아마 곧 명령이 있을 것입니다. 그때까지만 참아주십시오. 어르신께 해가 되지는 않을 것입니다."

"자네를 보낸 사람이 누구기에?"

"저는 만상문의 사람입니다."

"만상문?"

처음 들어보는 문파다. 그런데 만상문이라는 곳에서 왜 나를 감시한단 말인가?

"제가 지금 말씀드릴 수 있는 것은 거기까지뿐입니다. 아! 한 가지 더 있군요. 만일 어르신께서 궁금해하시면 이렇게 말씀드리라고 하시더군요. 누렇게 병든 잎들이 다 떨어지기 전에 돌아온다고 말입니다."

"응? 누렇게 병든 잎들이 다 떨어지기 전에 돌아온다……?"

"대충 가을이 지나기 전이라는 말을 그리한 것 같은데, 저도 자세히는 모르겠습니다. 그럼 나중에 뵙지요."

황의무사가 뒤돌아서건만 고봉천은 붙잡을 수가 없었다. 멍하니 서서 그가 한 말을 되뇌어볼 뿐이다.

"돌아온다고? 누렇게 병든 잎이 떨어지기 전에? 누렇게 병든 잎이라……. 거참, 누군지 몰라도 무식하기는……."

자기를 찾아올 사람은 많지가 않다. 오래전 성주에게 반기를 들고 사라진 기 장로 쪽 사람들일까?

아니다. 그들이 한쪽 팔도 없는 나를 이제 와서 무엇 때문에 찾아온단 말인가. 그렇다면?

'설마? 휘아……?'

하지만 그것도 의문이 뒤따른다. 철혈성을 떠난 지 얼마나 됐다고 벌써 저런 고수를 부려 철혈성을 감시할 수 있단 말인가?

그래도… 가능성이라면 휘아밖에 없다.

휘아라면 얼마나 좋을까?

보고 싶은 마음에 멍하니 하늘만 바라보는 연연이를 볼 때마다 얼마나 마음이 아픈데……. 솔직히 나도 보고 싶고…….

'하! 고놈, 잘 지내고는 있는지 모르겠네.'

안으로 들어가자 연연이가 정원의 한쪽에 쭈그려 앉아 있는 모습이 보인다. 노란 국화에 코를 들이밀고 향기를 맡고 있는 모습이 그렇게 예쁠 수가 없다.

"연연아."

"아버지, 그 사람 갔어요?"

"음, 그래. 자기 말로는 해가 될 짓은 하지 않을 것이니 염려 말라 하더구나. 그러니 너도 너무 신경 쓰지 말거라. 나중에 좀 엉뚱한 소리를 하기도 하더라만……."

"엉뚱한 소리요?"

"누군지는 모르겠는데 그 사람이 누렇게 병든 잎이 떨어지기 전에 돌아온다고 했다나 뭐라나. 좌우간 웃기는 사람 아니냐? 가을이 되면 나뭇잎이 누렇게 되는 것은 당연한데 병든 잎이라니 말이다. 허허허……."

"호호호… 진짜 웃기는 사람이네요. 전에 휘 오빠도 단풍을 처음 보고 그렇게 말했는데, 나무가 병들어서 노랗게 되었나 보다고. 꼭 휘 오빠처럼 말하는 것이……."

밝게 웃던 연연이 말끝을 흐리더니 고봉천을 바라본다. 고봉천도 눈을 휘둥그렇게 뜨고 연연을 바라봤다. 두 부녀의 눈에서 불꽃이 튀었다.

"휘 오빠가……?"

"휘아가……?"

그러더니 동시에 말했다.

"돌아온다고요?!"

"그런 무식한 말을?"

발그레한 얼굴의 연연이 홱 돌아섰다. 눈을 휘둥그렇게 뜬 고봉천도 돌아섰다.

"엄마!!"

"여보!!"

2

"뭐라?! 감히!!"

철혈대전의 공기가 무겁게 가라앉았다. 한겨울의 차디찬 한풍보다도 더 차가운 일갈에 드넓은 대전이 얼어붙었다. 일갈을 내지른 철운성의 불길을 담은 눈이 곡중헌을 향한 채 돌아설 줄을 모르고 있다.

"다시 말해보게! 본좌가 누구의 명을 받들어야 한다고?"

그럼에도 곡중헌의 표정은 한 점 변함이 없다.

"신마천궁의 주인이시며 만천하의 주인이 되실 신마(神魔)님을 따르셔야 한다 했소이다."

"흥! 신마?! 내가 왜 신마의 명을 들어야 한단 말인가?!"

"그분께선 만마(萬魔)의 주인이시오, 성주! 그간의 정을 생각해서 성주의 그 말씀은 못 들은 것으로 하겠소이다."

"흥! 곡중헌! 철혈성의 성주는 본좌다! 신마가 아니란 말이다!!"

곡중헌이 조금도 흔들림없는 눈으로 철운성을 바라봤다.

"신마께서 아수라의 이름으로 피의 명령을 내리셨소. 따르는 자는 살 것이요, 거역하는 자는 죽을 것이오! 나 흑마령주의 권한으로 성주께 오일의 말미를 드리겠소. 잘 생각해 보시길."

불길이 이는 눈이 파르르 떨린다. 움켜쥔 주먹에 핏줄이 튀어 올랐다. 철운성은 앙다문 입 안에 고인 핏물이 비릿하게 느껴졌다.

천천히 일어서는 곡중헌을 따라 스물네 명의 간부 중 열한 명이 일어섰다. 반수에 가까운 사람들. 대부분이 최근 몇 년 사이에 받아들인 간부들이다.

으드득!

'놈! 네놈들의 뜻대로 되지는 않을 것이다. 내가 누구냐? 바로 철혈성의 성주가 바로 나다! 이놈! 내가 바로 철운성이란 말이다!!'

곡중헌이 반수의 간부들을 이끌고 나가자 한참을 굳은 듯 앉아 있던 철운성이 우측을 바라보았다. 우측에 앉아 고개를 반쯤 숙이고 있던 중년인이 조용히 고개를 쳐들더니 철운성과 눈을 마주쳤다.

"생각보다 빠르긴 하지만… 때가 온 듯합니다."

"명심해라. 본 성의 운명이 걸린 일이다. 조심에 조심을 해도 모자람을 잊지 말도록."

철혈성 무력삼단 중 하나이며 자신의 의제인 백혈검단의 단주 자운평을 바라보는 철운성의 눈이 차갑게 굳었다.

놈들과 손을 잡은 때부터, 언제고 이런 날이 오리라 생각했었다. 철혈성을 키우기 위해 놈들을 받아들였지만 언제까지고 돕고 있지만은 않을 거라는 것도 알고 있었다.

힘이 없으면 잡아먹히는 것이 약육강식의 강호 율법이 아니던가. 다만 실낱같은 희망으로 이런 날이 오지 않기만을 바랐지만 바람은 바람으로 그치고 말았다.

그렇다면… 이제는 그간 놈들 몰래 키워놓은 힘을 사용할 때가 되었다. 어차피 승부는 한 판에 결정난다. 죽든! 살든!

"나흘 후, 시월이 지나고 새달이 시작되는 날, 모든 것을 결정짓는다!

운평!'

"철혈을 위하여!!"

자운평이 가볍게 목례를 하고 나가자 다른 간부들도 뒤따라 나갔다. 텅 빈 대전을 바라보던 철운성은 턱을 괸 채 눈을 감고 생각에 잠겼다.

건곤일척!

겉으로 드러난 힘은 확연한 열세다. 곡중헌은 신마천궁에서 데려온 사람들 외에도 새로 영입한 고수들을 상당수 자기 사람으로 만들어놓았다. 그렇기에 자신만만하게 통째로 철혈성을 내놓으라 말하는 것이다.

하지만 그가 모르는 것이 있다. 아니, 그뿐이 아니라 심지어 아들인 철군명조차도 모르는 사실이 있다. 그럴 수밖에 없다. 그것은 오직 철혈성의 성주에게만 전해지는 비밀이니까.

철운성의 눈이 뜨인 것은 일각이 조금 더 지나서였다. 눈을 뜬 철운성이 무심히 입을 열었다.

"무명(無明)."

순간 철운성의 등 뒤에서 나직한 전음이 들려왔다.

"예, 주군."

놀라운 일이었다. 그 누구도 등 뒤에 있는 것을 허락하지 않는다는 철운성이었다. 그런데 등 뒤에서 들리는 목소리라니. 그것은 자신의 생명을 뒤에 있는 자에게 맡긴 것과 다름없단 말이다.

그럼에도 철운성의 표정은 여전히 변함이 없다.

"자정이 지나면, 천간산 대청봉에 철혈기를 꽂아라."

"대청봉에 철혈기를……."

"누구에게도 들켜서는 안 됨을 명심하거라. 아들아."

"…명심하겠습니다, 주군."

등 뒤에서 들리는 굳은 목소리에 철운성의 눈꺼풀이 가늘게 떨렸다.

한데 아들이라니, 무슨 말인가? 그의 아들은 철군명 하나가 아니었단 말인가?

그런데 무명의 대답은 왜 또 주군이란 말인가? 아버지가 아니고.

'아직이냐? 아직도 용서를 못하겠다는 게냐?'

황금빛 석양이 붉게 타오르다 사그라질 때까지 철운성은 태사의에서 일어나지 않은 채 상념에 잠겼다.

그리고 어둠이 대전을 잠식해 들어올 무렵이 되어서야 무거운 몸을 일으킨 그의 두 눈에선 예전보다도 더욱 차가워진 광망이 파랗게 뿜어져 나왔다.

'철혈성을 위협하는 자들은 그것이 누구라도 용서하지 않을 것이다. 그… 누구라도……. 과거에도 그랬듯이…….'

3

만향로 물상만가에도 어김없이 아침이 밝아온다.

시월이 다 지나가고 시월의 마지막 날이 며칠 남지 않은 어느 날, 몇 사람이 물상만가를 찾아들었다. 그리고 그날, 물상만가의 일꾼들은 주인인 만 대인의 웃는 모습을 오랜만에 볼 수 있었다.

허연 김이 자욱이 피어오르는 찻잔을 앞에 놓고 만시량과 휘가 마주 앉았다. 그 옆쪽으로는 초평우와 풍인강, 영등이 앉고, 그리고 약간 떨어진 좌석에는 적인풍과 당홍이 조금은 의아한 표정으로 앉아 있다.

아침이 밝기가 무섭게 휘가 물상만가를 찾아가자 적인풍과 당홍은 휘가 무언가를 구입하기 위해 가는 거라 생각했었다. 그런데 안방까지 들어가더니 주인으로 보이는 사람과 마주 앉아 차를 마시는 것이 아닌가. 게다가 주인으로 보이는 노인의 기도는 결코 자신들의 아래가 아니다.

'대체 저 사람이 누구기에……?'

식어가는 찻잔에 아랑곳없이 두 사람의 의문은 커져만 가는데, 만시량을 보는 휘의 얼굴에는 빙긋 웃음만이 떠오른다.

"어째 얼굴이 좋아 보이십니다."

"흥! 네 눈에는 이게 좋은 모습으로 보이냐?"

"육십이 넘으신 분이 그 정도면 됐지, 얼마나 더 젊어 보여야 한단 말입니까?"

"얼씨구? 강호를 돌아다니더니 말만 늘었구나."

만시량이 어이없다는 투로 말하자 한쪽에서 꿍하니 앉아 있던 초평우가 툭 던지듯이 말했다.

"말뿐이 아니고 무공도 늘었습니다요."

만시량이 기묘한 눈으로 초평우를 훑어봤다.

"제법인데? 드런 성질도 제법 죽은 것 같고……. 무공도 이제 한가락할 것 같은데?"

진심으로 놀란 표정이다.

어찌 그러지 않을까. 아무리 괄목상대라 하지만, 이류도 되지 않던 초평우의 무공이 단 몇 개월 사이에 일류고수가 되었으니 놀라지 않는 것이 이상할 지경이었다.

초평우가 심드렁한 눈으로 만시량을 보며 물었다.

"삼살귀, 그 양반들은 잘 있습니까?"

"왜? 한번 붙게?"

역시 늙은 생강은 맵다. 단번에 초평우의 뜻을 꿰뚫어 본 만시량의 물음에 초평우가 씩 웃었다.

"받은 것만큼 돌려주는 것이 제 철칙입죠. 흐흐흐……."

"후후후! 글쎄… 그래도 쉽지 않을걸?"

초평우가 눈을 빛내며 만시량을 바라볼 때다. 휘가 만시량의 정체에 대해 의구심을 품고 있는 적인풍과 당홍을 향해 말했다.

"인사하시죠. 만시량 노선배십니다."

만시량? 적인풍이 놀라 소리쳤다.

"헛! 설마 귀응 만시량 선배?"

적인풍과 당홍의 표정에 놀람이 여실히 떠오른다.

노인이 강한 사람이라는 것은 느끼고 있었지만, 설마 하니 십수 년간 모습을 드러내지 않아 완전히 은퇴한 걸로 알고 있던 귀응 만시량이라니.

놀람을 가라앉힌 적인풍이 만시량을 향해 고개를 숙였다.

"적인풍이 귀응 만 선배를 뵈오."

만시량도 적인풍을 보며 고개를 끄덕였다.

"말은 들었네. 수류도 적인풍의 칼이 꽤나 매섭다고 하더군."

"아무리 제 칼이 날카롭다 해도 귀응 선배의 손만 하겠습니까?"

적인풍을 흥미로운 눈으로 바라보던 만시량이 당홍을 보고 물었다.

"유빙의 제자라고 들었다만……."

휘가 한중으로 들어서면서부터 만상문의 정보망은 휘를 중심으로 움직였기에 만시량은 당홍에 대한 보고를 들어 알고 있었다.

"그래요."

쌀쌀맞은 당홍의 대답에 기이한 표정으로 만시량이 말했다.

"거참, 유빙만큼이나 차가운 말투구먼."

"제 사부님을 아십니까?"

"오래전에 한 번 봤지. 그녀의 말투도 꽤나 싸늘해서 남자들이 말 붙이기를 꺼려할 정도였지."

그 말에 초평우가 고개를 끄덕이며 자그마한 소리로 되뇌었다.

"어쩐지… 역시 사부를 잘 만나야……."

그러다…….

"흥!"

코웃음 한 번에 찍소리도 못하고 입을 닫았다.

"흘흘흘……. 그놈 참."

얼굴이 벌게진 초평우를 희한한 듯 바라보던 만시량이 고개를 돌려 휘에게 말했다.

"단홍귀한테 연락이 왔는데, 고봉천이 자꾸 물어오는데 어찌했으면 좋겠냐고 그러더군. 문주가 말한 대로 대답을 했다고는 하던데……. 병든 노란 잎에 대해서 말이지."

순간, 휘의 두 눈이 격하게 떨렸다.

'사부님!'

오랜만에 사부의 이름을 들으니 가슴이 두근거린다.

"제가 갈 테니 그 문제는 걱정하지 않으셔도 됩니다."

"음? 문주가 직접 간다고?"

"예."

"위험한 곳에 직접 들어갈 필요는 없지 않은가?"

"집에 가는 건데요 뭐."

"……."

잠시 실내가 침묵에 잠겼다.

초평우와 풍인강을 제외한 나머지 사람들은 무슨 말인지 이해하지 못하고 멀뚱거리며 휘를 바라본다.

그때였다. 눈을 동그랗게 뜬 만시량이 무슨 생각을 했는지 입을 쩍 벌렸다.

"그, 그럼… 네가, 아니, 문주가 오 년 전에 사라졌다는 고봉천의

제… 자?'

"제가… 말씀 안 드렸던가요?"

생각해 보니 말을 안 한 것 같다.

"그래서 고봉천을 지켜보며 위험하면 도와주라고 했나? 허! 거참!"

어이없는 만시량의 한탄에 야속한 심정이 그대로 묻어 나온다.

"죄송합니다. 사부님 가족의 안전을 생각하다 보니 그만……."

어색한 침묵이 흘렀다.

적인풍과 당홍은 곤혹스런 표정으로 휘를 바라볼 뿐이다.

휘가 귀옹 만시량이 속한 문파의 문주라는 것도 사실 놀라운 말이었다. 그런데 이제는 철혈성주의 사제인 유성비월객 고봉천의 제자라고 한다.

도대체 뭐가 뭔지……. 철혈성에 속한 문파는 아닌 것 같은데…….

그런 적인풍과 당홍을 힐끔 바라본 만시량이 휘에게 넌지시 말했다.

"그건 그렇고… 문주가 주고 간 그거……. 서가가 한 가지 알아내긴 했네만, 정작 중요한 것은 알아내지 못했네. 곧 그가 와서 말할 걸세."

휘의 눈 깊은 곳에서 은은한 열기가 피어올랐다.

암영의 반응으로 확신은 하고 있지만 그건 심증일 뿐이다. 다른 사람을 납득시키기 위해선 또 다른 물증이 필요하다. 그리고 귀면촉에 대한 것이 밝혀진다면 그것은 충분히 물증이 될 수 있을 것이다.

찻잔을 비울 때쯤, 한 사람이 시비의 안내를 받으며 방으로 들어왔다. 그러자 만시량이 휘를 향해 고갯짓을 했다.

"인사들 하게. 이 젊은 공자가 만상문의 문주시네. 그리고 이쪽은 사람들이 철마귀라 부르는 서가일세."

만시량의 말이 끝나자마자 철마귀 서수장이 무표정하니 고개를 끄덕였다.

"내가 서수장이오. 아직 정식으로 만상문에 가입한 것은 아니니 내 인사가 고깝더라도 이해하시오."

휘는 서수장의 말투에서 아직 그가 자신을 못미더워하고 있다는 느낌을 받았다.

하긴 서수장이 누군가? 천하삼귀의 일인이 아니던가?

어쩌면 당연한 반응이었다.

휘는 그를 자세히 살펴보았다.

오랜 세월 쇠를 다루며 살아서인지 그리 크지 않은 몸집임에도 온몸이 근육으로 뭉쳐진 서수장의 모습은 일견 위압감마저 풍겨져 나올 정도다. 게다가 갈색 피부는 동장 철벽처럼 단단해 보인다.

그리고 두 눈, 그곳에는 고요함 속에 불길이 담겨져 있다.

'정말 멋진 사람이다!'

휘가 본 서수장에 대한 첫 느낌은 그러했다.

묘한 표정을 지으며 휘가 말했다.

"저 역시 아직은 말뿐인 문주지요. 만 호법님의 꼬드김에 넘어가 만상문을 만들었지요."

휘의 말에 사람들의 표정이 멍해졌다. 아무리 그렇다 해도 일파의 문주 된 사람이 한 말이라고 보기엔 너무 직설적인 표현이다.

휘의 말은 강호의 도산검림을 지나온 서수장이나 적인풍조차도 얼떨떨하게 만들었다. 그때,

"하지만 말입니다……."

휘의 눈 깊은 곳에서 강렬한 눈빛이 뿜어졌다.

"시작한 이상! 만상문을 천하의 그 누구도 넘볼 수 없는 곳으로 만들 것입니다. 제가! 나 진조여휘가 말입니다!"

화아악!!

뜨거운 열기가 장내를 휘감았다.

멍한 표정을 짓고 있던 사람들의 눈에서도 열기가 피어오른다. 그러자 휘가 말했다.

"실력만 있다고 만상문에 발을 들일 수는 없습니다. 명성이 아무리 높아도 만상문은 받아들이지 않을 것입니다. 오직 하나……!!"

휘가 사람들을 둘러봤다.

"동료를 위해서 자기의 목숨을 버릴 가슴을 지닌 사람만이! 그런 사람만이 만상문에 들 수 있습니다. 그럴 마음이 없는 사람은 저 역시 반길 생각이 없습니다. 실력이 있든, 없든 말입니다."

장내가 침묵에 잠겼다.

초평우와 풍인강 등은 가슴 뛰는 감동에 말을 잊었고, 서수장과 적인풍 등은 휘가 새삼스럽게 보여 말을 잊었다.

"험, 험……."

만시량이 헛기침을 흘리며 어색한 분위기를 흩뜨렸다.

"뭐… 그거야 당연한 말이고……. 험! 서가야, 네가 알아낸 것을 말해봐라!"

공연히 만시량의 말투에 힘이 들어간다. 서수장은 그것이 못마땅하게 보였나 보다.

"만가가 출세하더니 목에 힘이 들어가는군. 일단 나도 분명히 말하겠소. 만가 밑으로 들어가고 싶지는 않소. 그것만 보장해 주면 되오."

휘가 빙그레 웃었다.

"당연하지요. 서 호법님."

아예 결정을 지어버린 휘의 말투에 서수장이 어색한 표정으로 적인풍과 당홍을 바라보았다.

"저 사람들도 본 문 사람이오?"

굳은 표정을 짓고 있던 적인풍이 서수장을 바라보았다. 그리고 말했다.

"아직은 아니오."

여운이 남는 말.

그의 말에 당홍이 고개를 돌려 적인풍을 바라본다. 그러자 적인풍은 씁쓸한 미소를 배어 물고 당홍을 보며 입을 열었다.

"나는 항상 혼자 다녔지. 좀 외롭게 살았다고나 할까? 친구는 있어도 문파에 몸을 담는다는 것은 생각해 보지 않았었어. 그런데… 처음으로 다른 사람과 함께하고 싶다는 생각이 드는군. 아마도 그 사람들의 가슴이 너무나 뜨거워서 그런 마음이 든 것 같아. 너의 결정은 네가 알아서 해라."

"적 숙부……."

천천히 일어선 적인풍이 휘를 향해 포권을 취한다.

"문주가 받아준다면, 내 목숨 역시 동료 될 사람들에게 내놓고 싶소."

순간 벌떡, 당홍이 일어섰다. 그 표정이 어찌나 차갑던지 초평우가 반쯤 일어서 손을 뻗다 멈추었다. 당홍이 그런 초평우를 바라보더니 느닷없이 불렀다.

"늑대!"

"어……?"

"내 목숨 맡겨도 안심할 수 있겠어? 네가 내 대신 죽어줄 수도 있어?"

"어!"

"나는… 네 대신 죽을 수 없을지도 몰라. 대신 한쪽 팔 정도는 줄 수 있어. 아직 할 일이 남았거든. 그래도 돼?"

멍하니 어어 하던 초평우가 싱긋 웃으며 고개를 끄덕였다.

"응."

"좋아! 그럼 나도 만상문에 든다. 문주! 나도 받아줘!"

안 된다고 했다가는 무슨 일이 생기라고? 초평우가 미쳐 날뛰는 꼴 안 보려면 당연히……

"만상문의 가족이 된 것을 환영합니다. 두 분."

속으로야…….

'웬 떡……!'

서수장은 귀면촉을 건네받고 나서 세밀히 살펴봤다고 한다. 자신의 모든 기억을 더듬어 귀면촉이 과연 어느 곳에서, 언제, 어떻게 사용되었던 것인지 알아내기 위해서. 무려 오 개월간을.

그럼에도 알아낸 것은 단 한 가지. 그의 특기 그대로 귀면촉의 쓰임새를 알아낸 것이다.

"이 물건의 여기, 구멍 보이오? 이곳에 대고 내공을 주입하면… 이렇게……"

귀면촉이 허공으로 떠오른다.

"그리고 구멍을 향해 내공을 뿜어내면… 이런 소리가……"

번쩍! 끼아아아!!

귀청을 찢는 소리와 함께 귀면촉이 허공을 날았다.

괴기한 기운이 귀면촉을 감싸고 흐른다.

허공을 날던 귀면촉이 나무 기둥을 스치고는 청석 바닥에 틀어박혔다.

푹! 미미한 소음과 함께.

그 현상에, 그 소리에 휘가 벌떡 일어섰다. 그 옆에는 초평우와 풍인강이 아연한 표정을 짓고 있다.

세 사람의 놀란 표정이 의외인지 만시량이 물었다.

"왜 그런가? 소리가 조금 귀에 거슬리고 날 선 옆면이 엄청나게 날카롭기는 하지만 그렇다고 별다를 것은 없을 듯한데……."

"저는… 저 소리를 들은 적이 있습니다."

휘의 말에 초평우와 풍인강도 고개를 끄덕였다.

"명운곡에서……."

"악마의 울음소리……."

휘가 서수장과 만시량을 보며 말했다.

"전설로 전해지는 마백이라는 단체와 관계가 있는 물건이라 생각하고 있었습니다. 그런데… 마백의 힘이 이미 세상에 나온 듯합니다."

강렬해진 눈빛에 희망이 떠오른다.

"두 분께선 어렵더라도 귀면촉에 대한 자세한 정보를 모아주십시오. 어쩌면… 이 물건이 강호의 혈겁을 막고 놈들을 칠 증거가 될지도 모르니까 말입니다."

그 소리를 들은 것은 자신들만이 아니었다. 많은 사람이 그 소리를 들었었다. 비록 믿지 않는 자들이 있을지 몰라도 믿는 자 역시 상당수 늘어날 터, 그것만으로도 귀면촉의 값어치는 무궁무진한 것이다.

휘의 말에 서수장이 눈살을 찌푸리더니 말했다.

"아무래도 사천을 다녀와야 할 것 같군."

당홍의 눈빛이 날카롭게 변했다. 사천이라면 당가를 말하는 것, 암기에 관한 한 사천당문을 빼놓고 이야기할 수 없다. 아마도 서수장은 당가를 가려는 것일 것이다.

당가를 생각하자 그녀의 눈이 가늘게 떨렸다. 하지만 곧바로 잠잠해졌다.

'어차피 버리기로 한 가문……. 그래, 나는 이제 만상문의 사람이 아닌가? 차라리 잘됐어. 당가는… 잊자.'

차갑기만 하던 그녀의 눈빛에 씁쓸한 빛이 어리자, 그녀를 훔쳐보던 초평우의 눈빛이 몽롱해졌다.

'흐… 이쁘다.'

그렇게 귀면촉에 대한 것이 어느 정도 정리되었을 때다. 만시량의 전음이 휘의 귀청에 울렸다.

"문주, 만향루에서 공가가 기다리고 있어. 다른 사람은 식사하며 기다리라 하고 나하고 잠깐 가자구."

'공 노선배가?'

만향루의 후원을 들어서자 진한 국화 향이 가득히 콧속을 파고든다.

바라보자 수백 송이의 국화가 후원의 정원을 가득 메우고 있다. 노란 국화는 찬서리를 맞으며 피어나서인지 그 향이 더욱 아득하다.

휘가 만시량을 따라 가슴속 깊이 파고드는 국화 향을 맡으며 후원을 지나자 별채에서 한 사람이 나오는 것이 보였다. 바로 천하삼대도둑 중의 하나, 신영자 공이연이었다.

"오랜만입니다, 공 노선배님."

"오랜만이네, 동업자."

공이연의 말에 만시량이 휘를 바라보았다. 공이연은 천하에서 알아주는 도둑이다. 그것도 천하삼도라 불리는 대도(大盜). 그런 도둑의 동업자라면? 만시량은 알고 있음에도 웃음이 절로 나왔다.

그런데도 휘의 낯 색은 변함이 없다. 면구를 써서 그런가 생각이 들 정도다. 만시량의 눈빛을 의식했는지 휘가 입을 열었다.

"글쎄요. 저야 집 안을 돌아다닌 죄밖에 없는데 동업자라니요?"

"집 안?"

공이연이 약간 의아한 표정을 짓자 만시량이 슬쩍 휘에 대해 말해줬다.

"우리 문주가 바로 고봉천의 제자라네. 그러니 문주의 말이 틀린 것은 아니지."

"고봉천? 유성비월객 고봉천 말인가?"

고개를 끄덕이는 만시량을 보던 공이연의 시선이 휘를 향했다.

"그러니까 동업자가 바로 그 고봉천의 제자다?"

"예, 그분이 제 사부님이십니다."

공이연이 눈을 동그랗게 뜬 채 휘만 바라보고 있자 만시량이 물었다.

"그런데 무슨 일로 우리 문주를 보자고 한 건가?"

말끝마다 우리 문주 우리 문주 하는 말에 공이연이 실눈을 뜨고 만시량을 째려봤다. 하지만 그런다고 기가 죽을 만시량이 절대 아니었다.

"말해보라니까? 우리 문주가 궁금해하잖아."

"끄응……. 그래. 말한다, 말해! 너. 네. 문. 주. 한. 테!!"

빽 소리를 내지른 공이연이 조금은 처량한 눈으로 휘를 바라보았다.

"내 딸 때문에 찾은 거네."

"따님요? 아직 다 안 나으셨습니까?"

"그, 그게… 자네가 좀 도와줄 일이 있네."

"제가요? 저는 의술도 잘 모르는데요? 그냥 침이라면 조금 놓을 수 있지만……."

"의술은 몰라도 되네. 내가 잘 아는 의원을 데려다 놨으니까."

왠지 불길한(?) 기분이 든다. 아픈 사람 살리는 건 의원이지 무인이 아닌데, 왜 자신을 찾아온단 말인가.

그래도 차마 냉정하게 거절할 순 없어서 물었다.

"그럼 무엇 때문에 제가 필요하단 말입니까?"

"일단 승낙을 해주면……."

"이놈아, 뭔가 말을 해야 승낙을 하던가 말던가 할 것 아니냐?"

만시량이 말 중간에 끼어들자 홱 고개를 돌린 공이연이 눈을 부라렸다. 조용히 하라는 듯. 그리고 다시 휘를 향해 처량한 음성으로 입을 열었다.

"자네에게 해가 될 것은 전혀 없다는 것을 내 장담하겠네."

무슨 일인지는 모르겠지만 무작정 거절하기에는 공이연의 표정이 너무나 처량하다.

'해가 되지 않는다면 도와주지 못할 것도 없는 일인데……'

"일단 말씀을 해보십시오. 제가 도와줄 수 있는 일인지나 알아야 도와드릴 거 아닙니까?"

"그럼 도와주는 걸로 알겠네."

행여나 다른 말이 나올까 공이연은 재빨리 입을 열었다.

"음양비결에 따라 운기를 해줄 사람이 필요하다네. 한데 조건이 좀 까다롭더군. 일 갑자 이상의 공력이 있어야 하고, 순양공력을 익히고 있어야만 하네. 한데 강호에 그런 사람이 얼마나 되겠나? 자네라면 나보다 무공이 강하니 공력이야 충분하고, 게다가 자네가 펼친 무공을 보니 순양공력을 익힌 것 같더군."

털썩!

빠르게 말을 하다 말고 공이연이 무릎을 꿇었다. 미처 공이연의 말을 머릿속에서 정리하기도 전에 나온 행동이었다. 깜짝 놀란 휘는 재빨리 공이연을 잡아 일으켰다.

"이러시면……"

"딸을 살리려는 아비의 마음을 알아주게나, 공자!"

순식간에 벌어진 일을 멍하니 바라보던 만시량이 벌떡 일어섰다.

"너! 너……"

하지만 만시량은 본 척도 하지 않은 채 공이연은 휘의 두 손을 꼭 잡고 금방이라도 눈물을 흘릴 것처럼 처량하게 말했다.

"이제 공자밖에 없네. 공자만 도와주면 내 딸은 살 수 있다네. 도와주게. 공자가 도와주지 않으면… 내 딸은……. 크윽!"

"일단 일어나세요."

"제발……."

공이연이 제대로 짚었다. 그는 자신이 한 말이 휘가 제일 약한 부분이란 것을 알기나 할까?

'아버지의 마음, 아버지의 마음……. 그렇구나. 딸을 위해서 무릎이라도 꿇을 수 있는 것이 아버지의 마음인 것을…….'

"아, 알았습니다. 제가 도울 수 있는 일이라면……."

사람 살리려는 일인데 뭐가 문제랴, 더구나 자신에게도 해 될 것이 없다는데.

그런 마음으로 공이연의 부탁을 승낙하려 할 때였다.

"안 돼!"

만시량이 손을 휘저으며 나서다 우뚝 멈춰 섰다.

"한 번만 더 방해하면 네놈은 내 딸을 죽인 원수가 되는 거다! 만가, 이놈!!"

휘가 의아한 표정으로 만시량을 바라보았다. 그러자 어색한 표정을 짓고 있던 만시량이 손을 흔들며 말했다.

"그냥은… 안 된단 말이지……. 험. 자세히 알고 고쳐야 나중에 후환이 남지 않는단 말이네. 내 말은. 험험!"

사실 자신이 나서서 방해할 마땅한 이유는 없었다. 생각해 보니 자신이 왜 나섰는지도 알 수가 없다.

고개를 갸웃거린 만시량이 엉거주춤 자리에 앉자 공이연이 눈물을 흘리며 휘의 손을 흔들었다.

"고맙네, 공자!"

일각도 지나지 않아 치료 방법을 들은 휘는 뜨악한 표정을 지어야만
했다.

"그, 그러니까, 제가 직접 몸을 만져서 내력을 불어넣어야 한단 말입
니까?"

끄덕끄덕, 공이연이 당연한 말을 새삼스럽게 왜 하냐는 투로 말했다.

"당연하지. 추궁과혈이라는 것이 본래 그런 것 아닌가?"

"그, 그래도… 순결한 여인의 몸을 어떻게……?"

"무슨 소린지 원, 의원이 환자의 몸을 만지는 거나 같은데 무슨 걱정
인가? 설마 이상한 생각을 하는 것은……?"

"예? 아, 아닙니다. 그런 것이 아니고……."

한쪽에서 두 사람의 대화를 듣고 있던 만시량이 설레설레 고개를 저었
다.

'저놈의 도둑놈이 이제 보니 사기꾼 기질도 있었군. 아주 제대로 사기
쳤어! 에휴, 어쩌겠나? 이런 경우도 겪어봐야 나중에 당하지 않지. 그건
그렇고… 크크크… 문주의 당하는 모습도 볼만하구먼. 낄낄낄…….'

결국은 그렇게 결정이 났다. 휘가 직접 공이연의 딸인 공유유의 몸을
치료하기로.

'후우… 어쩔 수 없지. 의원으로서 만지는 건데…….'

"그럼 언제……?"

"음? 그야 지금 해야지."

"예?"

어리둥절한 휘를 보고 공이연이 별채를 가리켰다.

"내 딸은 지금 저곳에 있네. 그러니 쇠뿔도 단김에 빼랬다고, 마음먹

은 김에 지금 하지 뭐."

휘가 어이없는 표정으로 입을 열었다.

"예? 음양비결을 정확히 모르는데 어떻게?"

"음? 그런가? 그럼 시간을 하루 줄 테니 완전히 숙지하게나. 전에 한 번 봤으니 충분하겠지? 응?"

급하긴 급했나 보다. 딸을 직접 데려온 데다 저리 서두르는 것을 보니. 그건 그렇고…….

'휴우……. 연연이가 알면 큰일나는데…….'

은은한 불빛이 휘장을 감아 돌자 아리한 향이 코끝을 스친다. 그러나 휘는 향이고 뭐고 맡을 정신이 없었다.

눈앞에 한 여인이 누워 있다. 얼굴의 아름다움은 제쳐 두고라도 여인 의 몸을 흐르는 곡선에 절로 얼굴이 붉어질 지경이다.

신의 조각이 이러할까?

천하제일의 명장이 조각한다면, 과연 이런 모습이 나올까?

은은히 속이 비치는 얇은 침의를 입은 여인의 모습에 휘의 이마를 타 고 굵은 땀방울이 흘러내린다.

'여자를 제일 조심해야 한다더니… 과연……. 으휴…….'

휘의 마음을 아는지 모르는지, 밖에서 공이연의 다그침이 들려온다.

"시작하게. 음양비결은 숙지했겠지? 그럼 음양비결에 따라 막힌 음맥 을 먼저 뚫게나."

"…예."

'후우…….'

숨을 깊게 들이쉰 휘는 천양과 지음의 기운을 동시에 끌어올렸다.

천양은 치료를 위해서, 지음은 자신을 다스리기 위해서. 그럼에도 떨리는 마음은 어쩔 수가 없다. 하지만 언제까지고 바라만 보고 있을 수는 없는 일.

손을 내밀어 공유유의 배에 올려놨다. 차갑고도 매끄러운 기운이 느껴진다. 걸친 옷이라고는 얇은 침의 한 벌, 그나마도 속이 보일 듯 말 듯해서 입은 것 같지도 않다. 눈을 둘 곳이 없지만, 치료를 하기 위해선 보지 않을 수도 없으니 환장할 노릇이다.

그때, 문득 휘의 뇌리를 스치는 생각.

'꼭 직접 만져야만 하는 걸까? 만지지 않고 결과만 같으면 될 것 같은데……. 일단 해보자.'

손을 들어 공유유의 살결과 다섯 치의 간격을 두고 천양의 기운을 끌어올려 보았다. 손에서 쏟아지는 기운이 공유유의 몸에 스며드는 것이 느껴진다.

휘는 자신의 기가 공유유의 몸에 스민 것만으로도 얼굴이 붉어졌다. 그러나 멈출 수는 없었다. 문제는 그 다음이었으니까.

혈맥을 따라 치료한다는 것은 단순히 격공으로 남을 공격하는 것과는 천양지차로 다른 일이다. 공격은 굳이 공력을 세밀하게 조절하지 않아도 되지만, 치료라는 작업은 자칫 한 번 삐끗하면 모든 노력이 공염불이 되는 것은 물론이고, 환자가 죽을 수도 있는 것이기에 매우 섬세한 작업이 뒤따라야 한다.

한데 허공을 격한 채 섬세한 작업을 한다는 것이 어찌 쉬운 일이랴. 그것도 몸속의 기운을 조절하는 일이.

천양의 법문을 쉴 새 없이 외우며, 음양비결의 요결에 따라 음맥에 서린 차가운 기운을 몰아내는 휘의 등줄기로 식은땀이 흘러내린다.

하나, 둘, 혈이 뚫릴수록 휘의 이마에서 흘러나오는 뿌연 기운도 더욱 진해진다. 생각보다도 훨씬 많은 내력이 소모되는 듯하다. 그러나 어쨌든 천양의 기운에 탁한 음기로 막힌 혈이 견뎌내지를 못하고 있다.

하나, 둘, 셋…….

"으음… 하아……."

혈이 뚫릴 때마다 무의식 상태에서 터져 나오는 공유유의 신음 소리가 뇌리를 뒤흔든다. 이를 지그시 깨물고 혼신을 다해 정신을 다잡아보지만 얼굴이 붉어지는 것까진 어쩔 수가 없다.

"아아… 아음……."

정신이 나락으로 떨어질 것만 같은 미혹의 소리, 진정 여인의 신음 소리가 이토록 무서울 줄은 꿈에도 몰랐던 휘였다. 자신도 모르게 하체로 몰리는 혈류에 하마터면 천양의 기운이 흐트러질 뻔하기도 했다.

'내가 이게 무슨 꼴이지? 이까짓 것도 못 참고 무슨 일을 한다고!'

어렵게, 어렵게 반 각이 지날 때쯤, 열여덟 개 대혈이 모두 뚫렸다. 혈이 다 뚫리자 서너 번 깊게 숨을 몰아쉰 휘가 조용히 입을 열었다. 다음을 위해.

"공 노선배, 일단 음맥은 뚫었습니다."

"……."

밖에서 대답이 없다. 이상하다.

"공 노선배님……?"

한 번 더 부르자 그제야 대답이 들려온다.

"벌… 써? 진짜… 냐?"

그럼 진짜지 가짜가?

"다음에는 어떻게 해야 하오?"

"그, 그 다음은 뚫린 맥에 남아 있는 음기의 찌꺼기를 태워 없애야 한다고 하더라. 그래야 불필요한 음기가 완전히 사라진다고 했어."

"태워요? 어떻게 말입니까?"

"별거있나? 두 손에 양기를 가득 모으고……."

"모으고요……."

"주물러……. 전부 다. 머리에서 발끝까지."

"……."

'끄헉! 어떻게!'

대리석 조각 같은 저 몸을 주무르라고? 만지면 미끄러질 것 같은 살결을 전부 주물러? 신음 소리만으로도 기운이 다 빠질 지경인데?

휘가 아무 말도 못하고 멍하니 공유유를 바라만 보고 있자 공이연이 마지막 대못을 박는다.

"옷을 벗기면 효과가 더 좋다고 하던데……."

"흡! 그, 그냥 하죠. 그냥……."

건너편 방에서 공이연이 하는 말을 듣고 있던 만시량이 어이가 없어 속으로 외쳤다.

'아예 살림을 차리라고 해라! 도둑놈아!'

일각이면 끝날 것 같았던 일이 이각이 지나서야 끝났다. 공이연은 방을 나오는 휘에게 초조한 기색으로 물었다.

"어때? 치료는?"

"잘된 것 같습니다. 기의 운행도 원활하고, 탁한 음기도 배출이 되었습니다. 손상된 원기만 복구하면 정상으로 돌아올 것 같습니다."

그제야 공이연의 얼굴에 화색이 돌았다.

"고맙네, 고마워. 그런데… 어때? 내 딸, 이쁘지?"

휘가 힘없이 대답했다.

"예, 어째 공 노선배님을 닮지 않았나 봅니다."

아버지를 닮지 않았다는 데도 공이연은 여전히 싱글거린다.

"당연하지, 양녀거든."

"양녀요?"

"응! 그건 그렇고, 자네가 내 딸의 살을 만져 본 최초의 남자일세."

실눈을 뜬 채 은근하게 건네는 공이연의 말에 휘가 눈을 동그랗게 떴다.

"누가 누구의 살을 만져요?"

"그야 자네가 내 딸의 살을……."

뭔 소리냐는 듯 휘가 손을 들더니 허공을 움켜쥐었다. 그러자 공이연은 말을 하다 말고 눈을 부릅떴다.

휘의 손이 허공을 움켜쥐고 주무르는 시늉을 하자, 회랑의 난간이 가래떡처럼 움푹움푹 파이는 것이 아닌가. 그렇다면……?

"격공으로 치료하느라 힘 빠져서 좀 쉬어야겠습니다. 그럼 먼저……."

사실은 유혹을 견뎌내느라 더 힘이 빠졌지만, 그렇게 말할 수는 없었다.

"……."

"크크크… 흐흐흐……."

건너편 방에서 만시량의 웃음이 터져 나오는데도 일그러진 공이연의 표정은 펴질 줄을 모른다. 그러다,

'그래도 좌우간 내 딸의 몸은 봤을 거 아냐?!'

문득 드는 생각에 마음을 가라앉히고 새로운 작전 계획에 골몰했다.

'이쁜이, 너는 나에게 찍혔다니깐! 두고 봐!'

4

천간산 대청봉에 철혈기가 걸린 지 만 이틀이 지났을 때였다.

눈썹처럼 휘어진 달이 하늘을 희미하게 밝히며 떠오르던 해시 초, 철혈대전의 내전으로 한 사람이 연기처럼 스며들었다.

철운성은 찻물을 들이키다 말고 소리없이 방으로 들어온 사람을 응시했다. 순간, 그의 표정이 가볍게 굳어졌다.

"구 노인……?"

들어온 사람은 상무원의 구 노인이었다. 뜻밖의 사람이 뜻밖의 장소에 출현하자 철운성은 의아한 표정을 지었다.

"구 노인이 왜……?"

그때 뇌리를 스쳐 가는 한 가지 생각. 철운성의 얼굴에 더할 수 없는 놀람이 떠올랐다.

"설마 구 노인이?"

묵묵히 고개를 끄덕인 구 노인이 말없이 품속에서 하나의 묵색 영패를 꺼내 들었다.

"내가 십이무령을 이끌고 있는 무령주(霧令主)요, 성주."

참으로 놀라지 않을 수 없는 일이었다. 수십 년을 보아온, 그저 상무원의 화원지기로만 알았던 구 노인이 철혈성 최후의 힘을 이끄는 철혈무령주라니.

하나 놀라고 있을 수만은 없다. 빠르게 마음을 가라앉힌 철운성의 입이 무겁게 열렸다.

"무령주께서 도와주셔야 할 일이 있소."

"맹서란 지키기 위해서 있는 것. 말하시오, 성주."

"그믐달이 지고 십일월의 첫날이 밝기 전까지……."

철운성이 소매 속에서 하나의 봉투를 꺼내 들었다.

"이 안에 적힌 대로 해주시오."

묵묵히 봉투를 건네받은 구 노인은 고개를 끄덕이며 돌아섰다. 그러자 철운성이 구 노인의 등에 대고 말했다.

"령주, 사제에게는… 미안했다 전해주시오."

"나는 무령주로서 마지막 명을 이행하기 위해 이 자리에 섰을 뿐이오. 그러나… 성주의 말은 전해주도록 하겠소."

구 노인이 들어올 때와 마찬가지로 소리없이 사라지자 철운성은 혼잣 말을 하듯이 말했다.

"그가 누군지 아느냐?"

"……."

"나는 이제야 생각이 났다. 과거 아버님께서 한 사람에 대해서 말해 준 적이 있었지. 백 초의 비무 끝에 힘들게 반 초를 이겨 한 가지 맹서를 받아낸 사람에 대해서. 그는… 구장무, 서북무림의 고독한 검귀, 천귀검신(天鬼劍神) 구장무다. 맙소사! 구장무가 여태까지 살아 있었을 줄이야……."

5

커다란 회의실 안에는 기다란 탁자를 가운데 두고 십여 명이 앉아 있 었다. 모두가 긴장된 얼굴로 상석의 휘를 바라보았다. 그중에는 신영문 의 문주이자 천하삼도의 하나이며, 공유유의 아버지인 공이연도 끼어 있 었다. 호법이라는 벼락감투를 쓰고서.

열 번 찍으면 안 넘어가랴? 안 넘어가면 백번 찍는다!

그런 마음으로 신영문을 통째로 넘길 생각까지 하고 있는 것이다.

첫 번째 회의. 만상문이 탄생한 지 육 개월여 만에 열리는 첫 번째 회 의였다. 또한 휘가 문주로서 처음으로 공식적인 자리에서 명령을 내리는 날이기도 했다.

그래서인지 한마디 한마디 하는 말투에 가벼운 열기가 배어 있는 듯하다.

"일단, 우리가 해야 할 일은 세 가지입니다."

휘가 사람들을 둘러보며 강한 어조로 입을 열었다.

"신비 세력인 신마천궁, 마백의 움직임을 놓쳐서는 안 됩니다. 그들의 움직임을 놓치는 순간 만상문의 가치는 반으로 줄어듭니다."

신비 세력의 이름과 곡중헌의 이름은 그간의 노력으로 밝혀졌다. 겨우 이름만.

"정말 그렇게까지 중요한가?"

만시량의 물음에 휘는 천천히 고개를 끄덕였다.

"우리 만상문이 정보 문파를 표방했지만 남보다 앞선 것이 뭐가 있습니까? 개방에 비해서 전체적인 규모나 전통, 그 무엇도 비교할 수 없을 만큼 약합니다. 그렇다고 칠패나 구대문파, 그리고 오대세가 각각의 정보 조직보다 나은 것도 없습니다. 심지어는 신영문의 조직만도 못한 것이 현실입니다."

휘의 신랄한 말에 의기소침해진 사람들이 어깨를 늘어뜨렸다. 사실이 그러니까. 꿈만 있지 현재 가지고 있는 것은 아무것도 없으니까.

사람들을 둘러본 휘가 다시 말을 이었다.

"이제 시작했으니 어쩌면 당연한 일이지요. 그러나 방법이 없는 것은 아닙니다. 우리가 단시일 내에 그들과 어깨를 나란히 할 방법 말입니다. 그러기 위해서 바로 마백에 대한 정보가 필요한 것입니다. 그 누구보다도 더 빠르게, 더 많이, 더 정확히!!"

장내가 조용해졌다. 눈에서는 서서히 희망이 피어오른다.

"우습게도 우리는 적이라 할 수 있는, 아니, 적일 수밖에 없는 그들을 이용해 만상문을 키워야 합니다. 왜? 그게 가장 빠르게 클 수 있는 방법이기도 하지만, 그래야 그들을 무너뜨리고 우리가 살아남을 수 있기 때문입니다."

하나둘 고개를 끄덕인다.

거의 대부분이 마백에 대한 것은 잘 알지 못하고 있다. 그러나 그들이 정말 휘의 말대로 엄청난 힘을 보유하고 있고, 그 힘으로 중원에 피바람을 일으킨다면, 그들에 대한 정보는 그야말로 돈으로 환산할 수 없는 가치를 지니게 된다. 그것만으로도 휘의 말에 충분한 가능성이 있는 것이다.

"두 번째는 무력을 키우는 겁니다."

정보 문파로 키운다 해놓고 웬 무력?

하지만 살기 위해선 힘이 있어야 하니 그 말도 일리가 있다. 모두가 고개를 끄덕였다.

"정보를 팔다 보면 힘으로 정보를 얻으려 하는 자들이 생기기 마련입니다. 한마디로 우습게 알고 거저먹으려 하는 자들 말입니다. 그런 생각은 아예 처음부터 못하게 해야 합니다. 조금 심하게 말한다면… 칠패 중 한곳이 약속을 어긴다면… 그들을 응징할 수 있을 정도가 되어야 합니다."

사람들의 입이 쩍 벌어졌다. 열심히 고개를 끄덕이는 초평우와 풍인강만 빼고.

아! 한 사람 더 있다. 뜰을 돌아다니는 한 마리 누렁이를 창 너머로 바라보는 영등까지.

"그게 가능하겠습니까?"

적인풍이 참지 못하고 입을 열었다. 그런데 묵묵히 생각에 잠겨 있던 만시량이 천천히 고개를 끄덕인다.

"전면전은 힘들겠지만, 국지전은 시간만 조금 더 있으면 가능해질 걸세."

휘가 말했다.

"그 정도면 됩니다, 지금 당장은. 굳이 전면전을 할 필요는 없습니다. 그저 약속을 어기면 어떻게 된다는 것을 확실히 보여줄 정도면 됩니다. 그 정도만 되어도 칠패의 어느 곳이든 함부로 전면전을 하자며 덤벼들지 못할 테니까요."

"아!"

그제야 이해를 한다는 듯 적인풍이 가벼운 탄성을 발했다.

칠패 중 어느 누가 막대한 전력 손실을 예상하고도 무명의 문파와 명분 없는 싸움을 하려 하겠는가. 막대한 손실을 당한다는 것은 곧 칠패에서 밀려남과 같을 수밖에 없는 것일 텐데.

휘의 말인즉 상대가 그런 예상을 할 정도의 힘만 있으면 된다는 말이다.

하지만 적인풍이 미처 생각하지 못한 것이 있었다.

휘는 지금 당장의 힘에 대해서 말한 것일 뿐, 나중에는 칠패조차 오시할 힘을 키우겠다는 뜻을 가지고 있는 것이다.

"세 번째는 만상문의 총단을 세우는 일입니다."

모두가 의아한 눈으로 휘를 바라본다. 느닷없이 총단이라니, 이곳은 어떡하고…….

가만? 그러고 보니 이곳은 그저 만시량의 장원일 뿐이다. 비록 작은 규모는 아니지만 그렇다고 충분한 규모도 아니다. 적어도 휘가 말한 대로 문파를 키우기 위해서는.

그럼 어디에다 총단을 세우겠단 말인가?

휘가 눈에 힘을 주고 강하게 말했다.

"중원의 한복판에, 힘이 없어 억압받는 자들을 위한 만상문을 세울 것입니다."

그러면서 만시량을 바라보았다. 슬며시 고개를 돌리고 있다.

공이연을 바라보았다. 무언가 깊은 생각에 잠겨 있다.

그런 두 사람을 보고 휘가 빙긋 웃었다.

"두 분께서 도와주신다고 하니 잘될 거라 믿습니다."

"내, 내가 언제……?"

"뭘 도와줘?"

휘가 불길이 이는 눈으로 번쩍 손을 들더니 손가락 세 개를 쫙 폈다.

"삼 년 안에 세 배는 남는 장사가 될 겁니다. 약.속.하.지.요! 호법님들!!"

승낙을 안 하면 당장이라도 눈을 쑤셔 버릴 것 같은 기세에 두 노인은 재빨리 고개를 끄덕였다.

"그, 그렇다면 하지 뭐……."

"나도……. 그런데 얼마나……?"

휘가 빙그레 웃었다.

"운이 좋은 줄 아세요. 두 분이 안 하신다고 했으면 낙양제일 운가장의 운주열 장주만 떼돈 벌었을 것입니다."

'정말 잘한 것일까?'

'어째… 사기당한 것 같은데…….'

그래도… 재미는 있을 것 같다. 목에 힘도 좀 들어가는 것 같고. 돈이야 죽어서 싸 짊어지고 갈 것도 아닌데 뭐.

6

야심한 시각, 움푹 파인 달빛조차 구름에 가려지자 칠흑 같은 어둠이 철혈성을 감싸 안았다.

어둠 속에 우뚝 솟은 철혈성의 흑령전, 신마천궁의 철혈성지부와도 같은 흑령전의 내실에서 밤이 깊도록 세 사람이 앉아 이야기를 나누고 있었다.

곡중헌과 정체를 알 수 없는 혈포인, 그리고 한 명의 흑포인이.

말없이 곡중헌의 설명을 듣고 있던 혈포인이 곡중헌을 바라보며 묵직한 목소리로 물었다.

"그가 행동으로 옮길 거라 생각하나?"

"제가 아는 그는 속에 너구리를 한 마리쯤은 품고 있는 자입니다. 아마 공손히 바치지는 않을 것입니다."

"그래서 미리 대공자께 사람을 청한 것인가?"

"그렇습니다. 루주께서 오셨으니 이제 염려할 것은 없습니다만……."

곡중헌이 말을 끌자 혈포인이 미간을 찌푸렸다.

"아직도 모자란 것이 있는가?"

"철운성의 숨겨진 패가 무엇인지 그걸 알아내지 못한 것이 마음에 걸립니다."

"홍! 곡 령주는 육 년이 넘도록 철운성의 곁에 있었으면서 아직 그것도 알아내지 못했단 말인가?"

"그래서 철운성이 너구리를 품고 있다 한 것입니다."

반쯤 눈을 감고 나직이 말을 흘리는 곡중헌을 보며 혈포인이 차갑게 웃었다.

"본 루주를 비롯해 혈광이십사마가 모조리 몰려왔네. 게다가 대공자의 직속 호법 두 명까지 왔어. 그런데도 걱정된단 말인가? 이 정도면 웬만한 대문파 하나쯤은 하룻밤 사이에 쓸어버릴 수 있는 전력일세. 후후후…… 자네는 너무 소심해서 탈이야. 걱정 말게. 놈들이 대항한다면 싹 쓸어버리면 되네."

"하기는… 제가 너무 철운성을 높이 평가한지도 모르겠습니다."

곡중헌도 미진한 마음을 털어내고 편하게 생각하기로 했다.

지난 육 년을 지켜보았다. 그런 한편으로는 암천대를 동원해 나름대로 철혈성의 모든 것을 파악해 왔다. 그런데도 발견하지 못했다면 더 이상 숨겨진 힘은 없다고 봐야 할 것이다.

곡중헌의 얼굴에서 그늘이 걷히자 혈포인이 웃음을 터뜨렸다.

"하하하! 그렇다니까. 내가 누군가?"

그러자 혈포인의 좌측에 앉아 있던 흑포인도 천천히 고개를 끄덕였다.

"대공자께서도 두 분이 원만하게 철혈성을 접수하리라 생각하고 계십니다."

"글쎄, 걱정 말라니까. 철운성이 움직이면, 명년 그날이 그놈 제삿날이 될 거네. 후후후……."

흑령전을 울리는 혈포인의 웃음소리에 구름 사이로 얼굴을 내밀던 달빛이 몸을 떨었다.

그리고 칠흑 같은 어둠이 다시 달빛을 삼키자 세상은 고요에 잠겨들었다.

7

휘가 잘해야 이십 장이나 될까 말까 한 두 권의 책을 내밀었다.

"받으세요."

초평우와 풍인강이 황소눈을 뜨고 멀뚱히 바라본다.

"뭡니까?"

"제 나름대로 두 분의 무공을 정리해 본 것입니다."

"저희 무공을……?"

격렬하게 떨리는 두 사람의 눈이 뚫어져라 책자를 향했다.

광풍파랑도(狂風波浪刀).

진천뇌검(振天雷劍).

휘가 정리했다는 말, 그 자체로 더 물을 것이 없었다. 아니, 묻는다는 것 자체가 대형을 모독하는 말이다. 적어도 두 사람에게는.

"곧 부를 것입니다. 그때까지는 어느 정도 숙달을 시켜야 합니다."

"당연히……. 헛!"

빠르게 고개를 끄덕이던 초평우가 다시 고개를 들었다.

"설마 저희들을 떼어놓고 가시려는 것은……?"

안 되는 것을 미적거릴 수는 없는 일, 휘가 정색하고 말했다.

"만 선배님께 들은 바에 의하면 철혈성이 조금 복잡하게 돌아가고 있다 합니다. 심상치가 않아요. 조만간 큰일이 일어날 것 같다는 정보가 들어왔다고 하니 먼저 들어가려 합니다. 이곳에서 기다리시면 곧 사람을 시켜 부를 것입니다."

눈만 껌벅이던 풍인강이 묵묵히 고개를 끄덕였다.

"대형께서 그리하시겠다면야……."

풍인강의 태연한 말에 초평우가 발끈했다.

"풍가야?! 너는 걱정도 안 되냐?"

두리번거리는 풍인강.

"누가요? 누가 걱정되는데요? 설마 대형을……?"

초평우는 어이없는 표정으로 풍인강을 바라보다 갸우뚱.

"어? 어… 그게 아니고… 이걸 익히려면 머리 좀 써야겠지? 걱정된다, 걱정돼……."

그런 초평우의 귓가에 바짝 입을 갖다 댄 풍인강.

"쓸데없는 걱정 말고 당 낭자에게 안 깨질 걱정이나 하세요."

"……어."

풍인강의 말에 초평우의 어깨가 축 처졌다.

초평우가 끝내 당홍을 졸라 비무 약속을 받아냈는데, 그 약속이 이제 하루밖에 남지 않은 것이다. 초평우는 그 생각을 하자 정말로 걱정되지 않을 수가 없었다.

'제기랄! 여자에게 깨지면 저놈이 두고두고 씹을 텐데…….'

힐끔 문 앞을 바라보자 영등이 염불을 외우고 있는 것이 보인다. 꼭 자신의 극락왕생을 비는 듯한 표정으로. 말투도 어째…….

"나무아미타불 관세음보살. 허, 두들겨 패야 맛있다는데……. 관세음……."

8

'이제 올해도 두 달밖에 남지 않았구나. 하아…….'

동쪽 이름 모를 봉우리 위로 빼꼼히 얼굴을 내민 달이 자신의 생명줄처럼 얇기만 하다.

모용서하는 왠지 그것이 슬펐다. 유모가 슬퍼할까 봐 말은 안 하고 있지만, 지령음기가 서서히 경맥을 압박하고 있다.

'얼마나 더 견딜 수 있을지…….'

무공이 뛰어나면 무슨 소용이랴. 특별한 능력이 있으면 무슨 소용이랴. 기문진학이고, 의학이고, 수많은 학문을 많이 알고 있으면 무슨 소용이랴. 자기 몸속의 지령음기조차 다스리지 못하는 것을.

처연해진 그녀의 두 눈이 가늘게 떨린다.

그러다 무슨 생각이 들었는지 입가에 슬며시 웃음이 걸리더니, 살짝 달아오른 그녀의 얼굴이 발그스레해졌다.

'그분이 정말 올까? 나를 위해서 온다고 했다는데……. 그분은 그 말이 무슨 뜻인지 알고 있을까? 내 몸에 서린 지령음기를 누르기 위해서 뭘 해야 하는지 알고……. 아이…….'

상상만으로도 부끄러워 두 뺨을 감싼 손이 뜨거워질 지경이다. 자신의 몸 어디에 이런 열기가 숨어 있었는지 신기할 정도다.

"걱정 말아라! 그놈이 꼭! 온다고 했으니까. 너 생각하는 것이 보통이 아니더라. 너 아프다니까, 놀래서 정신없이 물어보더라……. 허허허!"

공손 할아버지의 확신하는 말을 듣고서 얼마나 기뻤던가. 몰래 자신의 상태를 할아버지에게 일러바친(?) 유모가 고맙기까지 했었다.

자신만의 속앓이인 줄 알았는데 듣고 보니 그것만도 아닌 것 같아 설레는 마음에 그날은 뜬눈으로 밤새 한숨도 자지 못했었다.

다음날 빨개진 눈을 보고 유모가 어찌나 놀리던지, 다시는 유모하고 말을 하지 않는다고 선언을 하기도 했었다. 비록 반나절도 가지 못한 선언이었지만.

"아가씨, 그렇게 보고 싶어요?"

"……."

"말하기 싫으면 마세요. 저야 뭐 유모일 뿐인데… 주제넘게……. 죄송해요, 아가씨……."

"…보고 싶어. 정말……."

그렇게 두근거리는 두 달이 지났건만, 아직 진조여휘는 오지를 않는다. 야속한 마음이 들 법도 한데 모용서하는 더욱 애만 탈 뿐이다. 세월이 지나면 희미해지는 것이 당연한 것이거늘, 그의 얼굴은 희미해지기는커녕 오히려 더욱 뚜렷해지는 것만 같다.

모용서하는 고개를 들어 달을 바라보았다.

"공자, 빨리 와줘요. 서하는… 오래 기다릴 수가 없어요. 지령음기가 우리를 시기하나 봐요."

중얼거리는 소리에 달빛이 환하게 웃는다.

"달님, 진조여 공자에게 제 말을 전해주세요. 너무 멀어서 제 말이 들리지 않거든요. 그리고 제 몸속의 지령음기에게 조금만 참아달라고 해주세요. 공자가 올 때까지만이라도… 제발……."

열 살 때 어머니가 돌아가신 이후 처음으로 달을 보고 빌어봤다. 다시는 달에게 소원을 빌지 않으려 했는데, 어머니와 아버지를 모두 데려간 하늘에 기대지 않겠다고 다짐했는데…….

"서하는?"

"별다른 이상은 보이지 않는데 유모 말로는 조금 안 좋아진 것 같다고 합니다."

"그러게 그날 데려오라니까."

"어떡합니까? 사부를 만나러 가야 한다는데. 그래도 사정사정해서 빠른 시일 안에 온다는 확답은 받아냈습니다. 제 체면에 사정까지 했다 이 말입니다, 형님!"

모용진광이 공손척을 뚫어져라 바라보며 나직이 말했다.

"애들 말로는 그게 아닌 것 같던데……."

"참나! 아니, 새끼 광룡의 말은 믿고 제 말은 못 믿는다 그 말입니까? 섭합니다, 정말."

속은 철렁했지만 우길 때까지 우겨야 한다. 그것이 오래 사는 지름길이다. 공손척은 그런 자신이 한심하기만 했다.

'후우. 어쩌다……. 그런데 이놈은 왜 안 오는 거야? 이거 이러다 한중까지 찾아가야 하는 것 아냐?'

모용진광은 찜찜했지만 계속 공손척을 다그치기도 좀 그랬다. 더구나 용혈궁을 청소하는 일이 이상한 방향으로 흘러 북두검회마저 본격적으로 나서고 있는 판이었다.

"북두검회 놈들, 아직 안 떠나고 있나?"

"그놈들, 이번엔 아주 단단히 마음먹은 모양입니다. 은룡 부궁주의 며느리인 동방령이 나을 때까지 머물 거라 합니다. 좌우간 순발력 하난 끝내줍니다. 그사이 북두검회와 사돈을 맺다니."

한 달 전 느닷없이 부궁주인 은룡 사마경이 막내아들인 사마수와 북두검회주 북두신검 동방백의 딸인 동방령과의 혼사를 발표해 용혈궁의 모든 사람들을 놀라게 했다.

당시 잠천 십팔룡을 이용해 사마경의 세력을 쓸어버리려 준비 중이던 모용진광조차 놀라서 모든 계획을 보류해야 할 정도였다.

단순히 사마경의 세력을 쓸어버리는 거야 문제될 일이 없었다. 그러나 동방백이 얽힌 이상은 신중하게 처리하지 않을 수 없게 된 것이다.

그는 딸의 안전을 핑계로 언제든지 검을 치켜들 수 있는 사람이었다. 게다가 사마경과 동방백이 힘을 합한 이상, 아무리 광룡이라 해도 벅찬 상대일 수밖에 없었기에 조심스럽게 계획을 다시 짜는 수밖에 없었다.

그렇게 한 달이 지나자 북두검회는 아예 용혈궁에 사람을 상주시켰다. 명분은 동방령의 몸이 안 좋아서 나을 때까지 혹시 모를 위험으로부터 보호하려 한다는 것이었다.

물론 그것이 순전히 핑계일 뿐이라는 것을 모용진광도 잘 알고 있었다. 그럼에도 마음대로 사마경을 칠 수 없는 것이 답답하기만 했다.

'사마경아, 사마경아…… 네놈은 동방백이 어떤 놈인지 잘 알면서 왜 그와 손을 잡았단 말이냐.'

무언가 결심을 굳힌 듯 모용진광이 조용히 공손척을 불렀다.

"공손 아우."

"예, 형님."

"팽가에 사람을 보내야겠네."

공손척이 휘둥그레진 눈으로 모용진광을 바라보았다.

"형님……"

"이제 잊을 때도 된 것 같네. 마누라가 죽은 지 삼십 년이 넘었지 않은가."

"후우… 형님께서 그리 생각하신다면……. 아마 팽무현 형도 반가워하실 겁니다."

"글쎄, 과연 그럴까? 자신의 누이가 나 때문에 고생한 것을 원망이나 안 하면 다행이겠지."

공손척은 고개를 들어 씁쓸한 표정을 짓고 있는 모용진광을 바라보았다.

의형인 모용진광의 부인인 팽이용은 팽가 가주의 딸이었다. 한데 그녀는 가문에서 정해준 혼처를 마다하고 도망치다시피 모용진광을 따라 용혈궁으로 들어와 버렸다.

당시의 모용진광은 괄괄한 성격으로 그리 좋은 평판을 받지 못하고 있었기에, 그를 못마땅하게 생각한 팽가의 원로들은 팽이용에게 다시는 팽가에 발을 딛지 말라는 벌을 내렸다. 결국 팽이용은 죽을 때까지 집을 그리워했지만 사무친 그리움을 풀지 못하고 숨을 거두었다.

삼십 년 전, 모용진광은 부인인 팽이용이 죽자, 살아생전 부인을 홀대한 팽가를 원수처럼 대했다. 그나마 팽이용의 부탁이 있었기에 칼을 겨누지는 않았지만.

그러다 이십 년 전, 부인의 친동생인 팽무현이 가주가 되자 그제야 원수처럼 대하던 마음을 가라앉혔다. 하지만 그렇다고 해서 친하게 지낸 것도 아니었다. 그저 소 닭 보듯 하며 남처럼 지내온 세월이었다.

한데 모용서하로 인해 그 두텁게 쌓인 한이 사그라지고 있다. 삼십 년간 가슴에 굳어 있던 해묵은 한이 조손간의 사랑으로 인해 녹아내리고 있는 것이다.

"바로 사람을 보내겠습니다. 단, 새끼 광룡을 보내란 말씀만 마십시오."

"자네 미쳤나? 그놈들 보내면 무슨 일이 벌어질지 뻔히 알면서."

'잉? 그걸 알긴 알고 있었소, 형님?'

"자네가 직접 가게!"

'커억!'

4장
철운성의 건곤일척(乾坤一擲)

1

까악! 까아악!!

그믐이라 달빛조차 희미한 상무원의 밤은 까마귀 우는 소리에 더욱 을 씨년스럽기만 하다.

지나다니는 이 하나 없어 스산하기만 한 숲 속 길, 나무 사이로 날아다 니는 박쥐들의 퍼덕임만이 들려온다.

초병들이 만근 바위보다 더 무거운 눈꺼풀을 들어올리느라 힘들어하 는 시각, 상무원의 남쪽 자그마한 정자 앞으로 한 마리 야조가 기척도 없 이 내려앉았다. 거대한 야조는 내려앉자마자 정자 안으로 스며들더니 그 림자조차 남기지 않고 사라져 버렸다.

밧줄은 여전히 그곳에 걸려 있었다.

주르륵……

밧줄을 잡고 내려가는지, 따라 내려가는지 모를 정도로 순식간에 무저동의 바닥에 내려선 휘는 한동안 움직이지 않고 가만히 숨을 몰아쉬었다.

십여 번 숨을 몰아쉬자 서서히 앞이 보이기 시작했다.

저 앞쪽에 돌무덤들이 보인다. 단걸음에 다가간 휘는 무덤 앞에 앉아서 아버지들을 불러봤다.

"빼빼아버지, 염소아버지, 석두아버지, 휘아 왔어. 잘 있었어?"

대답없는 메아리가 무저동을 울린다. 하지만 휘에게는 아버지들이 반가워하는 소리가 들리는 듯하다.

─휘아야! 왜 이제 오는 거야?

─어? 우리 휘아 왔다!

─어헝! 휘아야, 보고 싶었어!

무덤은 떠날 때 그 모습 그대로 여전했다. 휘는 돌을 몇 개씩 더 얹어주고는 조용히 말문을 열었다.

"나도 아버지들 보고 싶었어. 빼빼아버지, 삼류무사 업신여기는 놈들 내가 혼내줬어. 덕분에 나이 먹은 동생도 생기고."

─잘했다! 그런 놈들은 혼나야 돼!

"염소아버지, 아들 찾았어. 손자도 있더라. 잘살고 있으니까 걱정마."

─어, 잘했다. 휘아야.

"석두아버지, 해줄 이야기가 무지무지 많으니까 자주 와서 들려줄게."

─우와! 역시 우리 휘아다!

아버지들은 여전하시다. 가슴속에서 외치는 소리가 하나도 변함이 없어 보인다. 한데 나도 그럴까?

왠지 자신이 없다. 아버지들은 여전히 나의 가슴속에 살아계시는 것만 같은데, 그런데 왜 이리도 답답한 걸까.

바깥 세상을 돌아다녔다고 벌써 아버지들에 대한 사랑이 식은 것일까? 아니면··· 친아버지에 대한 생각 때문에······.

아니야. 그럴 수는 없어. 그래서는 안 돼!

"나에겐 세 아버지가 전부야. 알지?!"

대답이 없다. 가슴속의 아버지들이 대답을 않는다.

삐삐아버지, 왜 대답을 않는 거야?

염소아버지, 휘아 말이 맞지? 응?

석두아버지, 휘아에겐 아버지들밖에 없단 말이야. 내 말 믿지?

믿어야 돼! 믿어야 된단 말이야! 알았지!!

휘아는··· 변하지 않을 거야······.

―어, 그래··· 아버지들도 우리 휘아를 무지무지 사랑한단다.

―당연하지!

―누구야? 누가 휘아를 슬프게 만드는 거야?

씨익!

"진작 그렇게 대답하지. 괜히 걱정했잖아."

조금은 편안해진 마음으로 고개를 돌렸다. 도사할배와 지양 선인의 무덤이 보인다. 그리고 그 옆에 있는 이빨아저씨의 무덤도.

"도사할배, 풍령신주를 찾은 것 같아. 뭐, 아직 확실한 건 아닌데······. 에이, 맞을 거야. 지양 선인께서 남겨놓은 글도 있었으니까."

―허허허. 잘했다. 나머지도 꼭 찾을 수 있을 거야.

"외숙부를 만났거든? 외숙부 책방에서 공부 좀 했어. 나중에 다시 가서 더 할 생각이야. 그래야 도사할배가 남겨준 삼령문의 공부를 익히지."

―그래? 그럼 이제는 삼령문 걱정은 안 해도 되겠구나. 고맙다, 휘

아야.

"이빨아저씨, 잘 있었어?"

─휘아구나. 그래, 이제는 몇 개까지 펼칠 수 있지?

"음… 이제 나도 몰라. 하도 빠르게 변해서 변화가 변화를 만들다 보니까 몸이 흩어지는 것 같아. 이빨아저씨도 무당 장문인이 놀란 모습을 봤어야 하는데……."

아버지들을 향해 두런두런, 도사할배를 향해 중얼중얼, 이빨아저씨에게까지 이런 저런 이야기를 하고서 휘는 조용히 돌무덤을 바라보았다. 그러다 한쪽에 외따로 떨어져 있는 돌무덤으로 다가갔다.

어머니의 무덤, 유벽혜의 돌무덤이었다.

돌무덤을 한참 바라보던 휘는 천천히 무릎을 구부리고 큰절을 올렸다.

'어머니, 어머니…….'

"어머니……. 휘아 왔어요."

─아가야, 사랑한다. 아가야…….

두 번째 절을 올리는데 자신도 모르게 눈물이 뚝 떨어진다.

"…이제 울지 않기로 아버지들하고 약속했는데……."

멈추려 해도 멈춰지지가 않는다.

한 번 떨어지기 시작한 눈물은 방울방울 계속 떨어진다.

"외숙부 만났어요. 어머니를 보고 싶다고 하셨어요……. 곧 모셔 갈게요. 그때까지만 아버지들하고 같이 계셔요."

스윽, 눈물을 훔친 휘가 다시 돌무덤을 바라보았다.

"어머니를 이렇게 만든 자… 제가 꼭 찾을 거예요. 꼭……."

불길이 이는 눈으로 어머니의 돌무덤을 바라보던 휘는 천천히 몸을 일으켰다.

"그리고 우양이라는 사람에 대해서도 알아볼 거예요. 그를 찾아서 물어볼 거예요. 어머니가 이렇게 되도록 뭐 했는지. 왜 찾지도 않고 가만 놔두었는지……."

휘는 어머니의 무덤을 한참 동안 바라보았다.

어머니가 눈물을 흘리며 바라보고 있는 것만 같다. 울면서 그 사람의 잘못이 아니라고 말하는 듯 느껴진다.

아닌데… 정말 아닌데… 분명 그 사람의 잘못인데…….

눈물이 흐를 것만 같아 고개를 들었다. 그러다 마음의 격정이 가라앉자 다시 어머니의 무덤을 바라보았다.

"지금 밖에서 무슨 일인가가 벌어지고 있어요. 사부님이 위험할지도 몰라요. 아무래도 제가 가봐야 할 것 같아요. 다시 올게요. 어머니……."

휘는 한참을 더 그렇게 서 있다가 천천히 고개를 돌려 무저동을 한 바퀴 훑어보았다. 사람이 없어선지 벌레들이 더 많아진 것 같다.

'아무래도 빠른 시일 안에 무덤들을 옮겨야겠어.'

무저동을 빠져나온 휘는 상무원이 바라다 보이는 고목나무 위로 올라갔다.

하늘 가득 흐르는 은하수 아래, 불 꺼진 상무원이 어둠에 물든 채 잠들어 있었다.

상무원으로 들어가기 전에 주위를 살펴보았다. 문득 무언가가 눈에 들어온다. 길게 늘어선 담장의 한쪽 구석, 누군가가 담장에 기대앉은 채 졸고 있다.

허공을 미끄러지듯 나아가 십 장 정도 떨어진 곳에서 안력을 돋우자 그자의 얼굴이 보였다.

'응? 저 사람은?'

그도 익히 알고 있는 사람, 바로 단홍귀였다. 그가 상무원을 감시하다

졸리는지 담장 구석에서 꾸벅꾸벅 졸고 있는 것이다. 날씨도 차가워졌는데……

버드나무 흘씨마냥 기척도 없이 단홍귀 앞으로 내려선 휘가 미안한 마음으로 단홍귀를 불렀다.

"날씨도 싸늘해졌는데 여기서 자면 어떡합니까?"

"헉!"

언제 졸았냐는 듯 대경한 단홍귀가 벌떡 일어섰다. 그러다 눈앞에 사람이 보이자 재빨리 뒤로 물러서더니, 미간을 좁히고 휘를 뚫어지게 쳐다보았다. 하지만 그것도 한순간일 뿐.

"어헉! 문주님… 헙!"

너무 크게 소리친다 생각했는지 입을 틀어막은 단홍귀가 철푸덕, 오체복지에 가깝게 엎드렸다. 그런 단홍귀를 보며 휘는 쓴 입맛을 다셨다. 과례(過禮)는 비공(非供)이라 했거늘.

하지만 그는 모른다. 삼살귀가 만향로에서 얻어맞을 때 받은 충격이 얼마나 컸는지. 그리고 지금 단홍귀의 심장이 얼마나 큰 소리를 내며 뛰고 있는지를.

"추운데 어디 들어가 계시지 않고서……."

휘의 따뜻한 말에도 단홍귀의 안색은 펴질 줄을 몰랐다.

"오신다는 연락은 받았습니다만, 왜 이런 저녁에?"

"낮에 버젓이 들어올 수는 없지 않습니까."

그건 그렇다. 손님으로 오는 것도 아니고 몰래 들어오면서 대놓고 들어올 수는 없는 일이 아닌가. 단홍귀가 뭔가가 생각난 듯 급히 휘를 보며 속삭이듯 입을 열었다.

"아! 지금 내성 쪽에서는 심상치 않은 일이 벌어지고 있습니다."

"심상치 않은 일이요?"

"한 시진 전부터 상당수의 고수들이 은밀히 움직이고 있습니다."

휘는 안색을 굳히고 단홍귀를 쳐다보았다. 눈이 마주치자 제풀에 놀란 단홍귀가 빠르게 말을 이어갔다.

"요즘 분위기가 수상해서 혹시 몰라 상무원을 한 바퀴 돌고 숙소로 돌아가던 중이었습니다. 백혈검단 쪽에서 고수들이 한둘 빠져나오더니 후원 쪽으로 이동하는 모습이 보였습니다. 그 후에는 철혈검단이 움직여 마찬가지로 후원으로 향하는 듯했습니다. 그들의 행동이 하도 은밀해 유심히 살펴보지 않았다면 아마 밤이 지나도록 아무것도 몰랐을 것입니다. 아마 그들 말고도 다른 곳도 움직인 것 같은데 확인을 못해서……."

단홍귀의 말대로라면 뭔가 사단이 벌어졌다. 철혈성에서 이 개 단 이상이 움직일 정도로 큰일이 뭐란 말인가. 게다가 그들이 다가 아닐 터, 아마도 철혈성 전체에서 소리없는 전쟁이 벌어지고 있는 것 같다.

그렇다면 예측할 수 있는 상황은 단 하나.

'철운성과 신마천궁 간의 충돌?! 왜 느닷없이……? 혹시 요즘 움직임이 수상하다더니 바로 이 일 때문에?'

휘가 다급히 말했다.

"현재 철혈성에 잠입한 본 문의 사람들은 몇이나 있소? 즉시 연락 가능한 사람은?"

"현재 다섯 명이 들어와 있습니다. 그중 한 사람은 내전에 들어가 있어 당장은 힘들고, 저를 포함해 네 명은 당장 연락이 가능합니다."

"그들의 수준은?"

"저만은 못합니다만, 그래도 일류에 턱걸이할 정도의 실력은 됩니다.

"음, 그럼 즉시 연락해서 그들을 상무원을 모으시오. 혹시라도 위험한 상황이 닥치면 상무원의 사람들을 데리고 철혈성을 빠져나가도록 하시오."

"예!"

휘는 지시를 내리자마자 허공으로 쑥 솟아오르더니 찰나간에 어둠 속으로 스며들었다. 단홍귀는 고개를 들다가 번쩍 하는 순간에 사라져 버린 휘를 보고 혀를 내둘렀다.

'휘유··· 사람이 어찌······. 어이쿠! 이럴 때가 아니지.'

2

후원에 들어선 열세 명의 복면인들이 전각 속으로 스며든 지 반 각도 되지 않아 여기저기서 고통에 찬 신음이 나직이 흘러나왔다.

그야말로 파죽지세였다.

철혈무령주와 사인 삼조 열두 명으로 이루어진 철혈무령은 개개인이 절정에 가까울 정도의 고수들이었다. 특히 삼 개 조의 조장들은 명실 공히 절정에 이른 고수들로 과거에 대단한 명성을 날린 자들이었다. 그런 고수들이 암습을 하고 있으니, 그들의 손에서 빠져나갈 자가 얼마나 될 것인가.

단 반 각 만에 이십여 명의 일반 무사들이 비명도 지르지 못하고 쓰러지고, 십여 명의 고수들이 목숨을 내놓아야만 했다.

령주로 보이는 자와 십이철혈무령의 복면 속에서 자신에 찬 눈빛이 흘러나왔다. 이 정도라면 임무가 생각보다 수월하게 끝날 것 같다고 생각한 듯하다.

자신에 찬 그들은 소리없이 다른 전각으로 들어가 십여 명을 더 베어냈다.

잘라진 팔다리가 바닥을 뒹굴고, 시뻘건 선혈이 벽을 타고 흐르자 전각 안은 비릿한 혈향으로 가득 찼다.

인정도 없고 죄책감도 없다. 베지 않으면 베인다는 절박감만 가득할 뿐이다.

빠르게 전각을 빠져나온 그들은 은밀히 내달렸다. 마지막 임무 수행을 하기 위해, 가장 많은 고수들이 모여 있다는 후원의 중앙 흑령전을 치기 위해.

하지만 만사는 뜻을 이루고자 해서 다 되는 것은 아니었다.

십이철혈무령이 죽음만이 남은 전각을 뒤로하고 후원 중앙에 있는 흑령전에 다가갔을 때다.

흑령전을 감싸고 사방으로 세워진 전각의 문이 소리없이 열리더니 사십여 명의 흑의인들이 쏟아져 나온다. 더하여 흑령전을 돌아 나오는 철혈성의 흑마령주 쪽 사람들까지 합하면 그 수가 무려 일백에 이른다. 하나같이 고수들이다.

"함정이다! 조심!"

사방을 훑어보며 빠르게 움직이던 철혈무령주 구 노인이 소리쳤다. 일갈을 내지른 구 노인, 구장무는 재빨리 사위를 쓸어봤다.

적들도 어느 정도는 경계를 하고 있을 거라 생각은 했었다. 그러나 이건 정도가 지나치다. 마치 철운성의 계획을 알고 있었다는 듯 움직이고 있다. 기다렸다는 듯 튀어나온 자들, 고수 아닌 자가 없다.

철저히 계획된 함정인가?

사십 명의 목숨을 담보로 자신들을 중앙으로 끌어들인 것인가?

이들을 이끄는 자는 참으로 독심을 가진 자다. 또한 그만큼 무서운 자일 것이다.

그래도 자신들이 누군가? 내로라하는 전대의 고수들이 아니던가!

자신감을 가지고 흑의인들을 향해 쌍장을 내쳤다.

콰광!!

장력에 마주친 흑의인들이 주르륵 물러선다. 하지만 그뿐이다. 입가로 핏기가 비추기는 하지만 그렇게 큰 부상은 아니다. 비록 오성의 공력으로 펼쳤다지만 일개 무사가 자신의 장력을 맞받고도 멀쩡하다니.

등줄기로 불안감이 스멀거리며 기어오른다. 머뭇거릴 여유가 없다.

구장무의 입에서 나직한 명령이 떨어졌다.

"놈들은 고수들이다. 최대한 빠르게 치고 들어간다! 살을 주고 뼈를 깎아라!!"

구장무의 명령이 떨어지자 철혈무령들이 무기를 앞세우고 모두 신형을 날렸다. 하지만 막상 부딪친 상대의 전력은 예상 밖이었다. 서너 명에게만 에워싸여도 절정의 고수가 힘을 쓰지 못하고 있다. 그것은 상대의 무력이 적어도 일류 이상의 수준이라는 말이다. 그나마 서너 명만이 우세를 점하고 있을 뿐이다.

철혈무령들의 표정이 와락 일그러졌다.

자신들이 누군데, 이런 이름도 들어보지 못한 무사들에게 막혀 고육지책을 써야 한단 말인가!

"타앗!"

"이놈들!!"

어차피 조용히 돌파하기는 틀렸다는 것을 온몸으로 느끼고 있다. 소리가 나는 것 따위는 이제 신경 쓸 겨를이 없다.

철혈무령들이 악심을 먹고 달려들자 흑의무사들도 주춤주춤 물러서기 시작했다.

한때 막북의 도귀로 불리며 막북을 호령했던 거릉찬이 너비가 한 뼘은 될 듯한 대도를 휘두르며 전면으로 치달렸다. 그의 도에 걸린 자는 허리가 잘리고 목이 떨어져 나갔다. 순식간에 세 명이 그렇게 쓰러졌다.

하지만 그라고 해서 무사한 것은 아니다. 상대의 허리를 자르느라 어깨 어림에 일검을 맞았다. 어깨에 일검을 안겨준 놈의 목을 자르기 위해 또다시 등 쪽에 기다란 검상이 생겨났다. 한 명에 하나의 상처, 그나마 다행인 점은 상처가 그리 깊지는 않다는 것이다.

구룡객이라 불렀던 장호상도 두 명의 흑의인을 도륙 내버렸다. 그 대가로 팔 하나가 덜렁거린다.

모두가 크고 작은 부상을 당하며 포위망을 뚫고 흑령전을 향해 쇄도했다. 마치 이리 떼를 뚫고 새끼 밴 어미 이리를 잡기 위한 호랑이처럼.

그러나 흑령전에서 기다린 자들은 새끼 밴 어미 이리뿐만이 아니었고, 철혈무령들은 그들에 비하면 호랑이들이 아니었다.

콰광!!

"크윽!"

제일 먼저 뛰어든 거룽찬이 극심한 충격을 받은 듯 신음을 흘리며 정신없이 물러선다.

쩌저정!!

"커헉!"

바로 뒤따라 뛰어들었던 호서신창 유강만이 창 든 손을 덜렁거리며 튕겨져 나온다.

안으로 뛰어들려던 철혈무령들이 주춤거렸다. 두 사람은 결코 자신들에 비해 못하지 않은 자들이다. 그런데 들어가자마자 일수에 격퇴를 당했다. 안에는 자신들이 상대할 수 없는 고수가 있다는 뜻.

그들의 의문을 풀어주려는 듯 흑령전 안에서 세 사람이 걸어나온다.

피보다 더 진한 혈포를 걸친 자 한 명, 그리고 어둠보다 더 진한 흑포를 걸친 자 둘. 두 명의 흑포인 중 한 명은 곡중헌이었다.

세 사람이 멈춰 서자 그 뒤로 이십여 명의 혈의인들이 늘어섰다. 처음 보는 자들, 예상 밖의 사람들, 그들의 전신에서 강렬한 힘이 느껴진다.

한데 기이하다. 그가, 흑마령주 곡중헌이 가운데가 아닌 왼쪽에 서 있다.

구장무는 손에 들린 협봉검을 불끈 쥐었다.

'강한 자들이다!'

보는 것만으로 느낄 수가 있다.

자신 역시 한 시대를 풍미했던 절대강자. 강자는 강자를 알아볼 수가 있다. 그리고 강자를 상대하는 방법 역시도.

상대가 강하면 강할수록 시간을 아껴야 한다.

스윽, 구장무의 신형이 미끄러지듯 허공을 스치며 흑령전에서 나온 세 명을 향해 나아갔다. 그것이 신호라도 되는 듯 세 명의 복면인이 구장무의 뒤를 따랐다. 철혈무령들의 삼 개 조 조장들이었다.

네 명의 검과 도, 장에서 일렁이는 강기들이 흑령전에서 나온 자들을 향해 몰려가자 나머지 철혈무령들도 일제히 상대를 쳐간다.

이제는 임무보다도 오직 살아나가야 한다는 것, 그것이 가장 중요한 목표였다. 임무를 수행 못하면 계속 속박을 받아야 하지만, 여기서 죽으면 다음 기회도 없는 것이다.

고오오… 쾅광!

구장무의 일검과 가운데 서 있던 혈포인의 시커먼 장력이 일 장을 격하고 부딪쳤다. 허공에서 공중제비를 돌던 구장무가 다시 일검을 내려쳤다.

"제법이군!"

짧은 감탄을 내뱉은 혈포인이 쌍수를 엇갈려 밀어낸다.

쿠구구구……

허공에 뜬 구장무, 바닥에 뿌리박힌 듯 서 있는 혈포인. 두 사람은 순식간에 다섯 번을 내지르고 다섯 번을 막아냈다. 그리고.

"으음……."

이 장 밖으로 날아 내린 구장무가 낮은 신음을 발했다. 그는 놀람과 의혹이 범벅된 눈으로 혈포인을 노려봤다.

"그대는… 누군가?"

혈포인의 입가에 비릿한 조소가 떠올랐다.

"본인은 혈광루의 주인. 제법이구나. 나의 혈인삼첩장을 막아내다니."

"놈! 네놈이 신비 세력의 주인이더냐?"

구장무의 물음에 혈포인이 음침한 괴소를 흘렸다.

"후후후……. 본인은 그저 혈광루의 주인일 뿐이지……."

그 대답에 구장무의 눈에 이채가 떠올랐다. 하지만 그 눈빛은 곧 경악으로 바뀌었다.

자신조차 뒤로 물러나게 만든 고수가 설마 일개 하수인이란 말인가?

좌우에서 벌어지는 싸움의 굉렬함도 구장무의 혼란스러움을 잠재워 주지는 못했다.

대체 신마천궁이 어느 곳이기에 저런 고수를 부린단 말인가. 천하에 그런 곳이 어디 있단 말인가.

구장무가 혼란을 느낀 잠시지간.

"크으으……."

"이놈! 커억!"

옆에서 신음과 비명이 터지며 철혈무령들이 하나둘 쓰러지더니 다섯이 쓰러지고 일곱이 남았다.

세 명의 조장들 중 구장무와 함께 두 명의 흑포인을 맞상대하던 두 조장도 연신 밀리고 있다. 도대체가 믿을 수 없는 일이다. 합공을 당해 밀린다면 이해할 수가 있는 일이다. 한데 일 대 일에서 밀리다니. 천하에서도 내로라하는 고수들이.

휘는 후원으로 접근하다 말고 걸음을 멈추었다.

후원 쪽에서 옅은 비명이 들려온다. 비명에 섞여 병장기 부딪치는 소리마저 들린다. 그러다 고함 소리까지. 적어도 수십 명이 안에서 싸우고 있다.

그런데도 들리는 소리는 그 수에 비해 미미하기만 하다. 고수들의 대결, 은밀한 싸움, 철혈성의 중지에서 은밀한 전쟁이 벌어지고 있다.

조금 더 가까이 접근하자 숨을 죽이고 숨어 있는 자들이 느껴진다. 대충 느껴지는 것만으로도 일백이 넘어 보인다. 다른 쪽에 있는 자들까지 합하면 족히 이백은 될 듯하다.

'단홍귀가 말한 자들인가? 그럼 안에서 싸우고 있는 자들은 누구지?'

들어가 보면 알 일이다. 이미 숨어 있는 자들의 기운을 포착한 이상 그들이 휘의 앞길을 방해할 수는 없었다.

매복자가 없는 곳을 택한 후, 솜털처럼 허공으로 떠올라 바람을 타고 십여 장을 이동했다. 두어 번 소리없이 나무를 박차자 어느덧 후원의 건물 아래다.

슛!

잔 소음 하나 없이 지붕으로 올라간 휘는 보다 더 높은 나뭇가지로 올라가 후원의 안쪽을 내려다봤다.

드넓은 후원의 한가운데 세워진 거대한 대전 앞에서 전쟁은 벌어지고 있었다. 생각대로 고수들의 전쟁이다. 검기가 난무하고 검강이 춤을 추고 있다. 특히 대전 바로 앞에서 벌어지는 싸움은 휘로 하여금 눈을 못

떼게 하고 있었다.

'놈이다!'

곡중헌이 보인 것이다!

한데 한 명의 복면인이 곡중헌을 일 대 일로 상대하고 있다. 완숙한 절정의 고수인 곡중헌을. 놀라운 일이 아닐 수 없다. 그리고 그 옆에서 벌어지는 싸움도 그에 못지않다. 밀리기는 하지만 복면인 역시 절정의 고수다.

'도대체 오늘 이곳에 절정의 고수들이 몇 명이나 모였단 말인가?'

하지만 휘가 놀랄 일은 그 다음에 벌어졌다.

구장무는 손에 잡은 검에 혼신의 공력을 불어넣었다. 더 이상 시간을 끌 수는 없다. 어떻게든 눈앞의 혈포인을 자신이 맡아야 한다. 그래야 다른 사람에게 일말의 희망이라도 있다.

이자는 그만큼 위험한 자다.

"모두! 최선을 다해서 빠져나가라!! 하앗!!"

중앙에서 혈포인과 대치하고 있던 복면인이 소리친다. 그 목소리에 휘의 고개가 모로 틀어졌다.

'어디서 들어본 목소린데……?'

휘가 빠르게 기억을 더듬어갈 때였다.

스스슥…….

많은 사람들이 몰려오는 기운이 느껴진다. 마침내 때가 되었다고 생각한 듯싶다. 먼저 후원으로 넘어간 자들이 함성을 내질렀다.

"와아아!!"

"쳐라! 마도인들을 몰아내라!"

"철혈성을 지키자!"

함성이 터지자 담장을 넘어, 전각의 지붕을 넘어, 백여 명의 무사들이 후원으로 뛰어들었다.

그중에는 백혈검단의 고수도 있고, 철혈검단의 고수도 있다. 그리고 이마에 붉은 띠를 두른 삼십여 명의 정체 모를 무사들까지. 그들 뒤로도 계속해서 삼사 장을 가볍게 솟구치는 고수들이 넘어온다.

빠르게 그들을 훑어본 휘의 눈이 반짝였다. 웅경과 영호련이 보인 것이다. 두 사람도 붉은 띠를 두르고 있었다.

만상문의 정보에 의하면 그 두 사람은 과거의 태백산의 일로 인하여 지위를 박탈당한 채 폐관을 하고 있다 했는데, 두 사람이 이 자리에 나났다는 것은 그들 역시 철저한 계획에 의해 움직였다는 말과도 같았다. 하지만 휘가 놀란 것은 그들 때문이 아니었다.

그들의 선두에 선 초로의 자의인. 바로 그 때문이었다.

그가 외친다.

"오늘부로 흑령전은 철혈성에서 사라질 것이다!!"

철운성이었다!

맙소사! 철운성이라니!!

철운성이 직접 검을 들고 전면에 나섰단 말인가?!

그렇다면 이곳에서 오늘, 건곤일척의 승부를 결(決)하겠다는 말!

대체 무엇 때문에? 왜 스스로 신마천궁과 손을 잡았던 그가 거꾸로 검을 들었단 말인가?

철혈무령들과 싸우느라 흑포인들은 말대꾸할 기회조차 없었다. 아마도 철운성은 그것을 노린 듯했다. 철운성의 한마디에 흑령전 쪽에 섰던 철혈성의 무사들이 심한 동요를 일으키고 있는 듯 보인 것이다.

적절한 기회에 적절한 등장, 무사들은 더욱 함성을 내질러 기세를 올린다.

"와! 와와!! 성주의 뜻을 따르자!"

"마인들을 몰아내자!!"

휘의 가슴도 뜨겁게 타올랐다.

'저게 소심하다고 알려진 성주의 진면목이었단 말인가? 그럼 지금까지의 철운성은 뭐란 말이지? 내가 알고 있던 철운성은 누구란 말인가?'

휘가 놀란 눈으로 철운성의 뒷모습을 바라보며 곤혹스러워할 때다.

콰광! 쩌저정!!

중앙에서 싸우던 두 사람 사이에서 연속적인 굉음이 터져 나왔다.

강기와 강기가 부딪치며 사방으로 강기의 파편이 튀고 있었다. 그 모습에 휘가 놀란 눈을 크게 떴다.

'강하다! 곡중헌보다 더 강하다! 대체 저들이 누구기에?!'

두 사람 다 상당한 타격을 받은 듯 보인다. 혈포인은 뒤로 세 걸음 물러선 채 앞을 노려보고, 복면인은 일 장 이상을 물러서서 검으로 몸을 지탱하고 있다.

복면인의 반쯤 벗겨진 복면 사이로 가느다란 핏줄기가 흐르는 게 보인다.

느닷없이 휘가 숙이고 있던 몸을 벌떡 일으켰다.

"구 할아버지!?"

비록 반만 보이지만 분명 구 할아버지다.

세상에! 구 할아버지가 왜?!

문득 구 할아버지의 말이 떠오른다.

"맹서만 하지 않았다면……."

맹서!

철혈성에 있는 구 할아버지가 누구에게, 어디에 맹서를 했겠는가?

바보 같은 놈! 나는 바보 같은 놈이다! 구 할아버지의 음성을 잊고 있었다니!

파앗!!

휘는 부러져라 나무를 박차고 신형을 날렸다.

품속에 손을 넣자 부드러운 천이 손에 잡혔다. 면구로 인해 이용 가치를 잃고 품속에 잠들어 있던 면사였다.

나무 위에서 신형을 날려 지붕을 박차고 구석으로 스며들 즈음에는 휘의 얼굴이 면사로 가려졌다.

가볍게 손을 휘젓자 한 자루 장검이 손 안으로 빨려든다. 목이 반쯤 잘린 채 죽어 있는 복면인의 손에 들려 있던 검이었다. 묵직한 무게, 손에 익지는 않지만 그 무게가 마음에 든다.

전면을 주시했다. 혈포인이 비릿한 조소를 머금고 철운성을 바라보고 있다.

"후후후… 제법이군. 겁먹은 고양이로 봤거늘, 늑대 정도는 될 것 같군."

"글쎄… 내가 늑댄지 고양이인지는 그리 중요한 것은 아니라 생각하는데……."

철운성이 힘을 주어 말하자 혈포인의 조소가 더욱 짙어진다.

"중요하지. 암 중요하고말고. 겁먹은 고양이라면 살려서 키울 수가 있지만, 늑대라면… 제거하는 게 더 낫거든. 흐흐흐……."

철운성의 눈썹이 꿈틀거린다.

두 눈에선 불이 뿜어져 나온다.

이제는 더 이상 물러날 곳이 없다는 그의 의지가 일어선다.

"그리 쉽지는 않을 것이야! 신마천궁의 개!"

쩡!

한 자루 장검이 철운성의 오른손에 들렸다. 철혈성주의 신물, 철혈신검이었다.

"철혈성주의 이름으로 명하노라! 철혈성의 제자들은 모두 저 마도의 무리를 처단하라!! 지금 적도 편에 서 있는 자들도 돌아서면 용서할 것이다! 모두 마도를 몰아내는 데 힘을 합하라!!"

"처단하라! 죽여라!!"

"와! 와!!"

함성을 내지르며 흑의인들을 향해 내달리는 철혈성 무사들, 그들의 얼굴이 결사의 의지로 물들어 있다. 그 선두에 철운성이 신형을 날리고 있다.

혈포인의 조소가 한껏 짙어진다 싶더니 그의 오른손이 허공으로 들렸다. 동시에 흑의인들과 혈의인들이 소리없는 검은 파도가 되어 철혈성의 무사들을 덮쳐 간다.

휘는 조용히 무사들의 뒤를 따르며 상황을 주시했다.

당장에 신형을 날려 구 노인이 있는 곳으로 갈까 했지만 철운성의 단호한 공격 명령으로 상황은 급변하고 있었다.

제아무리 혈포인이 강하다 해도 철혈성의 대대적인 공격을 놔두고 구 노인만을 몰아칠 수는 없을 터, 굳이 앞장서서 시선을 집중시킬 필요는 없었다.

쩌정!! 차창!!

삼 장 앞을 달려가던 무사 하나가 흑의인과 부딪친다.

"크윽!"

소리없이 뻗어가는 흑의인의 첨검에 철혈성 무사의 어깻죽지가 뚫리고, 피가 튀어 오르더니 어둠을 붉게 물들인다.

"이놈!!"

서걱!

흑의인이 어깨에 꽂힌 검을 회수하기도 전, 번뜩이는 칼날이 흑의인의 목을 스쳤다.

비명도 지르지 못하고 무너지는 흑의인의 동체를 밀어내며 전진, 또 전진……

"쳐라! 놈들을 살려 보내지 마라!"

"철혈성의 힘을 보여줘라! 마도에 무릎 꿇을 철혈성이 아님을 보여줘라!"

"죽이자! 죽여라!!"

독려하는 외침!

내면의 두려움을 떨치기 위한 악에 받친 고함 소리!

싸움은 순식간에 한 치 앞도 내다볼 수 없는 난전이 되어버렸다.

난무하는 검기에 어둠이 갈라지고, 갈라지는 어둠 위로 진한 피비린내가 뿜어진다.

옆 사람을 돌아볼 틈도 없다.

언제 어디서 시퍼런 검날이, 칼날이, 어둠을 뚫고 날아올지 모르는 상황, 눈을 부릅뜨고 온몸의 신경을 곤두세운 채 오직 전면의 적만을 상대할 뿐이다.

그럼에도 쉽지가 않다. 흑의인들의 움직임은 어둠에 전혀 동요되지 않고 있다. 옆에서 동료가 죽어가도 눈 하나 깜짝하지를 않는다.

화아악!

죽 미끄러져 가던 휘의 손끝에서 붉은 천양의 기운이 뿜어졌다.

뿍!

이름 모를 철혈성 무사의 등을 찌르려던 흑의인 하나가 이마에 구멍이 뚫린 채 쓰러진다.

팟!

나아가던 그대로 검을 휘두르자 붉은 강기가 허공에서 떨어져 내리는 흑의인의 목을 잘라 버렸다.

흠칫, 어깨를 편 철혈성 무사가 휘를 돌아보더니 고맙다는 눈빛을 보냈다.

순간, 가볍게 마주 고개를 끄덕이던 휘가 무엇을 보았는지 빠르게 나아갔다. 흐릿한 잔영만 남기고 사라진 휘의 움직임에 철혈성의 무사가 눈을 휘둥그렇게 떴다.

'누, 누구지?'

하지만 휘는 다른 사람의 놀람에 신경 쓸 겨를이 없었다. 마침내 혈포인, 혈광루주가 움직이기 시작한 것이다. 아무래도 상황이 심상치 않음을 알고 먼저 한 명의 고수라도 없애겠다는 결심이 선 듯하다.

구장무를 향해 빠르게 나아가던 혈광루주가 손을 들어올린다. 어둠 속에서도 확연하게 보이는 검은 기류가 뭉클, 피어오른다.

구장무도 안색을 굳히고 검을 들어올리지만, 왠지 검이 무겁게 느껴진다.

'가공할 마기! 저자가 전력을 다한다면 과연 몇 수나 받을 수 있을까?'

구장무는 이를 악물고 혼신의 내력을 끌어올렸다.

나중은 생각할 것도 없다. 자칫 잘못하면 한 수에 끝장이다. 상대는 충분히 그럴 수 있는 고수다!

"차아앗!!"

내지르는 기합 소리에 흑령전이 뒤흔들린다. 그러나 혈광루주의 검은 기류는 조금의 흔들림도 없다. 일 장의 간격!

가공할 마기가 서린 장력과 구장무의 검강이 부딪쳤다.

쾅! 우르르······.

"크으읍······."

주르륵 물러서는 구장무의 얼굴이 일그러졌다. 힘겹게 고개를 들자 혈광루주가 음침한 미소를 흘리며 또다시 두 손을 흔드는 것이 보인다.

쏟아지는 핏빛 먹구름, 악마의 호곡성 같은 괴음이 손가락 사이에서 울려 나온다.

쒜에에··· 콰아아!!

"으합!"

최후의 일격이라는 심정. 혈광루주의 혈인삼첩장에 마주쳐 가는 구장무의 표정이 비장하다.

창룡처럼 일어나는 시퍼런 검강. 그러나 조금 전보다 약해진 위력, 그의 부상이 작지 않음을 말해주고 있다.

그래도 하는 수 없다. 최소한 동귀어진이라도 해야 할 판. 검에서 일어난 창룡이 혈광루주의 핏빛 먹구름에 달려든다.

그때였다. 한 소리 전음이 귀청을 울리며 파고들었다.

"제가 상대할 테니 물러서세요!"

멈칫, 미처 물러설 틈도 없이 삼 장 하늘에서 어둠을 가르며 붉은 번개가 떨어졌다.

쩌어억! 콰르르······.

핏빛 먹구름이 세로로 길게 갈라지며 혈광루주의 경악한 얼굴이 드러났다. 믿을 수 없는 일이라도 본 것마냥 두 눈이 잘게 떨리고 있다.

일수유의 순간, 연속으로 내친 혈인삼첩장과 붉은 번개가 정면으로 부딪치고!

콰과광!!

"우웃!!"

처음으로 혈광루주의 입에서 나직한 신음이 흘러나왔다.

쿵쿵쿵!

세 걸음을 물러선 혈광루주가 자신의 앞에 내려선 휘를 향해 소리쳤다.

"웬 놈이냐?"

"이름이 중요한가?! 마백의 종!!"

휘의 일갈에 혈광루주의 얼굴이 딱딱하게 굳어버렸다. 그러나 그는 의문을 풀 시간도 없이 급급히 내력을 끌어올려야 했다.

자신을 물러서게 만든 면사인이 검을 내뻗고 있다. 자신을 향한 검신을 따라 붉은 구슬이 흘러내리고 있다. 하늘의 불같은 기운을 담고!

찰나!

"막아봐!!"

일성이 터지고 붉은 구슬이 검첨을 벗어났다. 광량화!

퉁! 화아아악!

보이지 않는 속도로 손을 휘저어대는 혈광루주의 얼굴이 참담하게 일그러졌다. 삼 장의 간격은 아무런 의미가 없었다. 일수유에 다가온 붉은 구슬이 붉은 연꽃을 피우고, 피어난 혈련화가 가슴을 파고든다.

자신의 장력과 부딪치는 반동을 이용해 혈광루주는 몸을 뒤로 눕히며 일순간에 일 장을 비켜났다. 그러나 여전히 따라오는 혈련화.

혈광루주의 안색이 흙빛으로 굳어졌다.

빙글, 몸을 돌리며 일어선 그의 얼굴에 무언가를 각오한 표정이 떠오른다.

"놈! 감히!!"

쿠르르……

그가 손을 휘젓자 시뻘건 장인이 허공에 걸쳐지더니 혈련화의 진로를 가로막았다. 자신의 성명절기, 혈광루라는 이름이 생긴 근원, 혈광마령인(血光魔靈引)이었다.

그가 함부로 혈광마령인을 펼치지 않는 것은 혈광마령인을 한번 펼칠 때마다 그 무공에 깃든 마기가 자신의 생명을 깎아 먹기 때문이었다. 그러나 지금은 이것저것 가릴 처지가 아니다.

우르릉! 콰과광!!

두 기운이 정면으로 부딪치자 주욱, 다섯 자가량을 밀린 휘가 굳은 눈으로 혈광루주를 바라보았다. 정신없이 일 장여를 물러선 혈광루주가 눈에서 분노의 불길을 내뿜고 있다. 혈광마령인을 펼치고도 손해를 봤다는 것이 그의 분노를 일깨운 듯하다.

"네놈은 누구냐?!!"

휘는 대답을 하지 않고 주위를 둘러보았다. 눈앞의 적은 아랑곳없이. 어차피 단숨에 꺾일 적도 아니고, 그렇다고 쉽게 덤비지도 못할 테니까.

한마디로 '어디 덤빌 테면 덤벼봐!' 였다.

좌측을 보자 이 장 정도 떨어진 곳에서 구장모가 멍한 눈으로 자신을 바라보고 있다. 휘는 가벼운 웃음을 지으며 살짝 고개를 끄덕였다.

"몰라볼 뻔했습니다."

"휘아……?"

"예. 몸부터 살피세요."

우측에선 철운성이 곡중헌과 일대 격돌을 벌이고 있다. 한 치도 물러섬 없이.

곡중헌과 싸우던 철혈무령의 이조 조장 동소효가 한 팔이 뭉개진 채 위험에 처하자 자신이 직접 대적하고자 나선 것이다.

철운성이 지닌 뜻밖의 강한 무공에 곡중헌은 의외라는 표정을 짓고 있다. 지켜보던 휘 역시 고개를 끄덕이지 않을 수 없었다.

'그만한 자신감이 있으니 일을 벌였겠지.'

일격을 내친 곡중헌이 차갑게 코웃음 쳤다.

"흥! 여태껏 무공을 숨기고 있었구나!"

"알아보지 못한 놈이 잘못이 아닌가?!"

철혈신검의 검신에 새파란 검강이 두 자는 뻗어 있다. 결코 곡중헌에 비해 부족하지 않은 경지.

곡중헌이 흑령마공을 일으켜 철혈신검의 검강지기를 짓누르려 하지만 그것 또한 쉽지가 않다. 그나마 가공할 만큼 빠른 손속으로 철운성의 검강을 걷어내고 있을 뿐.

쩌저정! 콰릉!

십여 초가 지나도록 어느 한편으로 기울지 않은 상황이 지속되고 있다. 그사이 철운성이 일장을 얻어맞고, 곡중헌의 허리 어름에 일검을 선사했다. 하지만 살벌하던 두 사람의 대결도 시간이 지나며 열기가 식어가고 있다.

그럴 수밖에. 천귀검신 구장모조차 어찌하지 못한 혈광루주가 정체 모를 면사인에게 막혀 꼼짝 못하고 있는 모습이 눈에 들어온 것이다.

한 사람의 절대고수는 지금의 상황을 완전히 바꿀 수 있는 형국, 그러다 보니 두 사람도 휘에게 신경을 쓰지 않을 수가 없다.

철운성이 일을 계획한 것도 소수이지만 철혈무령이 있기에 그랬던 것이고, 곡중헌이 철운성의 계획을 알고도 자신만만했던 것도, 바로 대공자의 심복인 혈광루주가 비밀리에 철혈성에 와 있었기 때문이었다.

그만큼 고수의 중요성은 판세를 뒤집을 정도다. 더구나 그 고수가 절대의 고수라면 더욱더 그러하다.

하지만 이제 상황은 완전히 달라져 버렸다.

철운성이 믿었던 철혈무령들은 태반이 쓰러졌다. 심지어 천귀검신 구장무마저. 그래서 동귀어진을 각오하고 있는 그였다.

곡중헌은 자신보다 강하고, 능히 칠패의 주인들과 동수를 이룰 수 있을 거라 믿어 의심치 않았던 혈광루주가 움직이지를 못하고 있다.

생각지도 못했던 상황. 서로 우위에 서리라 여겼던 힘의 균형이 평행선을 달리고 있다.

사방에서 터져 나오는 비명과 혈향 속에 처절한 싸움을 벌이고 있는 것은 일반 무사들뿐, 흑의인들과 철혈성 무사들의 싸움은 절정으로 치닫고 있다.

혈의인들이 유령처럼 어둠을 누비며 피를 뿌려댄다. 철혈성의 무사들 중 고수라 할 수 있는 자들이 둘씩 붙어 견제하지만 뿌려지는 피의 대부분은 그들 철혈성 무사들의 것이다.

혈의인이 손으로 가슴을 쑤시면 손을 움켜잡고, 칼로 허리를 쳐 오면 도신을 움켜쥔다. 그러면 다른 자가 혈의인의 가슴에 검을, 도를, 창을 쑤셔 넣는다.

처절한 고육지계, 목숨을 주고 목숨을 뺏는다.

수십 명의 시신과 부상자들의 상처에서 뿜어진 선혈로 바닥의 하얀 대리석은 붉은 비단을 깔아논 듯 시뻘겋게 물들어 버렸다.

구석에서 비치는 횃불의 불빛을 받아 죽은 자의 눈빛이 괴기스럽게 빛나고, 끊어져 나뒹구는 팔다리들이 주인을 찾아 퍼덕거리고 있다.

으깨진 머리통에서 흐르는 뇌수.

갈라진 허리 어름에서 쏟아진 창자들.

살검을 휘두르다 쓰러진 자들이 목숨이 남아 있을 때까지 고함과 비명을 질러대며 상대를 죽이기 위해 광분하고 있다.

지옥, 아비규환의 지옥에서!

누구를 위해서, 무엇을 위해서!

그 시각 지옥의 한 귀퉁이, 정작 진짜 고수라 할 수 있는 사람들은 어떻게 변할지 모를 상황을 따지느라 검을 늦추고 있다. 흑령전의 앞에서 벌어지는 절정고수들의 싸움에 모든 신경을 집중시킨 채. 그곳에서 벌어지는 싸움의 향방이 자신들의 삶도 결정을 지을 테니까.

특히 철혈성의 무사였다가 신마천궁에 붙은 자들은 이러지도 저러지도 못하고 뒤로 물러서서 어물쩍 눈치만 보고 있다.

어느 순간, 곡중헌이 손길을 늦추자 한 걸음 물러선 채 휘를 바라보며 고개를 갸웃거리던 철운성의 눈이 홉떠졌다.

"너, 너는……?"

그러나 휘의 이름은 곡중헌의 입에서 터져 나왔다.

"상무원의 꼬마? 진조여휘라 했던가?"

두 사람이 자신을 알아보자 휘의 입에서 불꽃조차 얼러 버릴 차가운 음성이 흘러나왔다.

"아직도 철혈성에 남아 있었다니, 다행이군! 다행이야……."

휘의 정체가 밝혀졌음에도 묘한 상황은 여전히 진행 중이었다.

휘가 비록 고봉천의 제자라 하지만, 철운성으로서도 고봉천의 팔이 잘린 일에 책임을 져야 할 일이 있고, 곡중헌은 사건 당시의 현장에 있었던 사람인 데다 절대 같은 길을 갈 수 없는 사람이 아니던가.

결국 두 사람 누구도 자신의 사람이라 말할 수 없는 상황인 것이다. 굳이 편을 가른다면 철운성이 조금 더 가깝다 할 수 있겠지만, 그조차 겨우 종이 한 장의 차이일 뿐이었다.

휘는 긴장한 두 사람을 바라보다 몸을 추스르고 자신을 노려보는 혈광루주를 향해 고개를 돌렸다.

"사부님의 팔이 잘린 데는 철군명의 책임이 크지만, 결국 그 모든 일의 원흉은 그대들, 마백의 무리들이라 할 수 있을 터!"

저벅저벅.

혈광루주를 향해 다가가는 휘의 발걸음 소리가 흑령전의 뜰을 울린다.

화아아악!

걸음걸음마다 대리석이 부서지며 풀썩 피어오르는 먼지.

"나, 진조여휘! 사부님의 이름으로!! 그 죄를 묻겠다!!"

"네놈이 어떻게… 마백을……. 거, 건방진……."

의혹에 찬 표정, 혈광루주가 천양의 기세에 눌려 떨리는 입을 벌리자, 휘는 손에 들린 검을 바닥에 꽂고 만양을 빼 들어 혈광루주를 가리켰다.

"모든 것은 검으로!!"

후우웅…….

가볍게 휘돌리자 하나의 원이 허공에 걸린다. 붉게 선홍빛으로 피어나는 아지랑이.

만양의 검첨에 일던 붉은 아지랑이가 모여 쟁반만 한 막이 형성되었다. 그걸 바라보는 혈광루주의 안색이 흙빛으로 물들어간다.

한 단계 도약한 폭멸혼!!

주위에서 소용돌이처럼 휘돌던 기운들이 모조리 그 안으로 빨려든다. 어둠이 진저리를 치며 벗어나려 아우성친다.

혈광루주가 시뻘겋게 물든 두 손을 들어올렸다. 창백히 굳은 표정.

결국, 긴장을 참지 못한 그가 먼저 도발했다.

"이, 이놈!! 내가 바로 대신마천궁의 혈광루주다!!"

쿠쿠쿠……!

쌍장에서 시뻘건 귀면이 겹겹이 튀어나오며 휘를 덮쳐 간다. 혈인삼첩장의 정수 혈인삼첩귀(血刃三疊鬼).

그럼에도 휘의 눈빛은 한 점 동요도 없다.

시뻘건 귀면이 일 장 앞까지 다가오자 휘는 그제야 만양의 검첨을 앞으로 내밀었다.

"훙! 받아봐!!"

맑고 맑은 선홍빛 강기가 주욱, 검신을 따라 뻗친다! 찰나!

번쩍!! 콰아아앙!!

한순간 눈을 뜰 수 없을 정도의 강렬한 붉은 빛이 번쩍이더니 고막을 찢을 듯한 굉음이 터졌다.

엄청난 굉음에 흑령전이 들썩거릴 정도다.

서로를 죽이지 못해 아귀다툼을 하던 자들조차 굉음에 몸이 굳어버렸다.

내공이 약한 자는 얼굴을 일그러뜨리며 주춤주춤 물러선다.

검끝에서 터져 나온 빛무리에 핏빛 귀면이 갈가리 찢어지고, 안개처럼 흩어져 사라진다. 그 사이로 수백 줄기의 실 같은 선홍빛 검강이 폭사되어 나간다.

피할 곳도 없다. 피할 시간도 없다.

혈광루주는 눈을 부릅뜨고 부서져 사라지는 귀면을 바라보며 혼신을 다해 두 손을 휘둘렀다. 일시에 십삼 장을 휘두르자 핏빛 강막이 형성되었다.

안도의 표정, 그러나 그것마저도 찰나간일 뿐이다.

퍼버벅!

미처 자신의 강막이 뚫렸다는 것을 느끼기도 전에 수십 줄기의 선홍빛 강기가 강막을 뚫고 그의 몸을 스쳐 지나갔다.

"크어억!!"

푸아악!

심장 어림에서 분수처럼 뿜어지는 핏줄기, 어둠이 피안개로 붉어진다.

제자리에 선 채 고개를 내리는 혈광루주의 얼굴도 피안개에 덮여 시뻘겋게 물들었다. 믿을 수 없다는 그의 눈빛이 허공에 걸린 피안개를 바라보고 있다.

"이런… 어이없는… 너, 너는… 대체… 누구……?"

자신이 당했다는 현실을 받아들일 수 없다는 표정이다.

강자들만의 오만과 착각.

휘는 그런 그를 말없이 바라보며 조용히 내기를 다스렸다.

풍령신주를 얻은 후 많은 발전이 있는 것은 사실이었다. 그러나 그 모든 것을 자기의 것으로 소화할 만한 시간이 없었다. 그래서인지 한꺼번에 빠져나간 내력의 손실이 만만치가 않다.

'음……. 너무 무리했나? 기분 내다 큰일나겠군.'

다행히 면사로 인해 누구도 자신의 변화를 알지 못하고 있는 것 같다.

깊게 숨을 몰아쉬며 어느 정도 내력이 돌아옴을 확인한 휘는 조용히 입을 열었다. 면사 속에서 하얗게 웃으며.

"내 이름은 진조여휘. 나의 사부님은 유성비월객이라 불리시는 분, 아주 멋진 사부님이시지."

"그런……. 믿을 수 없다. 그는 결코 너 같은 자를……."

"그대가 믿고 안 믿고는 상관없어. 사실은 사실이니까!"

휘는 차갑게 말을 끊고 고개를 돌려 곡중헌을 바라보았다.

"그렇지 않은가?"

"당신은 멋진 남자다! 그것이 그대의 목숨을 살렸다!"

과거 곡중헌은 가족을 구하기 위해 스스로 팔을 자른 사부님을 보고 그리 말했었다. 이곳에 있는 자들 중 그 상황을 아는 사람은 곡중헌뿐이다. 그 당시 곡중헌을 따랐던 무사들이 없다면.

그렇다면 곡중헌이 말을 해야 한다. 사부님이 고개를 숙여 목숨을 구걸했다는 오명을 벗기 위해서라도.

곡중헌은 굳은 얼굴로 천천히 고개를 끄덕였다.

"그랬지……. 고봉천은 남자였다. 그것만은 사실이다. 그는 가족과 제자를 구하기 위해 스스로 팔을 자를 정도로 장부였지."

휘는 곡중헌을 뚫어지게 노려보다 천천히 입을 열었다.

"고맙군. 내가 당신에게 고맙다는 말을 할 줄은 몰랐어."

휘잉!

만양을 옆으로 흩뿌리자 연붉은 검기가 뭉실 피어오른다.

"당신에게 일 초의 기회를 준다. 받아내면 살 것이고, 아니면 죽는다!"

곡중헌은 고소를 지었다.

자신이 누군가? 신마천궁의 삼령주 중 흑마령주가 아니던가. 그런 자기에게 일 초의 기회를 준다 한다. 참으로 기가 찰 일이다.

그런데… 문제는, 상대가 그런 말을 할 자격이 있다는 것이다.

곡중헌이 말이 없자 오히려 옆에서 상황을 지켜보던 자들이 말도 안된다는 듯 나섰다.

"그는 죽여야 할 자요!"

"맞소! 그자는 적도들의 수괴외다. 결코 살려 보내서는 안 되오!"

"죽이시오! 그를 죽이시오!!"

어느새 무리는 둘로 갈라져 있었다.

신마천궁의 흑의인들과 신마천궁을 따르기로 한 자들은 곡중헌의 뒤로 늘어서 있고, 철운성의 뒤로 철혈성의 무사들과 구장모를 비롯한 여섯 명의 철혈무령이 형형한 눈을 빛내고 있다.

아직도 팽팽한 국면, 그러나 그것은 단지 겉모습일 뿐이다.

사기가 오를 대로 오른 철혈성의 무사들을 혈광루주의 패배로 사기가 처진 신마천궁의 무리들이 이긴다는 것은 요원한 일이다.

하지만 그 또한 단순한 계산일 뿐이다. 죽음을 각오한 자는 언제든 강해질 수 있는 법, 만일 진조여휘가 등을 돌린다면 상황은 거꾸로 될 터.

곡중헌 같은 사람이 그것을 모를 리 없었다. 그가 냉소를 흘리며 말했다.

"흥! 싸우겠다면 마다하지 않는다. 모두가 죽음의 길에 동참하겠다면 그것도 좋은 일이지!"

흑의인들이 모두 검을 잡은 손에 힘을 주었다. 언제든 싸우겠다는 필사의 각오.

순간, 쿵! 바닥을 들썩이는 진각을 밟으며 휘가 한 걸음 나섰다.

또다시 정적이 후원을 내리눌렀다.

"성주께선 어찌 생각하시는지?"

철운성의 눈매가 가늘게 떨렸다.

그 역시 모르는 바가 아니다. 또다시 싸운다면 지금 바닥에 흐르고 있는 피보다 더 많은 피가 흐를 것이란 것을.

그래도 죽여야 한다. 곡중헌만큼은 죽여야 한다. 다른 자들은 그리 문제될 것이 없다. 그러나 곡중헌과 또 다른 흑포인, 둘만큼은 죽여야 한다. 눈앞의 사질이 도와준다면 보다 수월하련만……

한데 과연 저 한없이 강할 것 같은 사질이 과연 자신을 위해서 검을 들까? 자신이라면……

'과연 나라면 사부님을 해한 사람을 위해 검을 들까?'

자신이 없다. 저 깊고 깊어 끝을 알 수 없는 눈에는 아무런 감정도 없다.

'성주… 성주라……. 사백이 아니고 성주란 말이지? 후우… 대체 사제는 어떻게 저런 아이를 길러냈단 말인가.'

한순간에 수십 가지의 생각이 스치고 지나갔다. 그러다 마침내, 철운성은 가벼운 한숨을 내쉬며 천천히 입을 열었다.

"나는… 철혈성의 성주로서 저들을 결코 살려 보낼 수 없다. 설령 우리 모두가 죽는 한이 있어도……."

그 말에 휘는 무심하게 가라앉은 눈으로 철운성을 바라보았다.

다시 싸운다는 것은 철혈성의 존폐가 달린 결정, 어지간한 독심이 아니고는 내릴 수 없는 결정이다.

휘의 눈길을 받은 철운성이 다시 말을 이었다.

"하나… 적도의 수장을 꺾은 사질에게는 그러한 결정을 내릴 만한 권리가 있다. 좋다! 곡중헌과의 대결을 허락한다!"

휘의 깊은 눈에서 기광이 번뜩였다.

철운성의 결정에 아무도 이의를 제기하지 않는다. 놀라운 일이 아닐 수 없다. 새삼 철운성이 다시 보인다.

철저한 믿음이 아니면 보일 수 없는 행동이 아닌가.

저런 사람이 왜 오 년 전에는 그리했어야 했단 말인가.

왜 사부님을 그리도 핍박했단 말인가. 왜!

'당신은 알아야 하오. 곡중헌과의 대결은 당신의 허락을 받았기에 하는 것이 아니오. 모든 것은 나의 의지! 사부님에게 단 한 번이나마 관용을 베풀었던 자에게 내가 해줄 수 있는 마지막 방법이기에 하는 것이오. 그럼에도 당신의 의견을 물은 것은 사부님을 위해서일 뿐! 언젠가… 가까운 시일 안에, 그대 역시 나의 물음에 답해야 할 것이오. 철혈의 도전

법에 따라!!'

휘는 천천히 곡중헌을 향해 걸어갔다. 그러자 혈의인과 흑의인들에게 둘러싸여 있던 곡중헌도 천천히 걸어나왔다.

"일 초! 최선을 다할 것이다! 받아내면 살아갈 수 있을 것이다!"

휘의 말에 곡중헌은 입가에 희미한 웃음을 지으며 품속에서 한 자 길이의 새까만 섭선을 하나 꺼내 들었다.

그 섭선을 본 휘의 눈에 이채가 서렸다. 검은색 일색인 그 섭선의 끝에 귀면상이 조각되어 있는 것이 보인 것이다. 일전에 보았던 귀면상이 바로 그것인 듯했다.

"그대는 재미있는 사람이야. 과연 나의 눈이 틀리지는 않았던 듯싶군. 그러나 다른 사람도 그리 생각할지……."

그때였다. 휘의 입을 뚫고 무심한 음성이 천둥처럼 울려 퍼졌다.

"약속한다! 철혈의 법에 따라! 나 진조여휘의 명예를 걸고!!"

후우우웅……

철혈의 법이라는 말에 사람들이 놀랄 틈도 없었다.

만양을 옆으로 쓸어내며 일보를 내디딘 휘의 신형이 사라져 버린 것이다.

곡중헌은 번쩍 고개를 들어 하늘을 올려다보았다. 십 장 허공, 거기에 그가 있었다.

휘가 떨어져 내리자 휘를 따라 어둠이 갈라지고 있다. 선홍빛 붉은 번개가 주욱 어둠을 가르며 떨어진다.

일 초. 단천락!!

독맥을 타고 거대한 천양의 힘이 뿜어진다!

콰아아!!

곡중헌은 한 줌의 진기도 남기지 않은 채 흑령마공을 끌어올리고, 찰

난간에 허공 가득 섭선의 벽을 만들어 붉은 번개를 막아갔다.

시커먼 벽이 우산처럼 펼쳐졌다.

최후까지 아끼던 흑마선을 꺼내 든 곡중헌으로선 더 이상의 방법이 없었다. 상대는 혈광루주를 일패도지시킨 자, 공격은커녕 떨어지는 번개를 피할 방법도 없다. 자신이 일 초를 막아낼 방법은 오직 하나, 마병(魔兵)인 흑마선을 이용한 수비뿐! 한데!

'저, 저것은……?!'

기억이 난다. 저 벼락! 단 한 번이었고, 그 위력은 천양지차이지만 자신의 뇌리에 충격을 던져 줬던 수법!

쩌저적!!

갈라진다. 빛 한 점 들어올 수 없는 시커먼 벽이 쩍 갈라진다. 그 사이로 선홍빛 번개가 하늘의 힘을 담아 떨어져 내린다.

쾅! 와직!!

흑마선이 붉은 번개에 갈라지고, 그의 이마 한가운데에 혈선이 그어졌다.

갈라진 섭선의 조각이 허공에서 한 바퀴 맴돌더니 바닥에 툭 떨어졌다. 허공에 시선을 주고 있던 곡중헌의 몸이 스르르 미끄러져 내린다. 한데 무너지는 그의 눈빛이 묘하다.

"너… 그때 그가 너……?"

"고맙다는 말은 진심이었소."

미미하게 고개를 끄덕인 휘의 전음이 무너져 가는 그의 귓속을 파고들자, 그의 눈빛이 말했다.

―고맙군. 무사답게 죽게 해줘서…….

그것이었다. 휘가 그에게 해줄 수 있는 최선의 방법이란 그를 무사답게 죽게 하는 것.

사실 그에 대해서는 휘도 망설였었다.

죽일 것이냐, 살려서 마백에 대한 정보를 얻을 것이냐.

하지만 사로잡으려 한다면 스스로 목숨을 끊을지도 모르는 일이다. 게다가 마백의 고수는 그만이 아니다.

곡중헌마저 쓰러지자 흑의인들이 주춤 물러섰다. 하지만 휘는 더 이상 그들을 상대하지 않고 뒤돌아섰다. 마무리는 자신의 몫이 아니기에.

뒤돌아서자 철운성의 눈과 마주쳤다. 그가 말한다.

"철혈의 법이라 했나? 설마 철혈의 도전법을 말하는 것은 아니겠지?"

휘가 말했다.

"철혈의 도전법은 철혈성 최고의 법이며 철혈성을 일으켜 세울 최후의 법이지요. 이제 다시 시작할 때가 되었다 생각합니다만."

굳은 눈으로 철운성이 싸늘히 입을 열었다.

"끝나고 다시 이야기하지. 일단은 저들을 먼저 처리해야 하니까."

흑령전 쪽으로 향하는 그의 눈이 가늘게 떨리고 있다.

휘는 무심히 그 모습을 보다가 고개를 돌렸다. 혈의인들, 그들은 흑의인보다 두어 수 윗길의 고수들이다. 그들이 흑의인들의 사이로 몸을 숨기고 있는 것이 눈에 들어온다.

"혈의인들은 제가 맡지요."

철혈성 무사들의 반수 가까이가 혈의인들의 손에 죽었다.

흑의인들이 신마천궁의 일반 무사라면 혈의인들은 정예다. 흑의인들은 살려 보낼 수 있어도 혈의인들은 죽어야 한다는 말이다.

불감청이언정 고소원이었다.

철운성은 가슴을 몰래 쓸어내렸다. 휘가 혈의인들을 맡아준다면 흘려야 할 피가 훨씬 줄어들 것이다. 더구나 자신은 곡중헌에게 맞은 일장으로 인해 가슴이 욱신거리는 상황.

'좋아! 가능성이 훨씬 커졌어!'

장검을 잡은 손에 힘이 들어가자 철운성은 외쳤다.

"모두! 죽여라!! 어쩔 수 없이 마도의 편에 섰던 자들이여! 그대들도 검을 들어 동참하라! 그러면 용서할 것이다!!"

철운성의 외침에 이러지도 저러지도 못하고 있던 자들이 슬며시 검의 방향을 돌린다. 흐름의 역행, 판세는 완전히 한쪽으로 기울기 시작했다.

영호련은 멍하니 휘의 모습을 바라보았다.

'그다! 분명 그야! 대체 어떻게 이런 일이⋯⋯?!'

철운성의 명령이 떨어졌건만 움직일 수가 없었다. 그녀가 움직이지 않고 멍하니 서 있자 웅경이 소리쳤다.

"뭐 해?! 공격 명령이다!"

영호련은 웅경을 보며 물었다.

"저자, 분명 그자지?"

"무슨 소리야?"

그녀는 몰랐다. 웅경이 있던 위치는 휘를 보기에는 조금 어려운 곳이었다.

"이 덩치만 큰 바보야! 저자를 모른단 말이야?!"

"왜 몰라? 알지."

"그렇지? 그자지?"

"음, 철혈무각에서 봤지. 그런데⋯ 후⋯ 엄청나군."

영호련이 눈을 치켜떴다.

"웅 대주, 정말 바보 아니야? 저자! 태백산에서 마주친 그자잖아!! 정말 모르겠어?!"

"뭐야? 태.백.산?!"

웅경이 휘둥그레진 눈으로 휘를 바라보았다. 흑의인들을 향해 달려가는 수하들은 눈에 들어오지도 않는지, 멍한 표정으로 한줄기 유성이 되어 혈의인들 사이로 파고드는 휘만을 바라본다. 그리고 그사이, 또다시 지옥도가 펼쳐지기 시작했다.

만양을 내뻗어 혈의인의 검을 걷어내고, 휘돌린 검을 따라 원이 그려진다. 그리고 한 생명이 사라진다.

"커억!"

검면을 누른 반동으로 유령처럼 솟구친 휘의 신형이 갈라진다. 오보천환, 다섯 갈래로 갈라진 신형이 일제히 만양을 휘둘러 혈의인들을 쓸어간다.

쩌정!

힘을 못 이긴 칼날이 부러지고, 검날이 부서진다.

스치는 기운을 따라 허공을 비산하는 선혈.

악에 받쳐 휘두르는 한 자루 대겸이 휘의 환영을 가르고 지나간다.

삽시간에 여섯 명이 쓰러지자 사람 같지도 않던 무표정의 혈의인들의 두 눈에 짙은 어둠이 드리워진다.

두려움, 공포심. 인간의 본능이다.

그들도 사람인 이상은 어쩔 수 없을 것이다. 휘의 신형이 뿌연 그림자만 남기고 사라질 때마다 바닥에 늘어나는 시신들을 보고 어찌 그러지 않으랴.

둘이면 절정고수를 상대할 수 있다는 자신들이 항거불능으로 무너지거늘 어찌 그러지 않으랴.

신형을 날려 후원을 빠져나가려는 자들마저 생겼다. 하지만 그들 역시 담을 넘지는 못했다.

고오오…….

한 송이 붉은 연화가 피어나면 여지없이 떨어져 내리는 붉은 낙엽.

비명도, 신음도, 피비린내도… 어둠 속에서 피어나는 선홍빛 신기루에 숨을 죽였다.

신월도 뜨지 않은 밤, 어둠은 더욱 짙어져 가는데, 시뻘건 선혈이 사람들의 마음에 광기를 심어준 듯하다.

적아를 불문하고 모두가 미쳐 버렸다.

미치지 않는 것이 이상할 정도다.

상대의 목을 베면서도 고함을 지르고, 뿜어지는 선혈을 뒤집어쓰면서도 웃고 있다. 상대는 죽고 자신은 살았다는 만족감에…….

심지어 자신의 팔이 잘려져 허공으로 치솟는데도 휘두르는 검을 멈추지 않는다.

자르고, 잘리고… 죽이고, 죽고…….

지옥이 어둠 속에 붉게 물들고 있다.

5장
너의 한이 나의 한보다 컸더냐?

1

　"…해서 모두 칠십육 명이 죽었습니다! 부상자들은 아직 정확한 통계가 나오지 않았습니다만 대충 백여 명이 되지 않을까 생각하고 있습니다. 그들 중 중상을 입어 앞으로 무공을 쓰기 힘든 자들이 삼십여 명입니다, 성주!"

　"음… 적들은?"

　"십여 명이 포위망을 뚫고 도망쳤을 뿐입니다. 살아 있던 자들도 대부분이 자결을 하는 바람에 살아 있는 자들은 몇 사람 되지 않습니다. 일단 수하들에게 일러 그들의 무공을 폐하고 간단한 치료를 한 후에 가두어놓으라 했습니다."

　풍혈단주 육광의 보고가 끝나자 태사의에 앉아 눈을 감고 있던 철운성이 고개를 끄덕였다.

　고수 일백칠십의 희생으로 신마천궁의 그림자는 몰아냈지만, 사상자 모두가 철혈성의 주축을 이루는 고수들이다. 그 숫자는 철혈성의 힘 중

반에 해당되는 힘.

그나마 사질인 진조여휘의 활약으로 나머지 반이나마 남았다 할 수 있었다.

과연 이 힘만으로 철혈성이 다시 일어설 수 있을까?

신마천궁에서 그냥 있지는 않을 터인데 과연 이 힘으로 막아낼 수 있을까?

일단 모든 것을 내줄 수 없어 시작은 했지만, 앞날은 뿌연 안개에 가려져 있어 한 치 앞을 예측할 수가 없다.

'조금만 더 시간이 있었으면 좋았을 것을……. 그래도 어쩔 수 없다. 되찾았으니 지켜야겠지!'

철운성이 이마를 찌푸리며 생각에 잠겨 있자 기회를 보고 있던 육광이 허리를 깊숙이 숙이며 물었다.

"적에게 포섭되었던 자들은 어찌하실지?"

그러자 백혈검단주 자운평이 철운성을 바라보며 말했다.

"성주님! 놈들이 비록 곡중헌에게 붙기는 했지만, 어쩔 수 없이 그리한 자들도 제법 많은 것으로 알고 있습니다. 자신의 상관이 가니 멋모르고 따른 자들도 있고, 협박에 의해 그쪽에 줄을 선 자도 있습니다. 선처할 수 있는 자들은 선처하시는 것이……."

자운평의 말이 흐려지자 철운성이 천천히 눈을 떴다.

"검을 돌리는 자는 용서를 하겠다고 했다. 경중에 따른 상벌은 차후에 결정할 것이다."

철운성은 말을 맺고 육광을 바라봤다.

"사질은?"

"지금 상무원에 있습니다."

육광의 말에 철운성은 몸을 일으켰다.

'어쩔 수 없다. 지금 당장은 오직 그만이 해법일 뿐이다.'

"그를 만나봐야겠다. 그를 데려오라. 그리고 모두 나가서 행여나 쓸데없는 생각을 하지 않도록 수하들을 독려하라."

"존명!"

"봉행!"

2

시원한 늦가을 바람이 정원을 맴돌다 황금빛 햇살에 사그라지는 아침, 상무원의 전청에서는 두 사람이 앉아 다향을 즐기고 있었다.

동트기가 무섭게 찾아온 휘와 밤새 뒤척이느라 잠을 설친 고봉천, 두 사제 간이었다.

휘가 후원의 흑령전에서 벌어진 일을 이야기하자 고봉천은 잠도, 피곤도, 싹 달아나 버린 채 온몸이 얼음 굴에 빠진 것처럼 식어버렸다.

"허, 단홍귀인가 하는 사람이 찾아와 안절부절못하기에 뭔가 일이 일어났다고는 생각했지만, 설마 그렇게 큰일이 일어났을 줄이야……."

"일단은… 성주의 뜻대로 된 듯싶습니다만, 정리를 하려면 시일이 걸릴 듯합니다."

"아무래도 그렇겠지……. 그래, 구 노인은 어떠하시냐?"

"내상을 입긴 하셨지만 원체 강하신 분이라 며칠이면 일어나실 것 같습니다."

"그래? 후우… 그만하기가 천만다행이군. 세상에, 그분이 철혈성의 최대 비밀인 철혈무령의 령주셨다니……."

만나자마자 회포를 풀 시간도 없었다. 간밤에 벌어진 전쟁에 대해 이야기하느라 다른 이야기는 제대로 나눠보지도 못하고 뒷전으로 밀려

버렸다. 하기야 철혈성의 운명이 걸린 일이니 어찌 소홀히 할 수 있을까.

표정이 굳어 있던 고봉천은 앞에 앉아 있는 휘를 보자 절로 마음이 가라앉았다. 안 본 지 육 개월이 조금 넘는 시간이었건만, 그리움의 무게는 마치 육 년은 된 듯하다.

고봉천은 무거움을 털어버리려는 듯 휘를 향해 가볍게 입을 열었다.

"호, 이제 보니 휘아가 많이 컸구나. 그래, 강호를 다녀보니 어떻더냐?"

"넓었습니다."

"흠. 넓다라……."

"그리고 많았습니다."

"많다?"

"예, 가도 가도 끝이 없는 대륙, 거대한 물줄기, 그리고 그곳에서 부대끼며 살아가는 사람들. 제자의 눈에 비친 강호는 마치 살아 있는 생물 같았습니다."

빙그레, 고봉천의 입가로 진한 웃음이 걸렸다.

"그래, 강호란 그런 곳이지. 내 이래 봬도 한때는 강호를 질타했던 유성비월객이 아니었더냐? 하하하!"

고봉천이 짐짓 호기 서린 웃음을 터뜨리자 문을 열고 들어오던 정청화가 한마디 했다.

"그런 분이 왜 강호를 질타하다 말고 저희 집 앞에서 사흘을 서 있었던 거죠?"

"어? 어… 그건……. 음하하하! 마음에 드는 여인을 얻기 위해서 무엇을 못하겠소."

피식, 정청화가 웃으며 찻물을 따랐다.

"입에 침이나 발라요. 입술 부르트기 전에."

"진짜라니까……."

"진짠 진짜죠, 내기를 했다는 것이 말이에요."

고봉천이 벌떡 일어섰다. 말도 안 되는 소리 말라는 듯.

"누가 그런 유언비어를?!"

정청화가 고봉천의 눈앞에 바짝 얼굴을 내밀고 말했다.

"종 대주가 다 말했다구요, 혼인식 다음날. 내 마음을 얻으면 사흘간 술 사기로 했다면서요?"

"그, 그럼 여태… 그… 나쁜 놈이! 술도 하루치밖에 안 사놓고……."

"종 대주 뭐라 할 것도 없어요. 뭐, 처음에는 화도 조금 났지만 그냥 노총각 하나 구제한다고 생각했더니 마음이 편해지더라구요."

입가에 웃음을 매단 정청화의 말에 고봉천의 얼굴이 벌게진다. 거기다 살짝 휘가 불을 붙였다.

"어쩐지……."

홱, 고봉천의 고개가 소리나게 돌아갔다.

"잉? 휘아야, 너 그게 무슨 뜻이냐?"

휘는 못들은 척 고개를 돌리더니 정청화를 향해 물었다. 큰일났다는 표정으로.

"아차! 사모님, 연연이 일어났겠죠?"

"응. 일어난 것 같던데, 이상하네? 맨발로 달려올 애가……?"

"그럼 저는 연연이 보러 가겠습니다. 두 분, 계속 즐거운 옛날이야기 나누고 계셔요."

휘가 얼렁뚱땅 연연이 보러 간다며 밖으로 나가자, 나가는 휘를 잡으려 내뻗은 고봉천의 손만이 덩그러니 허공에 걸려 있다.

"저, 저, 저……. 휘아 너 거기 안 서!"

차마 소리 내어 웃지는 못하고 얼굴 가득 웃음꽃만 피운 휘가 정원을 가로질러 연연의 방문 앞에 섰을 때다.

"휘 오빠?"

안에서 연연의 목소리가 들려온다. 한데 조금 이상하다. 당황한 듯한 목소리, 평소의 연연이라면 상상할 수도 없는 목소리다.

덜컥, 문이 부서져라 열리고 뛰어나와도 모자랄 판인데…….

"연연아, 어디 아픈 것 아냐?"

"아, 아니야, 오빠."

"그런데 왜… 혹시 오빠가 늦게 왔다고 화난 거야? 그런 거야?"

"아, 아니라니까……. 히잉……."

"……?"

뭐야? 연연이가 지금 우는 거야? 왜 울지?

휘는 안절부절못하고 서성이다가 안 되겠다 생각했는지 문고리를 잡았다.

"연연아, 오빠 들어간다?"

순간!

"안 돼!! 오빠 들어오면 안 돼!!"

그때였다. 연연이의 다급한 목소리를 이상히 여긴 정청화가 방에서 급히 달려나왔다.

"휘아야! 무슨 일이냐?"

"아! 사모님, 저도 모르겠어요. 연연이가 어디 아픈가 봐요. 나오지도 않고 들어오지도 못하게 하네요."

"그래? 물러서 보렴. 내가 물어보마."

정청화가 문 앞으로 다가가자 연연이의 울먹이는 소리가 들렸다.

"히잉, 엄마……."

"연연아? 무슨 일이야?"

"그게… 그게… 나도 몰라……."

"모르다니? 대체 그게 무슨 말이야? 네가 모르다니?"

"일어났는데… 오빠에게 가려고 일어났는데……."

"일어났는데?"

정청화의 되묻는 말에 모기 날갯짓만큼 자그마한 소리가 문풍지 사이로 새어 나왔다.

"피 나……."

"……피?"

"뭐? 그럼 다쳤다는 거잖아!"

휘가 깜짝 놀라 소리치자 정청화가 얼른 휘의 소매를 잡아챘다.

"휘아야."

"예, 사모님."

"너… 사부님 방에 가 있거라."

"예? 사부님에게요?"

정청화가 웃음기 띤 얼굴로 고개를 끄덕였다.

"이건 여자들끼리만 이야기할 수 있는 일이야. 그러니 너는 사부님 방에 가 있거라."

"…사부님이 가만 안 둘지 모르는데… 요?"

"풉! 그래도 가!"

고봉천이 눈을 휘둥그렇게 뜨고 물었다.

"연연이가 피 난다고 했다고?"

"예, 그냥 자다 일어났는데 피가 난다고 그래요."

"어디 다친 것은 아니고?"

"예. 다친 것 같지는 않던데요."

"어, 그래?"

'그럼 별것도 아니구만' 하는 식의 대답에 휘는 어리둥절해졌다.

털끝만큼만 다쳐도 안절부절못하던 사부님은 어디로 갔단 말인가. 대체 사모님이나 사부님이나 왜 이러시는 걸까? 알다가도 모르겠다. 연연이가 피가 난다는데.

고봉천은 휘가 머리를 싸매고 고민하자 실실 웃으며 한마디만을 툭 던졌다.

"너도 어른 되어봐라. 그럼 알게 될 거다."

저도 어엿한 어른인데요? 휘가 뚱하니 눈빛으로 말했다.

"덩치만 큰 어른 말고 장가가면 알게 된다, 이 말이다. 어험!"

휘가 고개를 끄덕이며 장난스레 말했다.

"그럼… 사부님은 서른 넘어서 알았겠군요."

"뭐? 참! 너, 아까 그게 무슨 뜻……."

"사부님! 저 구 할아버지 약 좀……."

또다시 말을 돌리고 핑! 하니 나가는 휘를 보며 고봉천은 너털웃음을 지었다.

"허, 허허허……. 휘아가 오니까, 이제야 사람 사는 집 같구먼."

구 노인이 기거하는 별채로 가기 위해 앞마당을 가로질러 가던 휘는 정문으로 들어서는 세 명의 무사를 보고 걸음을 멈추었다.

빠른 걸음으로 들어선 세 명의 무사 중 삼십대로 보이는 무사가 휘를 보더니 재빨리 다가와 공손히 포권을 취했다.

"삼가, 진조여 공자를 뵈오이다."

자신을 알고 있다. 그렇다면 간밤에 벌어진 흑령전과의 싸움에 나섰던 자라는 말이다.

"뉘신지……. 어찌 나를 아시오?"

"저는 풍혈단의 일풍(一風)대주로 있는 낙사영이라 합니다. 지난밤 멀리서나마 공자를 뵙는 영광을 누렸었습니다."

"한데 무슨 일로?"

"성주님께서 공자를 뵙고자 하십니다."

"성주께서?"

휘의 미간이 가볍게 찌푸려졌다. 철운성이 보자는 뜻을 정확히 알 수는 없지만 어느 정도는 예상하고 있던 일이다.

비록 생각보다 빠르기는 하지만 어차피 만나야 할 일, 망설일 것도 없다. 휘는 고봉천이 있는 방 안을 향해 가볍게 허리를 숙였다.

"사부님, 잠시 철혈대전에 다녀오겠습니다."

"음, 그래. 다녀오너라."

방 안에 있던 고봉천도 두 사람이 주고받은 이야기를 듣고서 상황을 짐작한 듯하다. 그러나 걱정되는 것만은 어쩔 수 없는지 말투에 무거움이 잔뜩 얹혀져 있다. 아직 휘의 진정한 능력을 제대로 알지 못하는 그로선 어찌 보면 당연한 걱정이었다. 장성한 아들을 걱정하는 부모의 마음처럼.

3

역대 철혈성의 성주들이 집무실로 사용하던 철혈대전의 내실은 그리 화려하지도 않으면서 깔끔하게 꾸며져 고풍스런 맛이 그대로 우러나오고 있었다.

둥근 다탁을 사이에 두고 마주 앉은 두 사람은 일각이 지나도록 아무런 말이 없었다.

침묵 속에 찻잔이 다 비워질 때쯤, 철운성이 먼저 입을 열었다.

"아직 눈이 다 안 나았나 보군."

"눈은 다 나았습니다만 버릇이 되다 보니 이게 편합니다."

"흠, 그래? 사질이 상무원에 없다는 보고를 받고 어디선가 무공을 익히고 있나 보다 생각을 했었지."

완전히 잘못된 생각은 아니다. 무저동을 나와 강호로 나간 것은 그리 오랜 시간이 아니니까.

"그러나 그토록 고절한 무공을 익혔을 줄은 꿈에도 생각을 못했군."

놀라지 않으면 이상한 일이다. 오 년 만에 수십 년 갈고닦은 사람조차 넘보지 못할 정도로 강해졌으니까.

"하나… 나는 아직도 믿지 못하겠네. 사제의 무공으로는 그렇게 강해질 수가 없거든. 뭔가? 따로이 얻은 무공이 있나?"

철운성으로선 당연히 그리 생각할 수밖에. 휘가 조용히 말문을 열었다.

"운이 좋아 철혈무각에서 조금 얻은 것이 있었습니다."

철운성의 눈이 부릅떠졌다. 침착을 유지하려 해도 본능은 어쩔 수 없는지 가늘게 떨리는 눈이 그의 심정을 말해주고 있다.

한데 그 이유가 아니라도 무엇 때문인지 그답지 않게 창백한 안색이다. 마치 병이라도 앓고 있는 사람처럼.

"대사백께서 얻었다는 검결을 얻으려다 엉뚱하게 다른 무공을 얻었습니다."

그제야 철운성은 침착을 되찾고 의아한 눈으로 휘를 바라보았다.

"그럼, 대사형의 검결 말고 또 다른 절기가 숨어 있었단 말인가? 허허허… 보물은 임자가 정해져 있다 하더니만……."

왠지 허탈감마저 느껴지는 공허한 웃음이다. 그러나 말을 맺는 휘의
어투는 점점 뒤로 갈수록 무거워진다.

"말 그대로 운이 좋았을 뿐입니다. 그것을 얻고 죽을힘을 다해서 익혔
지요. 한을 풀기 위해서 말입니다."

또다시 정적이 방 안을 짓눌렀다.

휘의 말뜻을 모를 철운성이 아니다. 그럼에도 별다른 표정이 없다. 오
히려 무심해 보이는 표정이 그의 가슴에 무엇이 들어 있는지 감을 잡을
수 없게 만들고 있다.

"한을 풀기 위해서라……. 그렇겠지……. 제자를 위해 사부가 팔을
잘랐으니 그런 마음도 들었겠지. 하지만!"

느닷없이 철운성의 눈에서 불길이 쏟아져 나왔다.

"삼십 년간 내 가슴속에 쌓인 한보다 클까?!"

뜻밖의 행동에 휘의 눈 깊은 곳에서 묘한 안개가 일렁였다.

'뭐지? 내가 모르는 무언가가 있단 말인데……. 대체 철운성이 저런
말을 해야 할 이유가 뭐지?

나름대로 철혈성에 대해서는 철저히 조사를 했다. 만상문을 시켜서.
철운성과 철군명, 그리고 철혈성에 대해서는 수십 권의 책자가 만들어질
정도로. 하지만 책자 속의 내용 어디에도 철운성이 저런 말을 할 그 어떤
이유도 없다.

이글거리는 눈으로 휘를 바라보던 철운성이 무언가를 결심한 듯 이를
지그시 깨물었다.

"무명!"

철운성이 앉아 있는 뒤쪽 휘장 속에서 나직한 답이 들려왔다.

"예, 성주."

그럼에도 휘의 눈빛은 변함이 없다. 누군가가 있다는 것을 알고 있었기에. 다만 약간의 의혹이 깃들어 있을 뿐이다. 자신의 뒤에 사람을 놓다니, 알려진 대로의 철운성이라면 절대 자신의 뒤에 사람을 놓지 않는다 했거늘.

'가만? 자신의 뒤에 사람을 놓지 않는다는 것은 뒤에 절대적으로 믿을 수 있는 누군가가 있기 때문에?

어쨌든 의외의 일이다. 도대체 누굴까, 철운성이 절대적으로 믿을 수 있는 사람이?

철운성이 무겁게 입을 열었다.

"지금부터 철혈대전에 누구도 들이지 마라. 그 누구도. 그래도 들어오려 하면… 죽여라. 그게 누구든."

"존명."

휘의 눈이 굳어졌다.

절대 단순한 명령이 아니다. 누구든 죽이라니, 그럼 가족이 들어와도 죽이란 말이 아닌가?

철운성이 비릿한 미소를 물고 입을 열었다.

"이게 내가 살아온 방식이다. 이렇게 해야만 살 수 있었으니까. 삼십 년 전 한 가지 사실을 안 이후로."

휘가 말없이 바라보자 철운성이 말한다.

"내게는 아들이 하나 있다."

그건 휘도 알고 있다. 아니, 철혈성의 모두가 알고 있다.

"지금 밖에서 이곳을 지키고 있는 아이가… 바로 나의 아들이다."

휘의 굳은 눈이 가늘게 떨렸다. 무슨 말이지? 그럼 철군명이 이곳에 있단 말인가?

"이름은… 철무명이다."

끝내 휘의 두 눈이 부릅떠졌다.

"대체 그게 무슨……?"

"밝은 데서 살 수 없으니 무명이라 이름 붙였다. 드러나면 알려질 테고, 그러면 죽을 테니까."

철운성이 허공으로 눈을 돌렸다. 오래전, 이제는 잊혀져 가물거리는 기억을 끄집어내려는 듯이.

"우스운 일이 아니냐? 내 마누라가 남의 자식을 밴 것도 모르고 좋아라 했었으니……."

─임신을 해서는 안 될 사람이 임신을 했다. 소성주의 부인이…….

휘는 두 주먹을 으스러져라 움켜쥐었다.

"세 살이 넘어서야 뭔가 이상하다 생각했지. 군명에게는 우리 철가 특유의 특징이 보이지 않았거든. 그래도 그러려니 했는데… 몇 년이 지난 어느 날, 보고 말았어. 보지 말아야 할 것을……. 차라리 안 봤으면 마음이라도 편했을 텐데……. 그래서 나도 복수를 했지, 그놈이 사랑하는 여자를 귀신도 모르게 죽였으니까. 흐흐흐……."

부인을 죽였다는 말인가? 철군명의 어머니를?

"그래도 군명이만큼은 친아들처럼 대해줬지, 키운 정도 정이니까. 그놈은 나를 지 아버지로 알고 잘 따랐거든. 비록 스물이 되기 전까지였지만……."

두 눈은 여전히 허공을 향한 채 철운성의 표정이 악귀처럼 일그러진다. 회한에 잠긴 표정. 그러다 시간이 흐르자 처연한 표정을 짓더니 힘없이 말을 이어간다.

"무명은 방황하던 중에 만난 여인에게서 난 아들이다. 후후후…….

행여나 누가 알까 봐 그녀를 먼 곳으로 보내 버렸는데, 그녀가 죽을병에 걸리자 무명을 나에게 보낸 거야. 무명은 그래서 나를 싫어하지. 결코 아버지라 부르지 않거든."

철운성은 속에 있는 말을 털어놓자 마음이 가라앉는지 차분해진 표정으로 말했다.

"내가 왜 사질에게 이런 말을 하는지 아느냐?"

알 리가 없다. 휘가 굳은 표정으로 직시하자 철운성이 고개를 앞으로 내밀며 말했다.

"나는 철혈성을 지키기 위해선 무슨 일이라도 할 수 있다. 심지어 내 가족조차도 버릴 수 있단 말이다. 신마천궁의 놈들은 그걸 모르고 나에게 철혈성을 내놓으라고 했었지. 감히……. 후후후……."

사부를 핍박한 것도 철혈성을 지키기 위해서 어쩔 수 없이 그랬다는 건가?

집착이었다, 병적인 집착증.

모든 것을 가졌다 생각했는데 알고 보니 손에 쥔 것은 아무것도 없을 때, 사람들은 무엇이든 지키고자 하는 본능이 있다. 철운성은 아마도 가족이라 생각했던 사람들이 자신과는 무관한 사람들이라는 것을 알게 되자 철혈성이 곧 자신의 모든 것이라는 생각을 하게 된 것 같다.

휘는 철운성도 불행한 삶을 살아온 것 같다는 생각이 들었다. 누구도 대신해 줄 수 없는 삶을, 누구에게도 털어놓을 수 없는 삶을 삼십 년이나 살아왔으니.

철운성을 향해 뭐라 말을 하려 할 때였다.

펄럭!

철운성이 느닷없이 장포를 걷어냈다. 자색 장포를 걷어내자 맨살이 그대로 드러났다. 한데.

"놈에게 일격을 맞았다."

맙소사! 가슴에 시커먼 손바닥 자국이 찍혀 있다. 아마도 곡중헌에게 일장을 맞은 듯하다.

"왜 그대로 놔두신 겁니까?"

"후후후, 운기를 해서 마기를 몰아내려 했는데 잘 안 되더군. 게다가 앞으로는 내력을 끌어올리기가 힘들 것 같아. 심맥이 몇 군데 끊어진 것 같거든. 놈의 마공이 이렇게 지독할 줄 알았으면 최대한 조심하는 건데, 밀리지 않으려는 욕심에 그만……."

그래서였나? 철운성의 기운이 유난히 약하게 느껴진 것이?

평범한 무인 같았으면 심맥이 끊어졌을 때 죽었어야 한다. 그나마 고절한 내공을 지니고 있기에 목숨을 구한 것이리라. 아마도 그의 말처럼 시일이 흐른다 해도 내공을 제대로 쓸 수는 없을 것이다.

아연한 표정의 휘를 바라보며 철운성이 말했다.

"훗날 무명이에게 철혈성을 맡기려 한다. 네가 도와다오. 너만 도와준다면 신마천궁의 위협에서 벗어날 수 있을 것이다."

그것이었나?

그 말을 하기 위해 자신의 속을 내보인 건가?

"언제까지고 도와달라는 말은 않겠다. 놈들의 손에서 벗어날 때까지만 도와다오. 그렇게만 해준다면… 원하는 어떤 요구도 들어줄 수 있다."

4

상무원으로 돌아오는 휘의 발걸음은 무겁기만 했다.

"네 사부에 대한 것은 내가 말려서 그나마 그 정도로 끝난 것이다."

그랬을 수도 있다. 철군명의 그 악독한 눈빛을 생각하면. 하지만… 하지만 내 마음속에 쌓인 한은 어찌하란 말인가?

"아시겠지만 저는 철혈비의 주인입니다. 명은 받되 그 이상은 안 됩니다."
"음… 철혈비의 주인이라면 그만한 권한이 있지."
"철혈검단을 맡겠습니다."
"좋다. 너에게 철혈검단을 맡기겠다."
"사부님의 명예를 되찾아주십시오."
"그것도 좋다. 사제를 장로로 임명하고 모든 일에 대해서 내가 직접 해명하겠다."
"독자적으로 활동할 수 있는 권한을 주십시오."
"독자적인 활동? 좋다. 단, 철혈성에 위해가 되는 행동을 해서는 안 된다."
"마지막으로… 철혈의 도전법을 부활시켜 주십시오."
"…생각해 보마."

철혈검단은 철혈성에서 가장 젊은 힘이 잠들어 있는 곳이다.
휘가 철혈성에서 가장 눈독을 들였던 것도 바로 철혈검단의 젊은 고수들이었다. 철군명이 없는 철혈검단은 무주공산에 떠 있는 주인 잃은 배라 생각했었으니까.
그래서 최대한 빨리 돌아왔고, 마침내 그런 철혈검단을 얻었다. 거기다 마백의 힘이 웅크리고 있던 흑령전마저 쫓아내지를 않았는가.

그런데 가슴속이 답답한 것은 왜일까?

철운성과의 담판이 너무 성급했나?

'아버지들의 한도 어느 정도는 풀어드렸고, 어머니에 대한 사실도 밝혀냈는데……. 후우… 사부님에게 상의해 봐야겠다.'

휘의 말을 듣고만 있던 고봉천은 하마터면 찻물을 뿜어버릴 만큼 놀란 표정을 지었다.

"정말이냐?"

"예, 저도 놀라서 제가 제대로 들은 것인지 의문이 갈 정도였습니다."

"하아… 이런, 이런……. 어쩐지 성주위에 오르기 전부터 성격이 조금씩 이상해진다 생각했거늘. 그것도 모르고 사형만 뭐라 했으니……. 허……."

찻잔을 내려놓고 한참 동안 침묵만이 두 사제 간에 떠돌아다녔다. 일각이 지나자 어느 정도 마음을 추슬렀는지 고봉천이 휘에게 물었다.

"그래서 사형이 모두 승낙했단 말이냐?"

"예, 사부님."

"음… 내가 한 가지 너에게 말을 하지 않은 것이 있다."

"예?"

"어제 새벽에 구 노인이 찾아왔었다. 설마 철혈무령주인 줄은 그때도 몰랐었다. 다만 성주를 만나고 왔는데 성주가 전해달라는 말이 있다고만 하더구나."

"예?"

의아한 휘의 물음에 고봉천의 입가로 씁쓸한 웃음이 스친다.

"미안했다고……. 설마 그렇게까지 될 줄은 몰랐다고 했다는구나."

고개를 저어 씁쓸함을 털어낸 고봉천이 다시 물었다.

"그래, 너는 앞으로 어찌할 생각이냐?"

"한 가지, 한 가지, 이곳에서부터 시작하려 합니다."

휘는 천천히 밖을 돌아다니며 일어났던 일을 하나둘 이야기했다. 아침에 이야기하려다 고봉천의 삼고초려가 엉터리였다는 것이 정청화에게 탄로나는 바람에 미처 하지 못했던 이야기였다.

태백산에서 벌어진 이야기, 용혈궁으로 가던 이야기, 그러다 외숙부를 만난 대목이 나오자 고봉천의 크게 떠진 눈에 이슬이 맺히기도 했다.

그리고 마침내, 어머니와 같이 떠났다는 우양이라는 사람의 이름이 나왔을 때다.

"우양이라고?"

"예, 듣기로는 철혈성의 제자였다고 합니다."

"우양이라……. 어디서 들어본 이름 같은데……. 음?"

고봉천의 눈이 갑자기 커졌다. 그러자 휘의 안색도 굳어졌다.

"그래! 아마 내 기억이 틀리지 않았다면 우양은 대사형의 어릴 적 이름이다. 잘 생각해 보니 어릴 적에 그 이름을 썼던 것 같다."

무적철검 철운양, 그가 바로 우양이라고?

휘가 몸을 떨며 고봉천의 말을 되새겼다.

'과연 그가 나의 아버지일까? 그가 어머니를 이곳으로 데려왔다는 사람일까? 그런데 왜, 어머니를 방치해서 죽게 만들었을까?'

"그런데 이상하구나. 그때라면 철운양이라는 이름을 썼을 텐데, 왜 네 어머니에게는 우양이라는 이름을 알려줬지?"

휘도 그것이 의문이었다. 그때만 해도 이름을 날릴 때가 아니었으니 굳이 남의 눈을 의식할 필요가 없었을 것이다. 그런데 왜 본명을 밝히지 않았을까.

모든 게 의문이었다. 마치 양파를 까는 기분이다. 한 겹을 벗기니 또 다른 껍질이 기다리고 있다. 그래도 철운양 대사백의 어릴 적 이름이라는 것을 알았으니 또 무슨 길이 있을 것이다.

다만 철운양 대사백의 행방을 모르는 상황이 답답할 뿐이다.

'후우… 총호법님에게 조사시킬 일이 또 하나 생겼군.'

그 문제는 천천히 생각하기로 하고 천검보에서의 이야기를 계속했다.

얼마나 지났을까, 이야기를 들을수록 고봉천의 눈이 커지더니, 끝내 부양청과 창산이마를 이겼다는 말에서는 턱이 빠지지 않을까 염려가 될 정도로 입을 크게 벌렸다.

"고운 부양청을 네가 이겼다고?! 거기다 창산이마까지?"

"운이 좋았습니다."

"운이라고? 그게 운으로 될 일이냐? 허, 허. 맙소사! 우리 휘아가 고운 부양청을 이기다니. 허. 허. 허……."

자신의 제자가 이미 하늘이 되어 있음을 보는 사부의 마음은 어떠할까?

아마 고봉천의 표정을 보면 알 수 있을 것이다.

붕 뜬 마음으로 얼굴이 벌겋게 달아올라 있다. 마치 자신이 직접 강호의 강자들을 이기고 하늘에 대고 포효하는 사자라도 되는 양.

그렇게 초점을 잃고 허공만 바라보던 고봉천이 정신을 가다듬은 것은 한참이 지나서였다. 가벼운 헛기침을 흘리며 평소의 표정으로 되돌아온 그가 넌지시 휘에게 말했다.

"험, 휘아야. 다 좋은데… 모용서하에 대한 것은 연연이에게 말하지……."

그때였다. 호랑이도 제 말 하면 온다는 속담을 증명이라도 하려는 듯

문이 벌컥 열리더니,

"오빠!"

연연이가 큰 소리로 휘를 부르며 뛰어들어 왔다.

"연연아!"

"오빠!!"

"어, 어, 어⋯⋯."

고봉천이 미처 제지할 틈도 없었다. 휘가 자신의 장기인 오보천환을 펼칠 시간(?)도 없었다.

덥석!

"오! 빠!!"

"⋯어, 연연아⋯⋯."

"왜 이제 온 거야? 어디를 그렇게 오래 다닌 거야? 누구랑 다닌 거야? 혹시 여자랑 다닌 거 아냐? 예뻐? 누구야? 어떤 여자가 우리 오빠를 꼬신 거야? 이름이 뭐야? 가만, 아까 모용 어쩌구저쩌구 하던데 혹시 그 여자 아냐?"

그걸 어떻게 다 대답하라고⋯⋯. 그런데 귀 엄청 밝네. 귀 밝게 하는 무공을 익혔나?

"그, 그게⋯⋯. 참! 이제 괜찮아?"

"어? 응."

뭉클!

연연이가 고개를 발딱 치켜세우자 가슴이 무언가에 짓눌린다. 물러날 수도 없다. 물러났다가는 무슨 일이 벌어질지 모르니까. 그 자세 그대로 불쑥 한마디가 튀어나왔다.

"커, 컸네, 우리 연연이도⋯⋯."

"응? 그럼, 당연히 컸지."

그러다 무슨 생각을 했는지 도끼눈을 흘겨 떴다.

"오빠!! 지금 무슨 생각 한 거야? 혹시… 혹시……. 우앙!"

"여, 연연아, 왜……?"

휘가 연연이의 속마음을 알 리가 없었다.

"우리 연연이가 언제 이렇게 컸을까. 이제 진짜 여자가 되었구나."

정청화가 연연이의 속곳과 이불을 치우며 했던 말이다.

그런데 오빠는 어떻게 알았을까. 엄마가 말해줬을까? 아니면…….

"아빠!! 아빠가 말했지? 그렇지? 그걸 말하면 어떻게 해!"

"뭐, 뭘?"

느닷없이 마른하늘에 날벼락이다.

고봉천은 눈을 동그랗게 뜨고 휘와 연연을 바라보다 손뼉을 딱 쳤다.

"아하! 연연아, 휘아가 우리 연연이더러 컸다고 하는 것은… 가슴이 컸다고……."

"여보!"

"헙! 당신 언제……."

문밖에서 들어오다 말고 일갈을 내지른 정청화가 눈을 흘기며 고봉천을 바라보았다.

"좌우간 남자들이란… 에그……."

5

사위가 어둑어둑해질 무렵, 떨어지지 않는 연연을 방으로 보내고 휘는 구 노인의 방을 찾아갔다.

구 노인의 방에 들어서자 단정히 앉아 있던 구 노인이 빙그레 웃으며 휘를 반겨주었다.

"괜찮으십니까?"

"며칠만 정양하면 괜찮을 것 같다."

"구 할아버지가 철혈무령주였다니, 정말 놀랐습니다."

"허허허. 이제 그 이름도 사라졌으니 이제는 정말 구 노인이 되었구나."

"속이 시원하세요?"

"그래, 시원하구나. 삼십 년 이상 그 이름에 얽매여 있다 풀려났으니 어찌 시원하지 않겠느냐?"

"다른 분들은 어떠세요?"

"열둘 중 죽은 자가 여섯이다. 여섯만 남았지. 그나마 둘은 중상을 입어 상당 기간 치료를 받아야 할 듯싶구나."

"이곳에 계속 남아 계시려 할까요?"

"흠, 아마 그동안의 세월을 생각해서라도 떠나려 할 것이다."

"그분들은 돌아가실 곳이 있나요?"

"글쎄다. 워낙 오랜 시간이 지나서 어떨지……."

"가실 곳이 마땅치 않으면 제가 말하는 곳으로 가라 하세요."

"결정은 그들이 하는 것이지 내가 하는 것이 아니다."

휘가 빙그레 웃었다.

"그래도 참고는 하겠지요."

구 노인도 빙그레 웃었다.

"그러기는 하겠지. 허허허. 그런데 그들이 네가 말하는 곳으로 간다면, 아마 나보다 너 때문에 갈 것이다."

"저 때문에요?"

"강호의 칼밥을 먹은 사람들이 강한 사람과 함께 하려는 것은 당연한 일이지 않느냐?"

"뭐, 어쨌든 그분들이 가신다면 한중의 만향로에 있는 물상만가를 찾으라 하세요."

"물상만가?"

"외로운 사람들이 모여 있는 곳이거든요. 아마 섭섭치 않게 대해주실 거예요."

"외로운 사람들이라……. 그래, 그들도 외로운 사람들이지. 알겠다."

6

철혈성의 작은 전쟁이 끝난 지 닷새가 지났다. 닷새라는 시간이 그리 긴 시간은 아니었지만, 흑령전의 흔적을 지워 버리기에는 충분한 시간이었다.

십일월 엿새, 철운성은 마침내 철혈성의 모든 간부들을 소집했다.

휘 역시 철운성과 약속한 것이 있으니 철혈대전으로 가야 했다. 그런데 한 가지 문제가 생겼다.

사람들 앞에 나설 때 면사를 계속 쓸 것인지, 아니면 면구를 쓸 것인지 고민 아닌 고민이 생긴 것이다. 하지만 그 고민도 연연이의 말 한마디에 간단히 해결되었다.

'오빠! 면구를 오래 쓰면 피부가 상할지 모르니까 면사를 써!'

'그냥 벗고 다니면 안 될까?'

'그래도 쓰고 다니는 것이 더 신비해 보이잖아? 헤헤헤…….'

까짓것 사랑스런 동생의 말을 못 들어줄 것도 없다. 휘는 면구를 벗고 면사를 쓴 채 상무원을 나섰다.

철혈대전에는 오십여 명에 달하는 간부들이 모두 모여 있었다. 휘가 도착하자 모두의 눈길이 휘를 향했다.

그러자 때가 되었다는 듯 철운성이 한 가지 사실을 공표했다.

"오늘부로 철혈성의 새로운 날이 시작될 것이다!"

철혈대전에 모인 간부들의 눈이 기대감으로 번뜩였다.

"또한 철혈성의 대대적인 인사 개편이 있을 것이다. 우리가 몰아낸 마도의 무리는 그들의 세력 중 일부분일 뿐이다. 그럼에도 본 성의 무사 백 수십 명이 죽거나 다쳤다. 그러니 모두가 합심하여 혹시 모를 놈들의 도발을 막아내야 할 것이다."

간부들의 눈이 거세게 흔들렸다. 그토록 죽음을 각오하고 싸워 이긴 자들이 그저 적들의 일부 세력일 뿐이라는 말은 모두에게 두려움을 주기에 족했던 것이다. 모르고 있던 사실은 아니지만 직접 들으니 가슴이 떨려올 지경이다.

철운성이 다시 힘있게 말했다.

"우선! 그동안 공석으로 있던 철혈검단의 새로운 단주를 임명하겠다!"

불안을 감추지 못하고 있던 사람들의 눈이 다시 철운성에게로 몰렸다.

"고봉천 장로의 제자, 진.조.여.휘.를 새로운 철혈검단의 단주로 임명한다!"

순간, 일제히 눈을 부릅떴다. 철운성의 첫 번째 계획이 성공적으로 막을 올리는 순간이었다.

"와!!"

"그럼 그렇지!"

"저분 공자라면 해볼 만하다구! 자네 봤어? 저 공자가 검을 휘두르는 것을 보고 추풍낙엽이 뭔 줄을 알았다니까!"

간부들의 눈에서 열기가 솟구쳤다. 그토록 무섭던 적도들을 일검에 쓸어버리던 위용을 본 사람들에게 진조여휘는 무신과도 동격으로 보일 정도였다. 지금까지 두려움을 간직했던 눈에 희망의 불꽃이 타오르기 시작했다.

"진조여휘라 합니다!"

면사를 쓴 휘가 자리에서 일어나 포권을 취했다.

휘의 포권에 모든 간부들이 자리에서 일어났다.

"신임 철혈검단주를 뵈오이다!!"

"영광이오!! 단주!"

"와! 와! 영광이오!!"

상상 밖의 환호에 진조여휘는 물론이고 철운성마저 놀라 버렸다. 단주 임명에 반대하지 않을 줄은 알았지만 이토록 열렬한 호응은 생각 밖이었다. 너무 시끄러워 뭐라 하는지조차 모를 지경이었다.

굳은 안색으로 철운성이 손을 들자 그제야 소란이 가라앉았다.

"철혈검단주는 또한 철혈비의 주인이다. 다시 말해서 오직 성주의 명만을 들을 뿐, 독자적으로 움직이게 될 것이란 말이다."

일인지하 만인지상이라는 건가?

모두가 철운성의 입에 초점을 맞췄다. 또 무슨 말이 나와서 자신들을 놀래킬지 기대하는 눈으로.

"철혈검단이 독자적으로 적을 상대하기 위한 방책이니 철혈검단주가 도움을 청하거든 모두가 도움을 아끼지 말아야 할 것이다."

당연하다는 듯 끄덕끄덕.

그리고 마침내, 말을 멈추고 자신을 바라보는 눈들을 하나하나 바라본 철운성이 느릿하니 무겁게 입을 열었다.

"그리고… 오늘 이 시간부터, 철군명은 본 성의 적임을 알아두도록."

혹시나 했더니 역시나다. 아연실색한 눈들이 철운성을 바라본다. 아들을 적으로 여기라니. 그러자 철운성이 힘주어 말했다.

"아무리 내 아들이라 해도 적의 편에 서 있는 이상, 적임을 잊지 마라! 절대로!"

그제야 고개를 끄덕인 간부들이 진정 감탄한 눈으로 철운성을 바라보았다. 철혈성을 지키기 위해 자식마저 포기한 성주, 바로 패주(覇主)의 진정한 모습이라 생각하는 듯했다.

휘는 그런 모습에 씁쓸함을 감출 수 없었다. 비록 친자식은 아니라지만, 그렇다고 그걸 이용하는 철운성이 참으로 독심을 지녔다는 생각이 들었다.

'장부는 독해야 한다 했던가?'

그때 들리는 철운성의 선언.

"모두가 명심하라! 앞으로 철혈의 도전법은… 부분적인 허용이 있을 것이다! 오직 본 성의 무사들끼리만 철혈의 도전법에 따른 대결을 펼칠 수 있다! 본 성의 무사들을 강하게 만들기 위해서 그리 결정했으니 모두가 명심하고 따르도록!"

6장
강한 사람과 무서운 사람

1

검은 휘장이 드리워진 마령전의 내실, 대공자 야율무궁은 전면에 굳은 표정으로 앉아 있는 네 명의 장년인을 바라보았다.

두 명의 흑포인과 두 명의 혈포인, 하나같이 앉아 있는 것만으로도 대기가 숨죽일 정도의 고수들이었다.

질식할 듯한 침묵만이 존재하는 곳, 누구 하나 말을 꺼낼 생각조차 못하고 침통한 표정으로 눈치만 보고 있을 때다. 야율무궁이 침묵을 깨고 입을 열었다.

"철혈성이 완전히 우리 손을 벗어났는데 대책이 없다, 이 말인가?"

침묵 속에 흐르는 나직한 음성이 만근 바위보다 더 무겁게 느껴진다.

"지난 육 년에 걸쳐 작업한 결과가 단 하룻밤 만에 무너졌거늘, 속수무책으로 바라만 봐야 한다고? 아무리 남북혈계로 인해서 사람을 뺄 수 없다 해도 방법이 있을 것 아닌가?"

우측에 앉아 있던 외눈의 중년인이 칼칼한 음성으로 마지못한 듯 입을 열었다.

"철운성을 너무 가볍게 본 듯합니다."

"가볍게 봤다? 그걸 말이라 하시오?"

반문을 하던 야율무궁이 왼쪽을 바라보았다.

"혁 각주는 어찌 생각하는가? 내가 철운성을 가볍게 본 것 같은가? 그가 정녕 혈광루주와 흑마령주만으로는 안 되는 자였던가?"

왼쪽에 앉아 있던 장년인이 감았던 눈을 뜨고 야율무궁을 직시했다. 그리고 천천히 입을 열었다.

"대공자, 철운성은 결코 머리 없는 살쾡이가 아닙니다."

야율무궁의 이마가 가볍게 찌푸려졌다.

"흠, 머리 없는 살쾡이가 아니다? 그를 너무 바보 취급했다는 것인가? 한데 그대는 왜 이제야 그런 말을 하는 것이지? 지금껏 그에 대해서는 아무런 말도 하지 않았지 않은가?"

"했다면 들으셨겠습니까?"

"흠……."

아마 듣지 않았을 것이다. 그건 누구보다도 자신이 잘 안다. 자신은 여태껏 자신이 결정한 일에 대해서는 누구의 말도 듣지 않고 밀어붙였다. 그렇기에 궁주의 다섯 제자 중에서 살아남은 두 사람 중 하나가 될 수 있었고, 지금의 위치에 오를 수 있었다. 철군명이야 정식 제자가 아니었으니 그는 제외한다 하더라도.

다름이 아니었다. 궁주의 제자 교육법은 약육강식이다. 자식이고 제자고 구분이 없다.

결국 궁주의 뜻을 따라가기 위해서 믿을 수 있는 것은 자기 자신뿐이다. 남의 말을 들어서는 살아남을 수가 없다. 심지어 자신의 양팔이라 할 수 있는 사람의 말 역시도.

하물며 완전히 자신의 사람도 아닌 자의 말을 들었겠는가.

"지금 와서 그 말을 한다는 것은 이유가 있어서겠지? 그대의 생각을 말해보라!"

혁 각주라 불린 자가 천천히 일어섰다. 그러더니 깊숙이 허리를 숙였다.

야율무궁은 상대에게서 처음 받아보는 공대에 표정을 굳혔다.

상대는 신마천궁의 중추를 이루는 삼전(三殿), 삼루(三樓), 사각(四閣)의 주인 중 한 사람이다. 비록 자신이 천하지계의 한 축을 맡은 장이라 명령을 내릴 수 있는 위치이기는 하지만, 상대의 순수한 신분은 궁주의 제자인 자신과 동급이라 할 수 있었다.

한데 지금 올리는 인사는 그런 형식적인 예가 아닌 듯 보인다.

"무슨 뜻인가?"

"마향각(魔香閣)이 대공자를 진심으로 섬기겠다는 약속입니다."

야율무궁의 눈이 번쩍 빛을 발했다.

정보와 전령을 총괄하는 자, 자기에게 배속되었기에 자신을 따르기는 하지만, 지금껏 이자의 진심을 얻었다고는 할 수 없었다. 그런데 자신을 진심으로 섬기겠다 한다.

야율무궁은 철혈성을 이용하려던 계획이 무너진 것을 다 잊을 정도로 기분이 좋아졌다.

"흠, 나를 섬기겠다는 이유가 뭔가? 각주는 중립을 지키는 사람이라 알고 있네만."

"이제 수하들의 말을 들을 준비가 되신 듯하니, 수하들의 진심을 받으시는 것도 당연하지 않겠습니까?"

그 말인즉, 지금까지는 너무 독선적이어서 따르지 않았다는 말.

"후후후… 뼈아픈 말이군."

"대공자께서 한 걸음 나아가셨다는 뜻이니 축하할 일이지요."

야율무궁이 뚫어져라 마향각주를 바라보았다. 그러더니 느닷없이 대소를 터뜨렸다.

"하하하!! 내 오늘, 화 뒤에 기쁨이 온다는 말을 실감하는 날이구만!"

대공자가 웃자 다른 세 명의 표정에도 희미한 웃음이 걸렸다. 질식할 것 같던 분위기마저 언제 그랬냐는 듯 환해졌다.

"그래, 하고 싶은 말을 해보게, 혁 각주."

마향각주가 선 채 좌우를 훑어봤다.

"철운성에 대해서는 누구보다 제가 잘 압니다. 그 이유는……."

말을 하는 그의 눈에 불길이 타올랐다.

"그가 바로, 과거 저의 사형이자, 같은 하늘을 이고 살 수 없는 원수이기 때문이지요."

쿵!

야율무궁을 비롯한 세 명의 눈이 휘둥그레졌다.

마향각주가 철운성의 사제였다고?

"그럼, 각주의 이름이… 혁수암이 아니라 혁수명이란 말이오?"

야율무궁의 놀란 목소리에 혁수명이 조용히 고개를 끄덕였다.

"아마 이곳에 계신 분들도 나름대로의 과거가 있을 것입니다. 하니 저의 과거는 그리 중요하지가 않습니다. 단지 밝음이 어둠이 된 것뿐이니까 말입니다."

명(明)이 암(暗)이 되었다.

그건 그렇다. 신마천궁의 사람들 중 이곳에서 나고 자란 사람은 그리 많지가 않다. 더구나 고수들은 더욱 그렇다.

무공을 배운 사람들 열 명, 백 명 중에 고수라 할 만한 사람은 한 명 나오기도 힘들다. 신마천궁에서 태어난 사람들이 모두 기재라면 모를까,

그런 고수를 일천 명이 넘게 보유하기 위해서는 외부에서 기재들을 끌어오지 않고는 불가능한 일이었다. 그나마 소리 소문 없이 해야 했으니 결코 쉬운 일이 아니었을 터, 백 년에 걸친 힘의 축적은 그렇게 오랜 세월 어려움 속에서 만들어진 것이다.

좌중의 놀람이 가라앉자 혁수명이 입을 열었다.

"철운성의 목을 저의 손으로 베어야 할 이유가 있습니다. 철혈성에 대한 문제는 저에게 맡겨주십시오. 북천로주(北天路主)!"

대공자 야율무궁의 공식직함을 부르며 혁수명의 허리가 숙여지자 야율무궁은 기이한 눈으로 혁수명을 쳐다보았다.

"철혈성을 그대가 맡겠다? 그대가 그리 말할 정도면 계획은 서 있다는 말이겠지?"

혁수명이 조용히 고개를 들었다.

"혈광루주와 흑마령주의 실수는 그들이 철운성을 너무 몰랐다는 데 있습니다. 그의 성격을 제대로 알았다면 시일을 주는 따위의 실수는 하지 않았을 것입니다."

"시일을 주지 않아야 했다니? 무조건 그를 죽여야 했다, 이 말이오?"

우측에 앉아 있던 혈의인의 말에 혁수명이 강하게 고개를 끄덕였다.

"얼마의 손해를 감수하더라도 그 자리에서 결정을 봐버렸어야 합니다."

"그건… 너무 손해가 크지 않았겠소?"

혁수명이 차갑게 웃었다. 한데 왠지 처절해 보이는 웃음이다.

"철운성은 철혈성을 자신의 모든 것이라 생각하는 자입니다. 설령 가족을 모두 죽인다 협박해도 그는 철혈성을 택할 사람입니다. 그런 그에게 철혈성의 지배권을 내놓으라고 했으니, 한마디로 그에게 죽으라는 말과도 같다 할 수 있습니다. 죽으라고 해놓고 시일을 주다니요?"

야율무궁이 무언가를 생각하는 듯 깊어진 눈빛으로 혁수명에게 물었다.

"그자가 정말 자신의 핏줄도 외면할 정도로 철혈성에 집착을 가지고 있단 말이오?"

혁수명이 눈 깊은 곳에서 지옥의 불길을 일으키며 말했다.

"그는… 자신의 위치를 지키기 위해서 자신의 부인조차 자기 손으로 죽인 자입니다. 아무도 모르게……."

혁수명의 말에 모두가 아연한 표정을 지었다.

"그럼 그를 상대할 계획은?"

혁수명의 표정이 다시 무심하게 가라앉았다.

"일단 그로 하여금 본 궁으로 사절을 보내 이 일에 대한 해명을 하라 할 것입니다. 어쨌든 서로 간의 동맹을 먼저 깬 것은 그이니까요."

"아예 직접 치는 것이 낫지 않겠나?"

"직접 치기 위해선 많은 수가 움직여야 하고, 그러면 우리의 행적이 노출됩니다. 그러면 철운성은 이때다 하고 도움을 청할 것입니다. 그 경우, 단숨에 무너뜨리지 못하는 한 섬서의 문파들이 그를 도울 것입니다. 화산과 종남도 움직일 명분을 갖게 될 테고 말입니다."

"그까짓 거 다 쓸어버리면 되지 않겠소?"

건너편에 앉아 있던 흑포인, 전마전주(戰魔殿主)가 큰소리치며 나서자 야율무궁이 고개를 흔들었다.

"우리가 철혈성에 공을 들인 것도 그들에게 명분을 주지 않기 위해서요. 섬서를 철혈성의 이름으로 치는 것과 본 궁의 이름으로 치는 것은 그 상황이 다름을 잊어서는 안 되오."

혁수명이 다시 말을 이었다.

"그렇습니다. 철혈성의 이름으로 일을 벌이면 단순한 섬서의 패권 싸움이 되어 각 문파들이 힘을 합할 명분이 애매합니다. 심지어 철혈성에 먼저 줄을 대려는 자들도 있을 것입니다 그러나 본 궁의 이름으로 치게 되면, 그때는 상황이 다릅니다. 그들이 명분을 세워 뭉치게 됩니다. 소위 정도가 어떻고 하면서. 그래서는 죽도 밥도 안 됩니다."

"그럼 혁 각주의 계획은 뭐란 말이오? 해명을 듣는다고 뭐가 달라진다는 말이오? 온다는 보장도 없는데."

"그들은 옵니다. 시간을 벌기 위해서라도 잘되었다 생각할 것입니다. 아마 철운성은 그를 보낼 것입니다. 바로… 그자를!"

"그자?"

"제가 원하는 자는 결코 철운성이 아닙니다, 대공자."

야율무궁이 눈을 부릅뜨며 말했다.

"설마, 진조여휘?"

그 이름에 모두의 눈이 가늘게 떨렸다.

혈광루주를 단신으로 몇 초 만에 거꾸러뜨렸다는 자, 흑마령주를 단일 초의 승부로 죽였다는 자.

철혈성 계획 실패의 중심에 그가 있음에도 여태까지 아무도 그의 이름을 꺼내려 하지 않고 있었다. 그것은 그자가 했다는 일에 대한 불신 때문이었다.

그러나 믿을 수 없는 일을 믿지도 않을 수 없는 것이, 살아 돌아온 혈광루의 수하들이 한결같이 증언했던 것이다. 두려움을 감추지 못하고 공포에 젖은 눈으로.

"그는 악마였습니다! 그의 붉은 검이 한 번 휘저어질 때마다 동료들의 목이 하나씩 떨어졌습니다. 그는 악마!"

야율무궁이 찡그린 표정으로 물었다.

"대체 그는 누구요?"

아무도 대답이 없다. 하늘에서 떨어진 것처럼 느닷없이 나타나 혈광루주와 곡중헌을 단신으로 꺾었거늘, 그의 이름에 대해 들어본 사람이 아무도 없다니…….

"혁 각주는 마향각을 책임지고 있으니 그에 대한 정보도 있을 것이 아니오?"

야율무궁이 답답하다는 표정으로 바라보자 혁수명이 조용히 입을 열었다.

"몇 달 전, 하남에서 남북혈계를 진행하던 중 창산이마가 한 젊은이에게 꺾인 일이 있었습니다. 비록 십팔마마공으로 인한 엄청난 파문 때문에 그 일이 희석되어 버려 널리 알려지지는 않았습니다만……."

"그 일에 대해선 들은 적이 있는 것 같군. 혁 각주의 말은 그가 바로 진조여휘란 말이오?"

혁수명은 야율무궁의 물음에 답하지 않고 또 다른 이야기를 꺼냈다.

"그 일이 있기 전 한 젊은이가 천검보를 방문했습니다. 그리고 천검보의 내로라하는 고수들이 그 젊은이에게 몇 초를 견디지 못하고 나가떨어졌습니다. 천검보에 심어놓은 마접(魔蝶)에 의하면… 고운 부양청마저 패했다 합니다."

"……."

한순간 대전 안이 놀람으로 침묵에 잠겼다. 고운 부양청이라면 대전 안의 누구도 이긴다고 자신하기 힘든 고수다. 그런 고수가 젊은이에게 무너졌다니.

"또한 그전에는 삼양신문의 고수들이 이름도 별로 알려지지 않은 젊은이에게 꺾이거나 죽은 일이 있었습니다."

과거를 거슬러 올라가는 혁수명의 이야기에 모두가 숨을 죽이고 혁수명의 입만 바라보았다.

"저희 마향각에서는 얼마 전부터 그 일들을 주목하고 나름대로 조사를 해봤습니다. 느닷없는 절대고수의 출현은 자칫 강호의 축을 틀어지게 할 수도 있으니까요."

"그래서 알아낸 것은?"

야율무궁의 침음성 섞인 물음에 혁수명이 조용히 고개를 끄덕이고는 손가락 하나를 들었다.

"그 사건 외에도 몇 가지 사건이 더 있었습니다만, 그 모두가 한 사람으로 인해 벌어진 일이었습니다."

"한 사람?"

"그의 이름은 조휘."

"조휘? 진조여휘가 아니고? 음?"

야율무궁이 고개를 갸웃거리자 미미한 웃음을 머금은 혁수명이 말을 이었다.

"그와 관련된 일을 조사하며 거슬러 올라가다 보니, 문득 재미있는 이름이 하나 나왔습니다. 그 이름은… 여휘."

"여휘?! 여휘라고? 철혈성의 한중 분타주를 무너뜨린 그 여휘를 말하는가?"

"바로 그를 말하는 것입니다."

야율무궁이 눈을 크게 뜨고 혁수명을 바라보며 중얼거렸다.

"조휘, 여휘, 진조여휘?"

"문제는 그 세 이름을 가진 자의 무공이 하나같이 비슷한 면이 있다는 것입니다. 하늘에서 뇌전이 떨어지는 듯한 극쾌의 검법, 검에서 뻗치는 피보다 더 붉은 혈련화. 그리고 그 무엇보다… 그의 애검인 듯 보이는 연

붉은 한 자루 보검."

혁수명이 말을 멈추자 한참 동안 침묵만이 대전 안을 맴돌았다. 그러다 근 일각이 지나서야 야율무궁이 침묵을 깨고 입을 열었다.

"진조여휘라… 강호는 깊고 넓어서 언제 어디서 용이 숫구칠지 모른다 하더니…… 으음……."

"그가 용일지는 모르지만 승천할 수는 없을 것입니다, 대공자."

"그를 사절로 오도록 한다? 한데 사절로 온 자를 죽인다? 아니, 그가 그토록 강하다면 그를 죽일 수 있는 방법은?"

"약속은 그들이 먼저 어겼습니다. 그리고 이곳은 신마천궁, 만마의 하늘입니다. 표나지 않게 죽일 방법은 얼마든지 있습니다. 용 한 마리 죽이는 일쯤이야……. 그러나 정 그자를 죽이는 것이 부담스러울 것 같으면 묶어두면 됩니다. 그러면 아무런 문제도 없습니다."

"음, 좋소. 설령 혁 각주의 계획대로 한다고 합시다. 그렇다고 철운성이 고개를 숙이지는 않을 것 아니오?"

"물론 그가 없다고 철운성이 고개를 숙이지는 않겠지요. 그러나 지금, 진조여휘는 철혈성의 무사들에게 영웅입니다. 전쟁이 벌어졌을 때, 영웅이 자신들 곁에 있는 것과 없는 것은 엄청난 차이를 가져오는 법이지요. 더구나 오늘 들어온 정보에 의하면 그가 철혈검단의 단주가 되었다고 합니다. 그를 중심으로 힘이 뭉치면 철혈성을 치기가 갈수록 힘들어집니다. 더 크기 전에 싹을 잘라야 합니다."

"흠……."

야율무궁이 조용히 생각에 잠기자 혁수명이 결론을 짓듯 말했다.

"그가 없으면 철혈성의 힘은 급격히 무너질 수밖에 없습니다. 과거에 무적철검 철운양이 철혈성을 떠났을 때처럼. 결국은 절대고수가 있고 없고의 차이지요. 그럼 본 각만 나서도 충분히 공략할 수 있습니다. 소리

소문 없이 철혈성의 주인이 바뀌는 것입니다."

마침내 결심을 한 듯 야율무궁이 무겁게 고개를 끄덕였다.

"좋소. 일단 혁 각주의 계획대로 해봅시다. 철혈성이 중요하긴 하나, 그렇다고 남북혈계(南北血計)가 진행되고 있는 이상 그쪽으로 많은 힘을 쏟을 수는 없으니까. 한데 그가 올 확률은?"

혁수명이 하얗게 웃었다.

"후후후. 올 것입니다. 아니, 올 수밖에 없을 것입니다. 안 오면 안 되게 만들 생각입니다, 대공자."

혁수명의 말이 맘에 드는지 야율무궁 입가로도 웃음이 하얗게 번져 갔다.

"오랜만에 가슴이 뚫리는 기분이군. 하하하!!"

은은한 유등 불빛 아래, 두 사람이 마주 앉은 채 술잔을 기울이고 있었다.

"어찌 되셨습니까?"

"야율무궁이 허락했다."

"잘됐군요. 언제쯤 일을 시작할 생각이십니까?"

"해가 넘어갈 때쯤 실행할 생각이다. 손자도 그때 데려올까 한다. 흐흐흐… 원단을 아주 즐겁게 맞이하는 거지."

"놈은 제가 죽일 것입니다."

"혈광루주가 단숨에 당했을 정도다. 아직은 너의 상대가 아니다."

"저 혼자라면 그럴지도 모르지요, 아직까지는. 하나, 구정마원의 혼원쌍도(混元雙道)가 도와주기로 했습니다."

"흠, 마침내 그들이 결정을 내렸나 보구나."

"후후후. 욕심이 많은 자들은 결코 자신의 위에 많은 사람들이 있는 것을 싫어하지요."

"그래, 그건 그렇고 수련은 어떻게 되고 있느냐?"

"지옥뇌에 갇혀 있는 그자의 검을 육성가량 익혔습니다. 이틀 후 극마동에 들면 십성의 경지에 오를 수 있을 것입니다."

"오! 드디어! 나는 네가 꼭 마신지체를 이루어내리라 믿는다. 아니, 이루어야 한다. 현재로선 그의 검과 마신지체만이 대공자와 이공자의 벽을 넘어설 수 있는 유일한 방법임을 명심해야 한다."

"알겠습니다, 아버님."

"군명아… 부디 하늘이 되어라. 나는 과거 철운양의 벽에 막혀 꿈을 이루지 못하고 편법을 써야만 했다. 그러니 너만은 꼭 하늘이 되거라."

"예, 되어야지요. 될 것입니다. 어둠에 묻혀 지낸 세월을 보상받기 위해서라도 말입니다!"

"후후후! 그래야지. 철운양이 과거에는 나의 앞길을 막았지만, 지금은 나의 아들에게 하늘이 될 길을 열어주는구나. 참으로 우습지 않느냐? 후후후후후!!"

2

"오랜만이오, 웅 형."

휘의 말에 웅경이 떨리는 눈을 들어 앞을 바라보았다. 거기에 그가 있었다. 자신을 한때 절망으로 몰아넣었던 자가. 비록 면사를 쓰고 있지만 그가 분명했다.

"다, 당신은?"

"태백산에서 보고 지금 보니 육 개월은 된 듯하군요."

딱딱하게 굳은 표정으로 할 말을 잃은 웅경은 원군을 청하듯 옆을 바라보았다. 옆에는 세 사람이 서 있었다. 자신과 함께 철혈검단의 대주로 임명된 사람들, 그중에 영호련과 눈이 마주쳤다.

웅경의 뜻을 알았는지 영호련이 차가운 눈으로 휘를 바라보며 입을 열었다.

"흥! 당신이 어떻게 철혈검단의 단주가 되었는지 모르지만 성주께서 아시면……."

"아시면?"

휘의 태연한 반문에 영호련의 자신만만하던 말투가 흔들렸다.

"아시면… 그 자리에서……."

"성주께서 아신다 해서 달라질 것은 없소. 믿지 못하겠으면 시험해 봐도 좋소."

"……."

한마디에 말을 잃은 영호련이 멍하니 휘만 바라보았다.

"내가 이 자리에 있는 것은 한시적이오. 신마천궁의 반격을 막아내고 철혈성이 제자리를 찾을 때까지. 뭐, 일 년이 될지, 이 년이 될지는 몰라도."

면사 속에서 빙그레 웃은 휘가 두 사람을 향해 명심하라는 듯 또박또박 말했다.

"그러니 그때까지 여러분은 내 사람이오. 명심하시오!"

"……."

"그리고 나는 내 사람이 약한 꼴은 못 보는 사람이오. 그러니 빨리 강해져야 할 거요."

웅경의 표정이 와락 일그러졌다.

단주로 임명되었으니 명을 듣는 거야 그럴 수 있었다. 하지만 말이 쉬워 강해지라는 것이지, 현재의 수준이 되기 위해서 피땀 흘리며 고생한 것을 생각하면 암담한 말이나 다름없는 주문이었다.

도대체 어떻게 빨리 강해지란 말인가. 무공 익히는 것이 땅 따먹기 놀이인 줄 아나?

그때, 성질 급한 영호련이 참지 못하고 소리를 빽 질렀다.

"단주! 무작정 강해지라 하면 강해지는 줄 알아요! 우리가 얼마나 고생해서 이 정도가 되었는데, 무슨 무공 익히는 것이 장난인 줄 알아요?!"

느닷없는 영호련의 행동에 웅경이 눈을 크게 떴다. 하지만 자신의 생각 역시 마찬가지였으니 속으로는 고소한 생각이 들었다.

'어디 대답을 해보시구려.'

두 사람의 재촉하는 눈길에 휘가 영호련을 향해 고개를 돌렸다. 창문에서 들어온 한줄기 바람이 묵빛 면사를 펄럭인다. 순간 휘의 붉은 입술이 살짝 드러났다.

"고생했다? 그렇다면 걱정하지 않아도 되겠군. 곧 내 의형제들이 올 것이오. 아마 당신들도 아는 사람들일 테니 그리 서먹하지는 않을 것이오. 그들과 같이 섞여서 무공을 익히시오."

앉았던 자리에서 일어나던 휘가 뭔가를 잊었다는 듯 말을 이었다.

"아! 그 사람들은 무공을 좀 사납게(?) 익히는 편이니까, 각오들 단단히 해야 할 거요. 그리고 새로운 무공 교두를 붙여줄 테니 기대들 하시구려. 그럼 나는 바빠서……."

자기 할 말만 하고 휘가 나가자 꿀 먹은 벙어리처럼 서 있던 다른 두 명의 대주가 영호련에게 물었다.

"단주를 잘 아시오?"

"잘 알기는 뭘 잘 알아요?! 쳇! 남자가 되어가지고 쪼잔하게 골탕을 먹

이겠다는 건가?'

눈을 치켜뜨고 한바탕 쏘아붙인 영호련이 홱 고개를 돌렸다. 떨리는 눈빛을 감추기 위해.

'뭔 남자의 얼굴이 저렇게……. 젠장! 나보다도 예쁘잖아? 약 오르게…….'

3

철혈검단을 맡은 지 열흘째 되던 날, 초평우와 풍인강이 단홍귀의 안내를 받아 철혈성으로 들어왔다. 영등도 데려올까 했지만 영등의 수련은 이들과는 다른 깨달음의 수련이었기에 일단 만시량에게 맡겨놓고 기회를 봐서 다른 사람과 함께 데려오기로 했다.

"잘 오셨습니다."

"혀, 형님……."

초평우가 반가워서 금방이라도 눈물을 흘릴 듯 울먹이자 풍인강이 옆구리를 쿡 찔렀다.

"사람들이 보잖소."

"어? 그래도 반가운 걸 어떡하냐."

"그래도 남자가 그리 함부로 울면 됩니까?"

"누가? 누가 울었다는 거냐? 나 안 울었어?"

"좀 전에……."

"눈물이 나도록 반가워서 울 뻔했지, 운 것은 아니다. 말은 똑바로 해라."

그때였다.

"킥!"

한쪽에서 터진 나지막한 웃음에 두 사람의 눈이 홱 돌아갔다.

'아우! 깜짝이야! 그런데 인상 참 그렇네.'

연연이 눈을 크게 뜨고 놀란 표정을 짓자 초평우가 말했다. 늑대가 갈기를 털 듯 고개를 가로저으며,

"소저, 우리를 인상만 보고 판단하지 마시구려."

풍인강도 최대한 부드러운 표정을 지으며 말했다. 그래 봐야 얼음덩이 같은 표정에 입술만 살짝 벌어졌지만.

"꽃을 좋아하고, 도(道)도 아는 늑대라오. 이 형님은."

"풋!"

그런데도 연연은 무서워하지 않고 웃음을 터뜨렸다.

두 사람은 그 모습을 보고 감격한 표정을 지었다. 세상에 자신들을 보고 저리도 밝게 웃는 여자가 있다니. 순진한 건지, 간이 큰 건지…….

그 모습을 보고 휘가 말했다.

"내 동생이오."

순간, 초평우의 눈이 파르르 떨렸다. 풍인강의 입도 일자로 굳어졌다.

살벌한 형님을 말 한마디로 꼼짝 못하게 한다는 그 동생?

면구도 어쩔 수 없이 동생에게 혼날까 봐 썼다지? 설마 저 면사를 쓰고 있는 것도?

포권을 취한 두 사람의 허리가 구십 도로 꺾어졌다.

"초평웁니다!"

"풍인강입니다!"

고봉천의 방으로 가던 도중 휘가 초평우에게 물었다.

"영등 스님이 서운하다고 안 하십니까?"

무슨 소리냐는 듯 초평우가 고개를 저으며 말했다.

"서운해한다구요? 좋아 죽으려던데요?"

"그래요?"

"매일같이 산으로 수련한다고 나갑니다. 말로는 자연을 벗하며 수련을 해야 한다고 하는데⋯ 기름기 묻은 입이나 닦고 거짓말을 하지, 거참."

휘와 같이 있으면 산짐승을 잡아먹지 못하게 할까 봐 남아 있으려는 말에 좋아한단 말이었다.

훗! 실소를 흘린 휘는 문득 드는 생각에 초평우를 바라보았다.

"참! 당홍 낭자와의 대결은 어떻게 됐습니까? 아직은 무리일 텐데."

"⋯⋯."

초평우가 먼 산을 바라보며 아무 말도 없자, 조용히 따라가던 풍인강이 몇 마디 말로 모든 것을 밝혔다.

"한 시진 싸우고, 사흘 누워 있었습니다."

"이, 이틀 반이야 똑바로 말해⋯⋯."

안으로 들어가자 고봉천이 두 사람을 반겼다.

"그래, 두 분이 내 제자를 잘 돌봐주었다고 들었네. 반갑군."

철푸덕!

두 사람이 큰절을 올렸다.

"삼가 휘 형님의 사부님을 배알합니다!"

"휘 대형의 사부님을 뵈어 영광입니다!"

고봉천이 어색한 표정으로 휘를 돌아보았다. 하지만 휘라고 별수있으랴. 말릴 수 없는 사람들인데.

탕!

고봉천이 다탁을 내려치자 두 사람의 어깨가 바르르 떨렸다.

"어허! 인사를 했으면 일어나야지! 언제까지 그러고 있을 건가?"

일갈에 벌떡 일어선 두 사람이 부동자세를 취하고 겁에 질린 표정을 짓자 고봉천이 씁쓸한 웃음을 지으며 휘를 바라보았다.

"뭐라고 했길래 두 사람이 저렇게 무서워하냐?"

"아닙니다! 저, 사부님 무섭다고 한 적 없어요! 정말이에요!"

휘를 한 번 더 째려본 고봉천이 부드럽게 두 사람에게 말했다.

"나 그렇게 무서운 사람 아니네."

'헉! 어쩌면 휘 형님과 저렇게 똑같은 말을?'

그래도 꿈쩍을 않고 오히려 안색이 창백해지자 고봉천은 나직이, 더욱 부드럽게 말했다. 씨익 웃으며.

"앉아. 나 무서운 사람 아니라니까."

'여, 역시 휘 대형의 말투도 사부님에게 배워서…….'

사람 좋은 표정을 짓고 있던 고봉천의 눈썹이 꿈틀!

"앉아!!"

"옙!"

후다닥, 털썩!

두 사람이 자리에 앉자 정청화가 들어왔다. 두 사람의 찻잔에 차를 가득 따른 정청화가 고봉천을 흘겨보며 입을 열었다.

"당신도 참, 사람들을 왜 그렇게 무섭게 다그쳐요. 그렇게 옛날 성격을 그대로 드러내고 싶어요?"

옛날 성격?

역시나 자신들의 판단이 맞은 듯하다. 두 사람은 가슴을 쓸어내리며 마른 목을 적시기 위해 찻잔을 들었다. 그리고 한 모금, 쓴 듯하면서도 그윽한 향기에 온몸의 긴장이 풀어진다.

하지만 두 사람과 달리 고봉천은 억울하기만 했다. 자신이 뭘 잘못했다고 그런 소리를 들어야 한단 말인가?

"내가 뭘? 나는 그냥……."

그런 그를 흘겨보며 정청화가 한마디 덧붙였다.

"당신이 소리치니까 겁먹잖아요. 내가 보기에는 순한 양처럼 보이는데."

"쿨럭!"

"커억!"

두 줄기로 뿜어진 찻물이 고봉천의 얼굴을 고스란히 적셨다.

그리고 침묵이 찾아왔다.

초평우와 풍인강이 휘를 따라 기거할 방으로 들어가자마자 따라 들어온 연연이 참았던 웃음을 터뜨렸다.

"호호호호!! 아이고 배야!"

연연의 호들갑스런 웃음에 초평우와 풍인강은 고개를 푹 숙였다. 입이 열 개라도 할 말이 없었다. 연연의 웃음이 계속될수록 고개만 더 수그러질 뿐이다.

"그만 해, 연연아. 두 분이 무안해하시잖아."

휘의 말에 연연은 억지로 입을 막고 고개를 끄덕였다. 그래도 눈가에 남은 웃음은 어쩔 수가 없었다.

"진짜래도, 우리 아빠 무서운 사람 아니란 말이에요. 두 오빠들이 잘못 안 것이라니까요?"

"저, 정말?"

"그렇다니까요. 아빠가 얼마나 마음이 약한데, 엄마에게 꼼짝 못해요."

"그, 그거야 부인께서 더 무서운 분이니까……. 우리를 순한 양이라고 하는 사람은 첨 봤소."

"깔깔깔!! 아이고, 더는 못 참겠어, 오빠. 나 이러다 배꼽 빠지겠어."

풋! 휘도 터져 나오려는 웃음을 겨우 참고 두 사람에게 말했다.

"당분간 이곳에서 지내며 철혈검단과 함께 수련을 하세요. 많은 도움이 되실 겁니다."

"예, 형님!"

"제가 준 것은 어느 정도 숙달시켰습니까?"

"물론입니다, 형님! 그동안 죽어라 익혔으니 언제든 시험해 보십시오!"

무공 이야기가 나오자 두 사람의 표정이 확 달라졌다. 그제야 휘는 자신이 무엇을 잘못했는지 깨달았다.

'이런! 진즉 무공에 대한 이야기를 꺼냈으면 이런 황당한 일도 없었을 것 아냐?'

초평우와 풍인강을 쉬라 하고 구 노인을 찾아간 휘는 철혈검단의 조련을 부탁했다.

"흠, 나더러 철혈검단의 아이들을 가르치라고?"

"적적하실 테니 심심풀이로 조금씩 자세나 교정해 주시면 됩니다. 가끔씩 경험담도 이야기해 주시면 더 좋구요."

"허허허. 늙은이를 확실히 부려먹으려 하는구나?"

휘가 눈을 휘둥그렇게 떴다. 무슨 소리냐는 듯.

"그럴 리가요? 저는 순전히 구 할아버지 건강을 생각해서 드리는 말씀입니다. 정말입니다. 아플수록 조금씩 움직여야 건강에 좋다고 하잖아요."

"푸하하하! 알았다, 알았어. 가만있거라. 그러고 보니 나 혼자 하려면 힘들지 모르니 두어 놈 데리고 해야겠다."

구 노인의 말에 휘의 눈이 반짝였다.

"그러면 더 좋죠! 역시 구 할아버지십니다. 제 마음을 들여다보듯 아시다니."

"녀석, 아부하지 마라. 그리고 나중에 원망하기 없기다. 그놈들 꽤나 힘들게 굴릴 테니까."

휘가 빙그레 웃으며 말했다.

"제발 좀 그래 주십시오."

구 노인의 눈이 깊게 가라앉았다.

"그럴 이유가 있나 보구나."

휘가 천천히 고개를 끄덕였다.

"신마천궁의 놈들이 뭔가 도발을 해올 것입니다. 한 사람이라도 더 살리기 위해선 어쩔 수 없어요."

"음, 알았다. 그럼 좀 더 세게 굴려야겠구나."

7장
오월동주(吳越同舟)

1

공포의 철혈관.

최근 십여 일 사이에 붙은 이름이다. 일반 무사들은 철혈관 근처로 가는 것조차 꺼려해서 빙 돌아갈 지경이다.

철혈검단 무사들이 철혈관으로 들어가면 삼 일 만에 한 번씩 나오는데, 마치 지옥에 빠졌다가 돌아온 사람들마냥 그들의 눈빛에 광기가 돌고 있었던 것이다.

또한 철혈무각 역시 바빠졌다.

하루에도 적게는 수십 명이, 많을 때는 백여 명이 혹시나 숨어 있을지 모를 무공을 찾기 위해 눈이 빠지게 서적을 뒤지고 다니기 때문이었다.

전에도 찾지 않은 것은 아니다. 하지만 신임 철혈검단주이며 철혈성 무인들의 우상인 진조여휘 단주가 철혈각에서 숨은 무공을 찾아 강해졌다는 소문이 돈 이후, 남녀노소 간부 수하 할 것 없이 모두가 철혈무각으로 보물찾기에 나선 것이다.

워낙 많은 사람이 찾아오다 보니, 오 일 만에 새롭게 법을 정해서 철혈 무각의 문 앞에 써 붙여야 할 정도였다.

  · 누구라도 법을 어겨서는 안 된다.
  · 누구를 막론하고 십 일에 한 번만 들어갈 수 있다.
  · 하루에 삼십 명 이상은 들어갈 수 없다.
  · 어떤 물건이든 고의로 훼손하거나 철혈무각 내의 물건을 들고 나와서는 안 된다.
  · 철혈관에서 특별 수련을 받은 자는 한번 수련을 받을 때마다 한번씩의 기회가 더 주어진다.
  · 이를 어길 시 지휘고하를 막론하고 엄벌에 처해질 것이다.

법을 제대로 시행하기 위해 다섯 명의 수하가 더 주어졌다. 그 바람에 종자정의 어깨에 힘이 잔뜩 들어간 것은 불문가지, 오죽하면 고봉천이 지나가다 한마디 할 정도였다.

"어이구! 종가, 출세했네?"

"어험! 단주님도 들어가시려면 검사를 받아야 합니다."

종자정이 뻐기듯이 말하는데 고봉천이 그 꼴을 그대로 두고 볼 리가 없다.

"내가 왜? 참! 그건 그렇고 언제 한번 상무원으로 와라. 휘아하고 대련 한번 해야지? 휘아가 벼르고 있는 것 같던데."

"우헤헤, 원 단주님도. 장난도 못 칩니까? 제가 이러고는 있지만 속마음은 단주님하고 섬서를 누빌 때를 가장 그리워하고 있다는 거 잘 아시 잖습니까?"

'흥! 자슥! 너는 영원한 내 쫄따구야, 이눔아!'

보름이 지나자 철혈관도 덩달아 바빠졌다.

철혈무각에 들어가기 위해서 눈 딱 감고 수련을 받으러 오는 무사들이 늘었기 때문이다.

구 노인은 하는 수 없이 네 명의 교관을 더 뽑아야만 했다. 물론 굴리는 강도는 조금도 덜하지 않았다. 한번 들어갔다 나온 수련생들은 진저리를 치며 다시는 들어가지 않으려 할 정도였다.

하지만 개중에는 수련이 견딜 만한지, 아니면 강해지고 싶은 욕구 때문인지, 약간의 시일을 두고 또 찾아오는 사람도 있었다. 구 노인은 그런 사람을 골라 철혈검단의 수련에 동참시켰다.

한 달이 지나자 철혈성의 분위기가 몰라보게 달라졌다. 철혈성 전체가 마치 무학을 배우는 수련장이 되어버린 느낌이었다.

신마천궁의 복수를 염려하며 전전긍긍하던 분위기가 보다 더 강한 무공을 익히려는 열기에 의해 사라져 버린 것이다.

그렇다고 수뇌부들의 마음까지 다 그런 것은 아니었다. 수뇌부들은 무사들의 고무적인 변화에 마음이 든든하면서도, 움직임이 없는 신마천궁에 대해 신경을 쓰지 않을 수가 없었다.

점심이 지난 미시 말경, 수뇌부들은 철혈대전의 소회의실로 성주의 명을 받고 모여들었다.

철운성은 모여 앉은 간부들을 바라보며 웃음을 지었다.

"흠, 수하들의 열기가 대단하다고 들었네. 수고들이 많군."

힘이 들어간 음성, 비록 심맥을 다쳐 예전과 같은 무공을 펼칠 수는 없는 그였지만, 본래 지닌 기세만은 그대로 남아 있었다.

백혈검단주 자운평이 고개를 끄덕이며 말했다.

"그렇습니다. 이대로 반년만 지난다면 예전의 힘을 되찾을 수 있지 않을까 생각이 들 정돕니다, 성주!"

"문제는 과연 반년이 지나도록 놈들이 지켜보고만 있을까 하는 것이겠지요."

풍혈단주 육광의 말에 철운성도 고개를 끄덕였다.

"놈들은 움직일 것이다. 아직까지 왜 움직이지 않고 있는지는 몰라도 분명 근 시일 내에 움직인다 생각을 하고 대비해야 할 것이다. 특히 성의 모든 식수원과 음식의 독(毒)에 대한 검사는 아무리 철저해도 지나치지 않다는 점 명심하라."

"이중 삼중으로 검사를 하고 있습니다. 염려 마십시오."

"감숙과 청해의 움직임은?"

"최대한 정보망을 가동해 놈들의 근거지로 추정되는 감숙과 청해 접경 지역의 움직임을 모으고 있습니다. 소수로 극히 은밀히 움직인다면 모를까, 우리를 치기 위해 다수가 움직인다면 즉각 알 수 있을 것입니다."

육광이 자신감 넘치는 투로 말하자 한쪽에서 조용히 앉아 있던 오십대의 장년인이 무거운 표정으로 입을 열었다.

"자신들의 움직임을 들킬 정도로 쉬운 상대였다면 애초부터 이리 걱정할 필요도 없었을 것입니다. 하다못해 놈들의 근거지가 청해에 있을지 모른다는 추측만 하고 있을 뿐이지 총단의 정확한 위치도 모르고 있는 상황이 아닙니까?"

신응전(神鷹殿)의 전주 채양이었다. 그의 말은 한 치도 틀림이 없었다. 그의 말대로라면 육광이 펼쳐 놓은 정보망에도 구멍이 뚫려 있는 셈이다.

"그들도 꺼려하고 있는 것이 있으니 함부로 움직이지 못하고 있는 것이 아니겠습니까?"

비룡전의 전주 고명전이 미간을 찌푸리며 고민하는 표정으로 입을 열었다. 평소 입을 잘 열지 않던 고명전의 한마디는 사람들에게 생각할 여유를 주었다. 철운성 역시 잠시 생각하는 듯하더니 사람들을 둘러보며 물었다.

"꺼려하는 것이라… 그게 무엇이라고 생각하는가, 철혈검단주?"

"섬서연합."

짤막하면서도 강한 어조의 답변에 모두가 한쪽 구석에 앉아 있는 휘를 바라보았다.

"단주께서 그리 생각하는 이유가 뭔가?"

고명전이 눈을 빛내며 물었다. 그러자 휘가 말했다.

"신마천궁의 최종 목표가 결코 철혈성이 아니라는 사실은 다들 아실 터, 철혈성은 그저 그들이 힘을 덜 들이고 섬서를 집어삼키기 위한 교두보일 뿐이라 생각합니다."

"허, 섬서를 집어삼킨다? 단주는 그것이 가능하리라 생각하나? 화산과 종남, 그리고 섬서의 수많은 문파들이 보고만 있을 거라 생각하나? 철혈성과 한중을 집어삼키고 칠패에 끼어 팔패를 만들려 한다면 몰라도 섬서 전체는 불가능하네."

"그것은 군이 철혈성을 얻지 않아도 충분히 가능합니다."

"하면, 철혈성을 얻는다고 무엇이 달라진단 말인가?"

휘와 고명전이 말을 주고받자 모두가 침묵으로 지켜본다.

휘가 말했다.

"달라지지요. 조금 전에 그러셨지요? 그들이 꺼려하는 것이 무엇이냐고 말입니다."

"그랬지."

"그들은 자신들이 직접 섬서를 집어삼키겠다고 나섰을 때, 섬서의 모든 문파가 결코 그냥 지켜보고 있지만은 않을 거라는 것을 잘 압니다. 그렇다면 우리 철혈성의 이름으로 섬서의 작은 문파부터 복속시킨다면 어떻겠습니까? 과연 화산이나 종남이 적극적으로 나서서 막을까요? 아니면 중소문파들이 당장 연합을 결성할까요?"

고명전의 이마가 잔뜩 찌푸려졌다. 그러자 휘가 나직하면서도 강한 어조로 말했다.

"제가 생각하기에는 그들이 연합을 하네 마네 하며 시간을 끄는 사이 섬서의 반은 철혈성에 들어올 것입니다. 지금의 철혈성이 아니라 신마천궁의 힘이 합해진, 가히 칠패에 버금가는 힘이라면 말입니다. 그때 가서도 화산이나 종남이 힘을 쓸 수 있을 거라 생각하십니까?"

굳은 얼굴들이 모두 휘를 향했다.

"일 년 안에 섬서는 그들의 손에 떨어질 것입니다."

"흐음……."

침음성이 철운성의 입술을 비집고 흘러나왔다. 그럴 수밖에, 자신의 목숨과 같이 생각하는 철혈성을 기껏 목적을 이루기 위한 수단 정도로 생각하는 자들이 있는데 어찌 기분이 좋을까.

"그럼 지금이라도 본 성을 치기 위해 쳐들어와야 할 것이 아닌가?"

"글쎄요. 성주께선 어찌 생각하십니까? 놈들이 쳐들어올 경우 철혈성의 힘만으로 놈들을 상대할 수 있다고 생각하십니까? 설마 그리 생각하시지는 않으시겠지요?"

휘가 웃음기 띤 얼굴로 말하자 철운성이 씁쓸한 미소를 지었다.

"허허허. 단주를 떠보려 했던 내가 우습군. 그렇네, 화산과 종남에 사람을 보냈지. 하지만 그들은 당장은 움직이기가 힘들다는 답변을 가지고 왔더군."

"그럴 것입니다."

'그리고 그 때문에 당신이 고민하고 있을 테고 말입니다.'

"그럴 거라?"

"그들은 다른 일로 한창 바쁠 테니 신마천궁이 직접 쳐들어왔다는 정보를 입수하기 전에는 움직이지 않으려 할 것입니다."

"다른 일? 무슨……?"

"구대문파와 오대세가가 은밀히 활동을 시작했습니다. 그들은 하남에서 출현한 십팔마마공의 여파가 어디까지 번지는지에 신경을 곤두세우고 있지요. 그 일의 결과에 따라 자신들의 행동이 결정될 테니까요. 그래서 섬서의 구석에서 벌어지는 일에는 명확한 증거가 없는 이상 쉽게 움직이지 않을 거라는 것입니다."

"놀랍군, 놀라워. 단주는 언제 그런 사실까지 알았는가?"

진정 놀라워하면서도 눈빛은 차갑기만 하다. 그럼에도 휘의 표정은 태연하기만 했다.

"제가 무공을 익히려 하남을 한 바퀴 돌았습니다. 그 와중에 많은 것을 보고 들었지요. 설마 제가 철혈성의 어딘가에 숨어서 무공을 익혔다고 생각하시는 것은 아니겠지요?"

할 말이 없는지 철운성이 헛웃음을 지으며 고개를 저었다.

"허, 거 참. 단주를 당할 수가 없구먼. 단주의 말이 맞네. 우리도 모든 정보를 종합해 보고 '그럴지 모른다' 생각은 했지. 그런데 문제는 대체 신마천궁이 어떻게 움직일지 종잡을 수가 없다는 거네. 차라리 전면전을 하자고 달려들면 간단하련만……"

비록 격론을 벌이기는 했지만 대부분은 알고 있었다는 투다. 자신들이 모르는 것은, 오직 신마천궁이 어떻게 철혈성을 공격할지 그것만이 의문일 뿐이라는 듯.

육광이나 고명석도 고개를 끄덕이며 철운성의 말에 호응하고 있다. 반응을 보아하니 모두가 모여서 그 일에 대해 심각한 고민을 해본 듯하다.

'글쎄요. 당신들의 생각대로 일이 간단하면 좋으련만, 신마천궁이 바라는 바가 단순히 철혈성을 이용하겠다는 것이 아닌 듯하니 그것이 문제지요.'

자신을 배제시킨다면 자신도 굳이 모든 것을 드러낼 필요는 없었다. 자신이 나설수록 견제는 더욱 심해질 거라는 생각에 조용히 입을 닫은 휘의 눈이 차갑게 가라앉았다.

철운성이 자신을 이용하듯이 자신도 아직은 철혈성의 힘이 필요한 것이다. 오월동주(吳越同舟)였다.

2

원단이 며칠 남지 않은 십이월 스무 닷새, 하얀 눈이 천지를 뒤덮을 듯이 내리더니 아침이 밝아오자 사람들의 탄성 속에 해가 솟았다.

땅은 하얗고, 하늘은 푸르다.

떠오른 태양에 하얗던 눈이 황금빛으로 물들었다.

발자국 하나 없는 순백의 대지, 그 위를 걸어가는 휘의 마음속에도 하나의 그리움이 태양처럼 떠올랐다.

'용혈궁을 가봐야 하는데 너무 지체하는 것은 아닌지 모르겠군. 모용 낭자는 괜찮은지… 후우……'

급하면 물상만가에 연락을 하라 해놓았는데 아직 연락이 없다. 게다가 공이연은 한 번 더 치료를 해야 한다며 이삼 일에 한 번씩 단홍귀를 통해 닦달하고 있다. 아무래도 한 번은 나가봐야 할 것 같다.

하남 쪽의 일 역시 아직 연락이 없어 마냥 기다리기에는 마음이 답답했다.

'겨울이 깊어진 이상 놈들도 움직이기가 만만치는 않을 것이다. 하지만 최대한 빨리 갔다 온다 해도 보름 정도의 시간은 걸릴 텐데……'

철혈성의 일도, 모용서하의 일도, 그리고 하남의 일 역시도 어느 한쪽도 중요하지 않은 일이 없다.

휘가 생각에 잠긴 채 눈 위에 자신의 자취를 남기며 정원을 돌아갈 때였다.

"얍!!"

휙!

무언가가 날아오는 소리.

휘의 입가에 가느다란 미소가 맺혔다 싶은 순간, 빙글 뒤로 돌던 휘의 오른발이 허공을 휘저었다.

하얀 물체가 날아오다 말고 거꾸로 빠르게 날아간다.

"앗!"

깜짝 놀란 목소리가 들리더니, 퍽! 하얀 눈덩이가 연연의 이마에 정통으로 명중되었다.

'헉! 피할 줄 알았는데.'

봤다면 당연히 피했을 것이다. 그러나 두 번째 눈뭉치를 뭉치느라 미처 되돌아오는 눈뭉치를 보지 못한 연연이었다.

울먹, 연연의 표정이 반쯤 우는 듯한 표정이다. 당황한 휘는 급히 연연이에게 달려갔다.

"연연아, 괜찮아?"

"……"

"연연아, 미안……"

휙! 스슥!

달려가던 휘가 무심결에 오보천환을 펼치자, 하얀 눈뭉치 하나가 귓전을 스치고 지나간다. 그걸 보고는 회심의 일격을 날렸다 실패한 연연의 입술이 한 치는 튀어나왔다.

"쳇! 눈싸움하면서 무공을 펼치는 사람이 어딨어?"

"응? 그런가?"

"칫! 그런가는……."

뾰루퉁한 표정으로 뒤돌아선 연연, 일순간 눈빛이 심술궂게 빛나는가 싶더니.

"에잇!!"

연연이 느닷없이 옆에 있는 나무를 잡고 흔들었다.

우수수수…….

피했다가는 진짜로 울 것 같아 피하지도 못했다. 그 바람에 고스란히 눈을 뒤집어쓴 휘가 눈만 말똥거리며 연연을 바라보았다. 한데 휘를 골리려던 연연이도 나무 위에서 쏟아진 눈을 흠뻑 뒤집어써 버렸다.

나무 아래 눈만 말똥거리며 서 있는 두 눈사람.

"킥!"

"하하하하!! 연연이가 눈사람이 되어버렸네."

방에서 두 눈사람이 웃는 모습을 바라보고 있던 고봉천이 고졸한 미소를 지으며 한숨을 내쉬었다.

"하……. 연연이가 너무 아파하면 안 되는데……."

휘에게서 모용서하에 대한 이야기를 들을 때, 휘의 눈빛이 아련한 그리움으로 빛나는 것을 봤었다. 그것은 지금 휘가 연연이를 바라보며 짓는 미소와는 또 다른 감정이었다.

연연이와의 정이 남매로서의 정이라면, 모용서하와의 정은 이성으로

서의 정이었던 것이다.

그 차이를 아는 고봉천은 안타까운 마음에 가슴이 아플 지경이었다. 그러면서도 한편으로는 연연이의 가슴에 멍울이 지지 않기만을 바랄 뿐이었다.

고봉천의 어깨를 슬며시 거머쥔 정청화가 자신있는 목소리로 말했다.

"여보, 너무 걱정 말아요. 우리 연연이, 생각보다 강한 아이니까요. 세월이 지나면 자신을 정리할 수 있을 거예요."

"음? 걱정은 무슨… 누구 딸인데."

3

눈 덮인 하얀 어둠 속을 다섯 줄기의 회영(灰影)이 빠르게 흘러간다.

발자국조차 남기지 않고 눈 위를 스쳐 가는 회영의 움직임은 다섯 마리의 야조가 낮게 날아가는 것만 같았다. 먼 길을 온 듯한데도 그들의 숨결은 한 점 흐트러짐이 없었다.

일그러진 보름달이 서편으로 기울어지는 시각, 시커먼 그림자를 드리운 천간산이 저 멀리 보이자 다섯 회영의 움직임은 더욱 은밀해지기 시작했다.

그들은 천간산에서 십여 리 떨어진 구릉 위, 두 개의 커다란 바위가 어깨를 기대고 선 곳에 이르러서야 걸음을 멈추었다.

앞장서 가던 마향각의 귀살당 당주 탁융의 오른손이 슬쩍 올라가자 뒤따르던 네 명의 회영이 탁융의 뒤에 멈춰 섰다.

차가운 바람이 얼굴을 할퀴고 지나간다. 스치는 바람에 얼굴이 따가울 지경이다. 그럼에도 탁융의 눈빛은 바람보다 차갑게 전면을 주시할 뿐이다.

"약속 시간보다 빨리 온 것 같군. 모두 몸을 다스려라. 연락이 올 때까지 대기한다."

탁융의 나직한 명령에 네 사람은 바위 아래 움푹 패인 곳에 몸을 숨기고 한마디 말도 없이 각자 자신들의 흐트러진 내기를 다스리는 데 총력을 기울였다.

이각의 시간이 지나자 탁융의 눈이 가늘게 뜨였다. 길게 숨을 내쉰 탁융은 손실된 내력이 거의 정상으로 되돌아온 듯하자, 다시 눈을 감고 궁을 떠나기 전 전주(殿主)에게서 받은 명령을 되새겨 봤다.

"진조여휘는 상무원에 기거한다. 상무원에는 그 말고도 고수라 할 수 있는 자로 천귀검신 구장모와 고봉천이 있다. 약속 장소에서 대기하면 철혈성에 있는 마접으로부터 연락이 올 것이다. 그가 상무원의 현 상황을 보다 상세히 전해줄 것이니 세밀한 작전은 그가 전해주는 정보에 따라 시행하도록."

마접이 누군지는 아무도 모른다. 얼마나 있는지도 모른다. 분명한 것은 철혈성에 적지 않은 수의 마접이 활동하고 있다는 것이다.

탁융은 그들의 도움을 얻어서까지 작전을 실행해야 한다는 사실이 마음에 안 들었다. 만마의 하늘 신마천궁의 최정예 살수들인 자신들이 자체적인 작전을 실행하지 못하고 쓰레기 같은 마접 따위의 도움을 얻어서 작전을 실행해야 하다니.

그럼에도 그럴 수밖에 없는 상황이란 것에 더욱 화가 났다.

문득 그 원인의 제공자 진조여휘란 자에 대해 들은 말이 떠올랐다.

'곡중헌이 일 초에 죽었다던데, 그 말이 사실일까?'

의문이 들지 않을 수 없었다. 흑마령주 곡중헌과는 거의 같은 시기에 신마천궁에 들어왔었다. 나이 차이도 없고 성격도 비슷한 데다, 지닌 재능도 비슷해서 당시 무공을 수련한 동기들 중에서 몇 되지 않는 경쟁 상대였던 사람이었다.

그런 이유로 탁융은 곡중헌을 잘 안다 할 수 있었다. 곡중헌은 자신과 비슷한, 순수 무공만을 따진다면 자신보다 앞선다 할 수 있는 고수였다. 한데 그런 곡중헌이 나이 스물이 조금 넘는 젊은 놈에게 죽다니, 그것도 일 초에.

실감이 나지 않았다. 아무리 부상을 입은 상태였다 해도 불가능한 일처럼 생각되었다. 천하를 통틀어 곡중헌을 일 초에 죽일 수 있는 자가 몇이나 될 것인가.

'천궁에서도 그 정도의 고수는 열을 넘지 않을 것이거늘.'

"으음……."

자신도 모르게 침음성이 흘러나왔다. 탁융은 흠칫하며 수하들을 돌아보았다. 그때였다.

우엉! 삐리리리……

야조들의 울음소리가 백여 장 정도 앞에 있는 눈 덮인 송림에서 들려온다. 고개를 돌려 송림을 바라보던 탁융의 입이 벌어지고.

휘이이… 휘리리리……

그의 입에서도 야조의 울음소리가 새어 나왔다.

그리고 일각이나 지났을까, 송림 속에서 조심스런 움직임이 일더니, 순간.

휘익!

달빛을 가르며 하나의 화살이 허공으로 치솟았다. 치솟은 화살이 탁융이 있는 곳 십 장 앞에 떨어지자 탁융의 눈짓을 받은 수하 하나가 신형을 날려 화살을 주워왔다.

촉이 없는 화살의 끝에는 자그마한 죽통이 매달려 있었다. 탁융이 조심스럽게 죽통의 마개를 열자 겹겹이 접어진 서신이 한 장 딸려 나온다.

진조여휘가 상무원을 나서는 시각, 진시 초. 구장무 역시 그 시간이면 철
혈관에 입관. 사시경, 상무원에는 고붕천의 식구들만 남음. 그러나 외곽 경
계가 삼엄해짐. 오시가 넘으면 진조여휘 귀가. 미시경, 진조여휘 철혈검단으
로 나가게 될 것임. 신시경, 경계조 교대. 외곽에서 소란이 벌어질 것임. 작
전 시행 최적기, 건투를 바람.

처음에는 진조여휘가 움직이는 시간과 상무원의 동태에 대한 글이었
다. 그러나 뒤쪽의 글은 아직 벌어지지 않은 일을 벌어질 것처럼 예상한
글이었다.

글을 다 읽은 탁용의 가늘게 뜨인 눈에서 싸늘한 한망이 번뜩였다.

"마접이 놈들의 시야를 가리고 시간을 벌어줄 것이다. 작전이 시작되
면 쉴 시간이 없을 것이니 각오를 단단히 하도록!"

"아수라의 영광을 위하여!"

"신마께 충성을!"

4

십이월 스무 엿새.

날이 밝기까지는 한 시진 정도가 남아 있었다. 그러나 휘는 깊은 생각
에 빠져 시간의 흐름도 못 느낄 정도였다.

인시 무렵 만상문의 수하가 가져온 한 장의 서찰 때문이었다.

만시량을 통해 만상문의 수하 십여 명을 하남으로 급파한 지 한 달, 마
침내 첫 번째 연락이 온 것이다.

천검보가 비밀리에 삼양신문과 동맹을 맺고 천도맹을 압박하고 있음. 천도맹은 황산검문에 도움을 요청.

첫 줄에 천검보와 천도맹의 움직임이 간략하게 쓰여 있었다. 그러나 문제는 그 다음 글에 있었다.

구대문파와 오대세가가 무림맹을 결성하고 십팔마마공의 일에 끼어들 태세임. 호남의 혈천교가 천도맹에 사자를 보냄.

"마침내 혈천교가……."

적인풍의 말대로라면 그 움직임이 수상한 자들이었다. 내부의 수뇌부들이 바뀌었다면 과거의 혈천교가 아니란 말과도 같았다.

더구나 호남에 웅크린 채 수십 년간 움직이지 않던 자들이 때를 기다렸다는 듯 나섰는데, 천도맹으로서도 이전처럼 마도라 하여 그들을 박대할 수만은 없는 현실이라는 점이 마음에 걸렸다.

"천검보와 삼양신문, 천도맹과 혈천교. 거기에 구대문파와 오대세가가 한꺼번에 움직이기 시작했다는 것인가?"

중원 전체가 움직였다 해도 과언이 아니다.

십팔마마공 자체의 가치만으로는 생각하기 힘든 움직임이다. 결국 십팔마마공에 대한 것은 자신들이 움직이기 위한 핑계일 뿐, 구대문파와 오대세가는 과거의 영화를 되찾기 위해서, 천검보와 삼양신문은 정체된 현실을 탈피하기 위해서 움직인다 할 수 있다. 그리고 천도맹은 자신들을 지키기 위해 움직이는 것이고.

문제는 혈천교가 천도맹을 돕겠다고 나선 것이다. 휘가 생각할 때, 그 이유는 한 가지뿐이었다.

'명운곡에서의 일이 신마천궁의 짓이 분명하다면, 혈천교는 어떤 식으로든 신마천궁과 연결이 되어 있다!'

그러나 심증만 있을 뿐 아무런 증거가 없다.

'결국 피가 흐른 다음에야 밝혀질 일이란 말인가?'

세 번째 글은 용혈궁에 대한 것이었다.

용혈궁은 한바탕 피바람이 불고 나서 조용해졌음. 그러나 완전한 해결은 안 된 것처럼 보임. 부궁주파의 반발이 의외로 거셈. 북두검회가 부궁주파를 전격적으로 도와주고 있다는 소문이 있음.

용혈궁이 아직 대외적으로 움직이지 않는 이유라 할 수 있었다. 또한 광룡 모용진광의 영향력이 과거와 같지 않음을 보여주는 대목이었다. 상황이 그러다 보니 모용서하가 걱정되는 휘였다.

'아무래도 안 되겠다. 가봐야 할 것 같아.'

마지막은 유정룡이 가 있는 오룡회에 대한 내용이었다.

오룡회는 침묵을 지키고 있음. 개방의 정보에 따르면 유정룡이 아직 낙양으로 돌아오지 않고 있다 함. 본 문의 수하 두 명을 오룡회로 급파해 정확한 상황을 알아보라 했음.

아마도 유정룡에 대한 이야기를 들은 만시량이 나름대로 조치를 취한 듯했다.

휘는 외숙부가 오 개월이 다 되도록 돌아오지 않는 것에 불안한 마음이 들었지만, 개방이 눈에 불을 켜고 지켜보고 있으니 함부로 하지는 못할 거라는 생각으로 위안을 삼고 있었다.

　그러나 마냥 기다릴 수만은 없는 일, 오룡회로 파견된 만상문의 수하에게서 연락이 오면 그 결과에 따라 움직일 생각이었다.

　'만일 외숙부의 신상에 이상이 생긴다면, 만사를 제쳐 놓고 오룡회를 찾아갈 것이다.'

5

　이른 새벽의 고요에 잠겨 있는 철혈대전.

　아무도 없는 드넓은 대전에 철운성이 홀로 앉아 있었다. 무언가 고민에 싸인 듯 두 눈을 감은 채, 그는 태사의에 앉아 혼잣말을 하듯 말했다.

　"지금과 같은 상황이라면 길어야 삼 년, 최소한 일 년만 지난다면 제아무리 신마천궁이라 해도 본 성을 함부로 할 수 없게 될 터, 그때쯤이면 내 마음을 이해하게 될 것이다."

　그러자 그의 뒤쪽 휘장 안에서 나직하면서도 굵은 철무명의 목소리가 울려 나왔다.

　"말도 안 됩니다! 그는 절대적으로 필요한 사람입니다. 놈들이 그를 순순히 돌려보내 줄 것 같습니까?"

　"나도 잘 안다. 하지만 지금으로선 방법이 없다. 내가 갈 수도 없고, 그렇다고 다른 사람이 가서는 그들을 상대할 수 없다."

　"아무도 보내지 않으면 안 됩니까?"

　"그리하면 저들은 우리를 병합시키려는 계획을 포기하고 소멸시키려 들 것이다. 병합시키려 한다면 시간을 벌 수 있지만 소멸시키려 한다면 우리에겐 시간이 너무 없다."

　"지금까지 잘 싸워왔지 않았습니까? 놈들에게 넘겨주지 않기 위해서 말입니다."

"그래, 넘겨주지 않기 위해서 싸웠지. 하지만 지금 상황은 그때와는 다르다는 것을 알아야 한다. 휘 사질이 아무리 강해도 저들을 혼자서 막아낼 수는 없다."

"물론 혼자는 힘들겠지요. 하지만 지금 추세대로라면 급격히 힘을 키울 수 있습니다. 그런 마당에 현재 힘의 중추인 진조여휘를 놈들에게 내어주다니요?"

철무명의 의문에 철운성이 조금은 싸늘해진 어조로 강하게 말했다.

"저들이 나 철운성의 존재만 인정했다면, 싸울 일이 없었다는 것을 알아야 한다. 저들이 나를 쫓아내려 했기에 싸웠단 말이지. 나는 나를 지키기 위해서 싸웠다. 나와 철혈성을 지키기 위해서. 결코 철혈성만을 지키기 위해 싸운 것이 아니란 말이다. 그러니… 철혈성과 나를 지킬 수 있는 가능성이 조금이라도 더 높아진다면, 나는 누구든지, 무엇이든지, 내어줄 수가 있다!"

"성주께서 안 계시는 철혈성은 아무런 가치가 없다는 말로 들리는군요."

비아냥거리는 듯한 철무명의 말투에 철운성은 고개를 저었다.

"너는 잘못 알아들었구나. 나와 철혈성은 하나다. 결코 둘이 아니다."

"그럼 왜 저에게 철혈성을 물려주려 하시는 것입니까?"

"후후후. 그것이 나의 마지막 선택이 될 것이기 때문이다. 철혈성 미래의 주인에 대한 선택 역시 내가 하고 싶은 것이다. 아들아."

"……."

뒤에서 아무런 대답이 없자 철운성은 손에 들린 서찰을 바라보았다.

밤사이 누군가 한 장의 서찰을 철혈대전에 가져다 놓았다. 철운성이 이른 새벽에 철혈대전의 태사의에 홀로 앉아 사색에 잠긴다는 것을 아는 자의 소행인 듯했다. 그러나 중요한 것은 서찰을 누가 가져다 놓았는지가 아니라, 그 내용이 무엇이냐였다.

철운성은 한 시진 동안 생각에 잠겼다가 자신의 생각을 철무명에게 이야기했었다. 그러나 철무명의 생각은 자신과 달랐다.

어쩌면 당연한 일이었다. 철무명은 피가 끓는 젊은이였으니까. 표현을 안 하고 있었을 뿐, 무뢰한의 힘에 굴하기를 싫어하는 전형적인 젊은이의 가슴을 그도 지니고 있었던 것이다.

누가 옳은지는 세월이 지나봐야 안다. 하지만 철운성은 지금 당장의 현실을 생각해야 했다.

"일단은 그를 보내고 나서 다음을 생각하기로 하자. 그가 간다고 해서 당장 본 성이 무너지는 것은 아니니까. 그리고 그가 가 있는 동안에 적지 않은 시간을 벌 수 있을 테니 힘을 키우는 데 전력을 다해야 할 것이다."

"그가 가려 하겠습니까?"

"크큭. 친절하게도 그들이 방법까지 알아서 하겠다고 한다."

철운성이 공허한 웃음을 흘렸다. 그러나 입은 웃고 있는데도 눈빛은 시간이 지날수록 더욱 싸늘해져만 간다.

"지금은 하고 싶은 대로 하게 놔두겠다. 하나… 언제고 나를 모욕한 대가는 치러야 할 것이다. 무명아, 그 대가를 네가 받아내다오. 아비의 처음이자 마지막 부탁이다."

그의 손에 들렸던 서신이 그의 마음을 대변하듯 와락 구겨졌다. 구겨진 서신의 끝 자락이 보인다.

본 궁의 책임자를 죽인 진조여휘를 보내 사건의 전말에 대해 해명하라. 그렇지 않을 경우, 강호에 철혈성의 신의(信義) 없음을 밝히고 겨울이 가기 전, 철혈성은 사라질…… . 방법은 우리가…… .

굵은 땀방울이 줄줄 흘러내린다. 금방이라도 터져 버릴 것만 같은 심장의 박동, 내력을 쓰지 못하게 하고 계속된 체력 단련이 한 시진 만에 끝이 났다.

일각의 휴식 시간, 꿀처럼 달콤한 휴식 시간을 즐기던 초평우가 우측 삼 장 옆을 바라보며 입을 열었다.

"저놈들도 제법인데?"

초평우의 눈짓에 풍인강은 고개를 돌려 우측을 바라보았다. 웅경과 영호련이 거친 숨을 몰아쉬며 앉아 있었다. 그 옆에는 철혈검단의 또 다른 대주인 엽우당과 신양목이 거의 눕 듯이 벽에 몸을 기대고 있었다.

고개를 돌려 주위를 돌아보던 영호련의 눈과 풍인강의 눈이 한순간 마주쳤다. 재빨리 눈을 돌린 그녀의 눈꺼풀이 가늘게 떨리고 있다. 왜 그런지는 알 수 없지만, 심장의 박동도 빨라지는 것만 같다.

'뭘 그렇게 빤히 쳐다보는 거야? 놀라게.'

같이 수련한 지 한 달이 넘었다. 이제 어느 정도 익숙할 만도 하련만 늑대 한 마리와 얼음덩이처럼 싸늘한 인상을 한 두 사람을 볼 때마다 고개를 젓지 않을 수가 없었다.

자신들보다 백 근이나 더 무거운 모래주머니를 차고 움직이는 자들, 도대체가 사람같이 보이지가 않는다. 육십육 명의 수련자 중 오직 웅경만이 그들과 같은 무게의 모래주머니를 차고 있을 뿐이다.

"저자들도 지치기는 지치는가 보군."

무심코 엽우당이 중얼거리자 영호련이 코웃음을 쳤다.

"흥! 지들도 사람인데……."

"그래도 대단하긴 대단하군."

웅경의 감탄하는 듯한 말에 영호련이 고개를 홱 돌리며 말했다.

"우리보다 체력이 뛰어나다는 것도 기분 나쁜데, 더 기분 나쁜 건 그러면서도 저놈들이 그렇게 싫지가 않다는 것이야."

"큭큭. 영호 대주가 싫지 않다는 남자도 다 있군."

"뭔 소리야? 내가 남자라고 다 싫어하는 줄 알아?"

영호련이 눈을 치켜뜨며 빽 소리치자 웅경이 의아한 표정을 지었다.

"지난번 서문강이나 다른 사람들은 왜 싫어한 건데?"

"그런 놈들이 남자 축에나 끼는 놈들이야? 비교할 것을 비교해야지!"

웅경이 고개를 갸웃거렸다.

"그러니까, 저자들은 남자처럼 보인다 이건가?"

"그야……."

얼굴이 살짝 붉어진 영호련이 웅경을 잡아먹을 듯이 노려봤다.

"지금 나 놀리는 거, 맞지?"

"무슨? 어떻게 내가 감히 철혈성의 철혈마녀를 놀린단 말이야?"

"웅경! 너!!"

영호련이 벌떡 일어서자 웅경이 재빨리 이 장 뒤로 물러섰다. 한데 그때,

"어이!"

초평우가 웅경과 영호련 쪽을 향해 소리쳤다. 멈칫한 영호련이 초평우를 바라보자 초평우가 씩 웃으며 말했다.

"어때? 출관하면 한 판 할까?"

"……."

지독한 놈들!

처음에는 저 말에 멋도 모르고 한 판을 했었다. 그리고 나서야 단주가 한 말을 실감할 수 있었다.

"좀 사납게 무공을 익히는 편이지!"

일각도 되지 않아서 온몸이 성한 곳이 없을 지경이었다. 그런데도 저 사람 같지 않은 작자들은 신나서 달려들지를 않던가. 금방이라도 죽일 듯한 눈빛을 하고서.

생각만 해도 치가 떨릴 정도였다. 그런데 또 하자고?

열받은 영호련이 한마디 했다.

"우린 사람이거든? 그러니 한 판은 당신들끼리 하라구!"

"……?"

뭐야? 자기들이 사람이면, 그럼 우린?

초평우의 얼굴이 험악하게 일그러지자 풍인강이 조용히 말했다.

"여자에게 말투가 그게 뭡니까?"

그러더니 영호련을 보며 최대한 부드러운 웃음을 지었다.

"어떻소, 영호 대주?"

"뭐가… 요?"

웅경은 언뜻 영호련의 얼굴이 붉어지는 것처럼 느껴졌다. 목소리도 좀 그렇고…….

'설마? 조금 전에 남자가 어떻고 한 말이…….'

휘둥그레진 눈으로 두 사람을 번갈아 볼 때였다. 풍인강이 나직한 목소리로 입을 열었다.

"오늘 수련이 끝나면 우리 검을 마주치며 진지한 대화를 나눠보는 게……."

영호련이 부르르 떨더니 고개를 홱 돌렸다.

"후. 내가 검으로 이빨을 쑤시고 말지……."

"크크… 크……!"

웅경이 참지 못하고 이 사이로 웃음을 흘리자 영호련의 두 눈이 역팔자로 꺾어졌다.

"웅. 대.주!"

그때였다. 교두의 음성이 지옥사자의 부름처럼 들려왔다.

"힘들이 남아도는 모양이구만! 집합!! 이차 관문으로 이동한다! 곧 단주께서 오실 것이다! 그때까지 이차 관문을 통과해야 한다!!"

8장
누구든 용서치 않으리라!

1

사람이 죽었다.

그것도 한두 명이 아니라 다섯 명이나. 죽은 사람들은 외곽의 순찰을 맡았던 풍혈단의 무사들이었다. 죽은 장소는 철혈성의 남쪽 십여 리, 철혈대로의 끝에 있는 백양나무 숲 속이었다.

순찰 무사들의 시신을 발견한 자는, 마침 철혈검단의 수련을 보러 가기 위해 철혈관으로 향하던 휘에게 그 사실을 알렸다.

휘는 거칠게 숨을 몰아쉬며 보고를 올리는 무사에게 그 사실을 즉시 풍혈단에게 알리라 명하고 급히 백양나무 숲 쪽으로 신형을 날렸다.

백양나무 숲 속으로 들어가자 여섯 명의 무사가 각자의 무기를 빼 들고 한 지점을 중심으로 빙 둘러서 있었다. 그러다 뜻밖의 인물인 휘가 나타나자 정신없이 포권을 취하며 인사를 올렸다.

"철혈단주를 뵈오이다!"

"맙소사! 단주께서 직접 오시다니?!"

가볍게 고개를 끄덕여 인사를 받은 휘가 눈 위를 스치듯 나아가자 둘러서 있던 무사들이 고개를 숙이며 길을 비켜주었다.

"어찌 된 일이오?"

"숲 안에서 다섯 명의 시신이 발견되었는데……."

무사의 말을 들으며 천천히, 하나하나 주위를 살펴보았다.

처음 보고를 올린 자 말대로 시신은 다섯이었다. 복장을 보아하니 풍혈단의 무사들이 분명해 보였다. 그중 한 명은 목이 반쯤 잘려 있고, 나머지는 배가 갈라져 있거나 머리가 부서져 있었다.

경동맥이 잘려서인지, 목이 잘린 사람 주위로는 하얀 눈 위에 시뻘건 피가 사방으로 튀어 있었다.

말없이 시신의 주위를 살펴보던 휘가 입을 연 것은 반 각가량이 지나서였다.

"언제 발견했소?"

휘의 물음에 갈의를 입은 삼십 초반의 무사가 즉시 대답했다.

"발견 시간은 반 시진 정도 됩니다. 발견하자마자 곧바로 신호를 보내 주위의 순찰 무사들을 부르고 보고를 올리러 사람을 보냈습니다."

"반 시진이라……. 사건이 일어난 예상 시간을 알 수 있겠소?"

"속하들이 판단하기로는, 피가 굳은 것과 시신의 경직 상태로 봐서 한 시진 정도 되지 않았나 싶습니다."

"한 시진?"

철혈성 주위에서 일어난 사건치고는 너무나 반응이 늦었다. 다섯 명이 죽었을 정도면 조용히 목을 바치지 않은 한 상당한 소음이 일었을 것이다. 그런데도 아무도 듣지 못했다는 말이 아닌가. 기이한 일이다.

그리고 반 시진이면 자신에게 알린 시간과도 상당한 차이가 난다. 곧

바로 사람을 보냈다면 이각이면 충분한 시간인데…….

게다가 주위의 상황을 살펴보니 그리 심한 싸움도 없이 죽은 듯하다. 발목이 빠질 정도의 눈이 쌓여 있으니 심하게 싸웠다면 그 흔적이 뚜렷이 남아 있어야 한다.

'다섯 명을 죽인 수법은 적어도 세 가지, 다섯 명을 단 몇 초 만에 죽일 정도의 고수거나, 아니면 세 명 이상이라는 말?

휘는 목이 반쯤 잘린 시신을 자세히 바라보았다. 왜인지는 모르지만 목이 잘린 시신이 자꾸 눈에 들어오고 있었다.

잠시 생각에 잠긴 휘는 배가 갈라진 무사의 시신을 바라보다 다시 목이 잘린 시신에게로 눈길을 돌렸다. 그리고 머리가 부서진 자까지.

그렇게 두어 번 시신들을 번갈아 보고서야 휘는 왜 목이 잘린 시신에 자꾸 신경이 쓰였는지 알 수 있었다.

'표정이 분노에 차 있다.'

그랬다. 배가 갈라진 시신과는 달리 목이 잘린 시신은 분노의 표정이 확연하다. 적을 맞이해 분노하는 것은 어쩌면 당연하다. 그러나 또한 그렇지 않을 수도 있다.

다섯 명이 빠르게 죽어갔다면, 특히 목이 잘릴 정도면 분노보다는 경악이 떠올라 있어야 한다. 배가 갈라진 시신은 당연하게도 놀란 표정이다. 머리가 부서진 시신은 그 표정조차 알 수가 없다. 한마디로 상황을 인지하지도 못하고 당한 듯하다.

한데 왜, 목이 잘린 시신만 분노의 표정이란 말인가?

'적이 누군지 알지 않고는 지을 수 없는 표정이다.'

정말 적을 알고 있었을까? 그렇기에 생각지도 못한 죽음에 분노를 한 것일까?

'죽어가는 수하들 때문에 분노한 것인가? 아니면 살인자에 대한 분노?'

사실이 그렇다면 다른 의문 역시도 이해할 수 있다.

살인자는 순찰조 무사들이 알고 있는 자. 또한 순찰조의 움직임을 알 정도로 철혈성의 내정을 잘 아는 자. 그런데 왜 하필 순찰 무사들을 죽였을까? 그것도 철혈성에서 가장 외곽을 도는 자들을.

휘가 목이 잘린 시신을 바라보며 생각에 잠겨 있자 옆에 있던 무사 중한 사람이 조심스럽게 입을 열었다.

"저… 단주님, 그 사람 이름은 소이삼이라고, 순찰조 조장입니다."

순찰조 조장이면 다섯 사람 중 제일 상관이다. 다섯 명 중 제일 강하다는 말과도 같다. 그럼에도 변변한 대항을 하지 못하고 죽었다.

그리고 목이 잘린 단면을 봐서는 가까운 곳에서 손을 썼다.

휘는 눈살을 찌푸리며 조용히 물었다.

"주위를 수색해 봤소?"

"예, 시신을 발견하자마자 곧바로 수색해 봤습니다."

"발견한 것은?"

"몇 개의 발자국밖에는……."

"가봅시다."

"저… 수색을 하느라 발자국이 섞였을 것입니다."

갈의무사의 말에 휘가 옮기려던 걸음을 멈추고 물었다.

"발자국의 방향은 어디로 향해 있었소? 혹시… 성으로 향하지 않았소?"

갈의무사의 눈이 크게 뜨였다.

"맞습니다. 살인자의 것으로 보이는 발자국은 성으로 향하고 있었습니다. 하지만 대로에서 섞이는 바람에……."

"발자국은 한 사람 것이었소, 아니면 두세 명?"

"세 명 정도로 보였습니다."

휘는 깊어진 눈으로 성이 있는 북쪽을 바라보았다.

'놈들은 무엇을 노리고 순찰 무사들을 죽였을까?'

2

연연은 상무원의 뒤뜰에서 검무를 추다 말고 검을 늘어뜨렸다.

왠지 검법을 펼쳐도 홍이 나지를 않았다.

'오빠와 함께 익히면 좋을 텐데…….'

오빠가 돌아온 지 두 달이 다 되어간다. 돌아오면 같이 검도 익히고, 함께 이곳저곳을 돌아다니고도 싶었는데, 실제로 같이 다닌 시간은 그리 많지가 않다.

물론 오빠가 철혈검단을 맡으면서 바쁘다는 것은 알지만, 그래도 서운한 마음이 드는 것은 어쩔 수가 없다. 더구나 요즘 와서는 자신도 모르게 오빠와 몸이 부딪치는 것을 꺼리고 있다.

왜인지는 모르겠다. 오빠가 손을 잡으면 가슴이 두방망이질을 친다. 장난하다 가슴에라도 안기면 얼굴까지 빨개진다. 그런 자신의 변화를 눈치챈 오빠는 몸이 부딪치는 것을 상당히 조심하는 눈치다.

'씨이. 내가 왜 이러는 거야?'

탁용은 소나무 위에서 이십 장 정도 떨어진 연무장을 주시했다. 상무원의 뒤뜰로 보이는 그곳에는 한 소녀가 검을 펼치다 말고 멍하니 생각에 잠겨 있었다.

'나 탁용이 저런 젖비린내 나는 계집을 납치해야 하다니.'

정말로 맘에 들지 않았다. 차라리 철운성을 암살하라면 훨씬 편한 마음일 것이다. 성공할 자신도 있다. 그런데……

'제기랄, 할 수 없지. 명령은 명령이니까.'

하늘을 올려다봤다. 서쪽으로 완연히 기운 태양이 옅은 구름 사이를 뚫고 황금빛 햇살을 부챗살처럼 쏟아내고 있었다.

"시작한다. 저 계집을 납치하는 즉시 쉬지 않고 달린다. 흔적은 상관 없이 최대한 빨리 움직이도록. 뒤처리는 마접이 할 것이다. 단, 계집이 다쳐서는 안 된다."

스윽, 가볍게 몸을 몇 번 날리자 뒤뜰의 광경이 확연히 눈에 들어왔다. 손가락을 굽히자 네 명의 수하가 좌우로 앞서 나간다.

다시 도약, 순식간에 뒤뜰이 코앞에 닥쳤다.

오 장 앞, 뒤돌아선 어린 계집의 등이 보인다.

연연은 뒤돌아서서 걸음을 옮기려다 기이한 기분에 걸음을 멈춰 섰다.

'바람인가?'

등골이 오싹한 기분이다. 암흑의 기운이 전신을 짓누르는 기분, 손가락 하나 움직일 수 없을 정도다.

'뭐지?'

이를 악물고 억지로 힘을 내어 몸을 돌렸다. 순간, 눈앞에 거대한 어둠이 덮쳐 온다. 연연은 아득해지는 정신에 입을 벌려 소리쳤다.

"엄마… 아… 빠……."

겨우 기어나온 외침은 입 안에서 맴돌다 사라지고, 연연의 머리 속은 하얗게 탈색되었다.

3

휘가 몰려온 풍혈단의 무사들과 함께 백양나무 숲 안쪽을 보다 세밀히 조사하고 있을 때다.

"진조여휘 단주님은 어디 계십니까?"

숲 바깥쪽, 대로변에서 커다란 목소리가 들려왔다.

자신을 찾는 목소리에 휘의 미간이 살짝 찌푸려졌다.

'누가 나를?'

오늘따라 자신을 찾는 사람이 많다는 생각이 들었다. 단 한 시진 사이에 두 번이나 자신을 찾는 사람이 생기다니.

잠깐 생각에 잠긴 사이, 나무를 헤치고 한 사람이 정신없이 숲 속으로 들어섰다. 그를 본 휘가 의아한 표정으로 물었다.

"어쩐 일이오?"

그는 만상문에서 파견되어 온 임수근이란 자로 단홍귀 밑에 있는 자였다. 오늘은 단홍귀가 잠시 만상문으로 휘의 말을 전하러 간 사이 상무원의 경비를 책임지고 있었다.

"문… 단주님, 어서 상무원으로……."

떨리는 목소리가 다급하기만 하다. 대체 무슨 일이 일어났기에?

"무슨 일이오?!"

안절부절못하던 임수근이 고개를 땅에 처박으며 입을 열었다.

"죽여주십시오! 연연 낭자가… 사라졌습니다!"

눈을 부릅뜬 휘가 이를 악물었다.

"그게 무슨 소리요? 연연이 왜 사라졌단 말이오? 그 아이는 상무원에 있었을 터인데……."

"상무원 어디에도 연연 낭자의 모습이 보이질 않습니다. 그리고… 연연 낭자가 검을 익히던 연무장 뒤쪽의 숲에 누군가가 침입한 흔적이 남아 있었습니다. 어르신께선 빨리 단주님을 찾아오시라고 했사온데 사방을 찾아다니다 보니 조금 늦었습니다. 그리고 수하들이 흔적을 쫓아 즉시 추적에 나섰습니다만, 아무래도…….”

미처 임수근의 말이 끝나기도 전에 휘의 신형이 사라졌다.

벌떡 고개를 든 임수근이 어리둥절한 눈으로 사방을 둘러보자, 한쪽에서 두 사람의 대화를 듣고 있던 갈의무사가 멍한 눈으로 한 방향을 가리켰다. 바로 성이 있는 방향이었다. 눈을 돌리자 휘의 신형이 쏘아진 살처럼 성쪽으로 날아가고 있는 모습이 보였다.

휘리릭!

파란 그림자가 상무원의 담장을 넘어 빠르게 내리꽂혔다.

“연연아!”

상무원의 마당으로 내려선 휘가 큰 소리로 연연이를 불렀다. 그러나 나오라는 연연은 나오지 않고 고봉천과 정청화가 정신없이 밖으로 뛰쳐나왔다.

“휘아야!”

“사부님! 어찌 된 겁니까? 연연이 사라졌다니요?”

“한 시진이 넘도록 연연이가 보이지 않는다. 이 시간이면 자기 방에 있어야 하는데, 아무리 불러도 대답이 없기에 혹시 자나 하고 문을 열어보니 없지 뭐냐? 해도 떨어질 때가 되었는데 밖에 나갔을 리는 없고, 상무원 안은 다 뒤져 봐도 보이지 않는다.”

“사모님! 연연이 따로 잘 가는 곳이 있습니까?”

“연연이는 혼자서 밖을 잘 돌아다니지 않아. 더구나 이제 곧 밤이 될 텐데… 휘아야…….”

“사부님, 뒤뜰에 있다는 흔적은 뭡니까?”

“경비 무사들을 불러 다 뒤져 보라 했더니, 뒤쪽 숲에서 누군가가 머물렀던 흔적을 찾았다.”

"제가 한번 가보겠습니다."

뒤뜰에 들어선 휘는 사방을 둘러보았다.
한쪽에 떨어진 한 자루 철검이 보였다. 연연이 검을 익힐 때 사용하는 연습검이었다.

"오빠, 검을 소중하게 다뤄야 검도 느는 거야. 항상 검을 내 몸같이 여겨야 돼!"

'검이 떨어져 있다! 언제나 철저한 아이가!'
그것부터가 예사롭지 않았다. 절대 검을 바닥에 두고 연무장을 떠났을 리가 없다.
"있던 그대로 놔두었다. 네 생각이 어떨지 몰라서. 나도 그것 때문에 마음이 불안했던 것이다. 집사람에게는 따로 말하지 않았다만……."
뒤따라 들어오던 고봉천이었다. 그의 목소리는 가늘게 떨리고 있었다. 마치 무언가를 짐작하고 있는 듯. 그 심정을 정청화의 앞에서 감추느라 얼마나 힘들었을까.
"흔적이 있다는 곳은 어디입니까?"
"저 안이다. 따라오너라."
침중해진 고봉천의 목소리에는 이미 짐작하고 있는 사실을 되짚어 확인해야만 하는 아버지의 슬픔이 묻어 있었다. 숲을 들어가며 고봉천이 다시 말했다.
"아마도 너의 짐작이나 나의 짐작이 같을 것이다. 다만… 무사했으면 하는 바람일 뿐이다."
"사부님……."

"자식을 둔 부모의 마음은 누구나 같지. 더구나 강호에 몸을 담은 사람일수록 더욱 그러할 것이다."

처연한 음성으로 중얼거리는 말이 끝날 무렵, 두 사람은 하나의 커다란 소나무 아래에 도착했다.

고봉천이 위를 올려다보자 휘의 신형이 고봉천의 눈길을 따라 위로 올라갔다.

소나무 위에는 눈 묻은 발자국이 여러 개 찍혀 있었다. 그곳에서 뒤뜰 쪽을 바라보았다. 연연이 검을 익히는 뒤뜰의 모습이 나뭇가지 사이로 보였다.

가볍게 몸을 날려 뒤뜰 쪽으로 다가가 보았다. 그러다 멈칫, 휘의 눈길이 사방을 쓸어보았다.

'한 명이 아니다! 적어도 세 명 이상이다!'

자신이 가고 있는 방향을 중심으로 양측의 나무 아래에 눈덩이들이 떨어져 있다. 한곳만이 아니라 뒤뜰의 담을 빙 돌아서.

아마도 연연이 달아나지 못하게 에워싼 듯하다.

전청으로 돌아오자마자 휘가 다급히 말했다.

"지금 흔적을 쫓고 있는 수하들을 쫓아 즉시 추적을 하겠습니다. 연연이가 사라진 시간은 한 시진에서 두 시진 사이, 그렇다면 놈들은 지금쯤 오십 리에서 백 리 사이에 있을 것입니다."

휘가 굳은 표정으로 다급하게 말하자 고봉천이 무겁게 고개를 저었다.

"곧 밤이 된다. 놈들은 시간까지 계산하고 일을 저질렀다. 그게 무슨 뜻인지는 네가 더 잘 알 것이다. 그리고 네가 오기 전에 놈들이 남긴 흔적을 더 조사해 봤지만, 흔적이 사방으로 흩어져 있다. 아마… 추적은 쉽지 않을 것이다. 그리고 요행히 놈들을 찾는다 해도, 가까이 다가가면 놈들이 연연이에게 허튼짓을 할지 모른다."

"사부님! 하지만……."

"휘아야, 너는 나의 마음이 지금 어떨 거라 생각하느냐?"

떨려 나오는 고봉천의 목소리에 휘는 고개를 푹 숙였다.

어찌 모를까? 자신도 정신이 없을 지경인데, 딸을 잃어버린 아버지의
마음은 어떨 것인가? 게다가 어머니는?

정청화의 감은 눈이 가늘게 떨리고 있다. 행여나 눈물을 흘릴까 봐 이
를 악물고 참고 있다.

어찌 울고 싶지 않을까, 어찌 소리치고 싶지 않을까. 지금껏 참아온 그
어떤 세월보다 힘들 것이거늘.

눈물을 참고 있는 그녀의 모습에 휘는 가슴이 찢어지는 듯했다. 차라
리 소리라도 질렀으면, 차라리 통곡이라도 하면서 매달렸으면.

두 주먹을 움켜쥔 휘의 두 눈에 핏줄이 돋았다.

'누구든! 이 일을 저지른 놈들은 모두 죽인다! 만일… 만일 연연이의
몸에 불행한 일이라도 닥친다면… 조금이라도 관계된 놈들 모두 죽인다!
모조리 죽일 것이다!!'

사부님의 가슴에 못을 박은 자, 사모님의 가슴에 피눈물을 고이게 한
자, 연연이의 여린 가슴에 상처를 준 자들, 모두! 용서치 않을 것이다!!
하늘에 맹세코!!

"크흑! 사부님! 저 때문에 연연이가……."

휘가 울분을 터뜨리자 고봉천은 고개를 들어 천장을 응시했다. 그러지
않으면 자신의 눈에서도 눈물이 나올 것만 같았다.

"이 일이 어찌 너의 잘못이겠느냐. 휘아야, 일단은 기다리자꾸나. 놈
들은 분명 연락을 할 것이다. 어떤 방식으로든. 놈들이 목적이 있어서 연
연이를 납치했다면, 적어도 놈들의 목적이 달성될 때까지 연연이는 안전

할 것이다. 그러니 너무 다급해하지 말아라.”

제발 그랬으면… 아니, 제발 그래야 한다!

“대형!”

“형님!”

문을 박차고 들어온 초평우와 풍인강이 반쯤 정신없는 표정으로 휘를 바라보았다.

“어찌 된 일입니까? 연연이가 실종되었다니요?!”

“어떻게 그런 일이……? 누굽니까? 대체 어떤 놈들입니까? 왜 쫓아가지 않으시는 겁니까?”

휘는 두 사람을 깊게 가라앉은 눈으로 주시하며 입을 열었다.

“놈들은 철저한 계획을 세우고 연연이를 납치했습니다. 하필이면 제가 잠시 철혈성을 떠나 살인 사건을 조사하러……. 이런!”

백양나무 숲에서 죽은 자들은 아는 사람에게 죽었다.

살인자들은 철혈성으로 들어왔다. 아니, 철혈성에서 나온 자들이 순찰 무사들을 죽였을지도…….

그리고 보고를 하러 온 무사는 자신을 찾아왔다. 그는 왜 풍혈단으로 바로 가지 않았을까? 때마침 철혈관으로 가는 자신을 봤기 때문에?

그럴 수도 있다. 하지만 너무 공교롭다. 중간에 다른 사람도 있었을 텐데 왜 자신에게까지 왔어야 했을까?

하필이면 그 시간에 연연이 납치를 당했다. 만일 놈들이 시간을 벌기 위해서 자신을 유인했다면?

어쩌면 자신이 움직일 때까지 기다렸을지도 모르겠다는 생각이 든다. 그리 생각한다면, 사건이 일어나고 소식을 전하기까지의 시간이 생각보다 늦어진 이유가 설명이 된다.

일단은 그것부터 확인해야 한다.

"무슨 일이야?"

"글쎄, 나도 몰라. 철혈검단의 단주가 다급하게 찾아왔다고 하던데……."

어둠 속에 횃불이 밝혀진 풍혈전 앞마당, 풍혈단의 무사들은 무슨 일인지도 모르고 우르르 밖으로 몰려나왔다. 그러자 육광의 커다란 목소리가 풍혈전을 울렸다.

"모두 주목! 오늘 백양나무 숲에서 일어난 사건을 발견하고 조사한 사람들은 모두 나와라!"

이백여 명의 무사들 가운데서 십오륙 명의 무사들이 주춤거리며 걸어나오자 휘는 한 사람 한 사람 무사들의 얼굴을 확인해 보았다. 모두가 백양나무 숲에서 봤던 사람들이었다.

그런데 한 사람의 모습이 보이지 않는다.

"나에게 소식을 전한 사람이 보이지 않는군요. 혹시 나에게 소식을 전한 사람에 대해 아는 사람이 있으시오?"

휘의 물음에 백양나무 숲에서 휘에게 이런 저런 말을 해주었던 무사가 입을 열었다.

"어두워지는 바람에 조사를 멈추고 돌아오던 중 송림 속에서 그 사람의 시신을 발견했습니다. 좀 이상한 것이… 그는 철혈성에 들어오지도 못하고 죽은 듯했습니다. 한데 어떻게 단주께 소식을 전했는지……."

휘의 입술이 지그시 깨물렸다.

"혹시 그의 몸집이 빼빼 마르고 조금 작지 않습니까?"

"예? 아닌데요. 그는 몸이 뚱뚱한 편입니다. 우리는 그를 돼지귀신 저귀(猪鬼)라고 부릅니다."

그의 말에 휘는 조용히 뒤돌아서서 육광을 향해 포권을 취했다.

"육 단주님, 도와주셔서 감사합니다. 제가 알고자 한 것을 알아낸 것 같습니다."

육광은 휘와 눈이 마주치자 빙동에 빠져든 느낌이 들었다. 전신이 오한으로 떨려올 지경이었다.

"별, 별말을……."

4

상무원으로 돌아오자 임수근의 명으로 추적에 나섰던 만상문의 무사들이 정문 입구에서 기다리고 있었다. 축 처진 어깨를 한 채 무릎을 꿇고 있는 그들의 태도에서 휘는 추적이 실패했음을 알 수 있었다.

"추적을 했습니다만 삼십 리 지점에서 놈들의 흔적이 사방으로 흩어져 돌아올 수밖에 없었습니다. 죄송합니다! 문주님!"

역시 사부님의 예상대로 철저히 준비를 하고 일을 저지른 듯하다. 그렇지 않다면 나름대로 추적과 정보 수집에 능력을 갖춘 만상문의 수하들이 이토록 빨리 추적을 포기했을 리가 없다.

그런 한편으로는 더 이상 추적을 하지 않은 것이 다행이라는 생각도 들었다. 놈들이 휘가 생각하고 있는 자들이 맞다면 오히려 추적을 하다 목숨을 잃을 확률이 훨씬 더 높을 테니까.

"수고했습니다만 한 가지 일을 더 해줘야겠소. 지금 즉시 한중에 연락을 취해서 이 일을 알리고 감숙과 청해로 통하는 길로 사람을 보내 정보를 최대한 수집하라 하시오. 그리 말하면 총호법이 알아서 일을 진행할 것이오."

"즉시 거행하겠습니다!"

안으로 들어가자 뜻밖에도 성주의 전령이라 할 수 있는 철혈사자가 고봉천과 마주 앉아 있었다.

"사형께서 급히 너를 만나고자 하신다. 아마… 뭔가를 알고 계신 듯한데……."

휘는 철혈사자를 돌아보았다. 눈이 마주치자 사자의 허리가 깊숙이 숙여졌다.

"아가씨를 납치한 자들에 대해서 드릴 말씀이 있다 하셨습니다, 단주."

무슨 뜻이지? 성주가 놈들에 대해서 알고 있단 말인가? 그가 어떻게?

휘의 두 눈에서 어둠을 뚫고 차가운 불길이 일렁였다.

"성주께서 계신 곳은?"

"철혈대전에서 기다리고 계십니다."

철혈대전에는 철운성이 이마를 짚은 채 깊은 생각에 빠져 있었다. 그는 휘가 다가오자 손에 들린 서신을 내밀며 침중한 목소리로 입을 열었다.

"보거라."

움켜쥐어서인지 구겨진 서신은 부분 부분이 찢어져 있었다. 서신을 무심한 눈으로 바라보며 휘가 물었다.

"무엇입니까?"

"누군가 철혈대전의 내 의자에 몰래 가져다 놓은 것이다."

휘의 눈이 싸늘한 빛을 발했다.

철혈대전은 철혈성 최고의 중지였다. 그런 곳에 아무도 모르게 서신을 가져다 놓다니, 과연 누가, 왜?

"놈들의 첩자가 있을 거라는 것은 어느 정도 짐작하고 있었다만, 설마 철혈대전을 맘대로 들락거릴 정도라니…….."

허탈한 철운성의 말을 들으며 서신을 펴보았다. 순간, 굳어진 휘의 두 눈에서 대전의 공기를 얼려 버릴 듯한 한기가 뿜어져 나왔다.

"이 서신… 언제 왔습니까?"

한순간 망설이던 철운성이 미안하다는 듯 입을 열었다.

"새벽녘이었다. 판단이 서질 않아 고심하고 있던 차였는데… 설마 사제의 딸을 납치하다니……. 사제에게 미안하기만 하구나."

"놈들이 제 목숨을 바라는 것 같군요."

"음, 아마도 사질만 없으면 본 성을 쉽게 삼킬 수 있다 생각한 것이겠지. 결국 결정은 네가 해야 할 것 같아서 다른 사람은 부르지 않았다."

휘는 서신을 한 번 더 바라보고는 천천히 몸을 일으켰다.

"제가 가지요."

"위험하지 않겠느냐? 놈들은 너를 그냥 보내려 하지 않을 것이다."

철운성의 염려 섞인 말에, 돌아서는 휘의 입가로 비릿한 웃음이 맺혔다.

"가서 알려줄 겁니다. 세상일이 결코 자기들 뜻대로만 흘러가지는 않는다는 것을. 설령… 천 인, 만 인의 피가 흐른다 해도!"

뚜벅뚜벅 걸어가는 휘의 전신에서 하얀 냉기가 흘러 대전을 얼려 버렸다.

"누구든! 이 일에 관련된 자들은 모두 용서치 않을 것입니다!"

자신도 모르게 철운성의 어깨가 부르르 떨렸다.

"나! 진조여휘의 이름을 걸고! 하늘에 맹세코!!"

흐르듯 대전을 나선 휘가 어둠 속으로 빨려들자 철운성은 눈을 감고 이를 악물었다. 그런 철운성의 얼굴에는 조금 전의 염려 섞인 표정이 거짓말처럼 사라져 있었다.

"피가 많이 흐를수록, 우리에겐 좋은 일이겠지……. 그게 누구의 피든……."

앙다문 이 사이로 흘러나오는 그의 말투에는 광기마저 배어 있다. 자신의 의지가 아닌, 다른 사람들의 결정으로 철혈성이 좌우된다는 것에 가슴 깊은 곳에서 참을 수 없는 분노가 끓어오른 것이다.

휘장 뒤에 서 있던 철무명은 철운성의 광기 서린 말투에 처음으로 부친으로서의 철운성에 대해 안타까운 마음이 들었다.

'왜 그리도 많은 업을 쌓으시는 것입니까.'

철혈대전을 나와 상무원으로 돌아가자 고봉천이 방 앞에 나와 있었다. 표현은 하지 않고 있었지만 가늘게 떨리는 두 눈이 그의 마음을 대변하고 있었다.

"사부님… 바람이 찹니다."

"음, 그냥 좀 답답해서……. 사형께서 뭐라 하시더냐?"

"다행히… 연연이를 납치한 자들이 누군지 알 것 같습니다. 사부님, 너무 염려 마십시오. 제가 가서 데려오도록 하겠습니다."

"그들이냐?"

나름대로 짐작하고 있었던 듯하다. 물어보는 말투가 확신에 차 있다. 휘는 그런 사부를 바라보다 천천히 고개를 끄덕였다.

"아마도, 저를 원하는 것 같습니다."

"그들의 힘은 칠패보다 훨씬 강하다 했지 않느냐? 그런 거대 세력에서 굳이 이런 치졸한 일을 벌여야 할 이유가 있단 말이냐? 너 하나 있고 없고가 그들에게 문제가 될 정도더냐?"

"문제는 그들이 벌여놓은 일이 하나가 아니라는 것이지요. 아마도 그들은 최소한의 힘으로 철혈성을 공략할 생각인 듯합니다. 하지만… 그들은 오늘의 일을 절실히 후회하게 될 것입니다. 제가, 그렇게 만들 것입니다. 반드시!!'

고봉천을 바라보는 휘의 두 눈에서 차가운 불길이 일었다. 그러자 고봉천은 왼손을 휘의 어깨에 걸치며 슬며시 웃음을 지었다.

왠지 슬퍼 보이는 웃음, 그러나 내뱉는 말속에는 강인한 의지가 담겨 있다.

"그래. 그들로 하여금 자신들이 무엇을 잘못했는지, 꿈속에서조차 피눈물을 흘리게 만들어주거라, 휘아야."

언뜻 사부의 눈가 잔주름이 가늘게 떨린다 느껴진다. 휘는 어깨에 올려진 사부의 손을 힘껏 움켜쥐며 마주 웃어주었다.

"그럼요. 제가 누구 제잔데요. 놈들에게 보여줄 겁니다. 겁도 없이 유성비월객의 딸과 제자를 건드린 대가가 얼마나 큰 것인지 말입니다."

고봉천은 말없이 고개를 끄덕였다.

입을 열 수가 없었다. 입을 열면 말이 떨려 나올 것 같았다. 딸을 구하기 위해 움직이다 보면 어떤 희생이 뒤따를지 감조차 잡을 수 없는 상황이거늘, 뭐라 할 것인가.

너의 모든 것을 바쳐 연연을 구하라 할 것인가, 아니면 연연을 포기해도 좋으니 너라도 무사하라 할 것인가.

방 안쪽에 있던 정청화도 소리없이 흐르는 눈물을 닦았다.

자신이 울면 남편과 아들 같은 휘아가 슬퍼할까 봐 두 사람 앞에서는 울 수가 없었다. 그러나 두 사제 간의 이야기를 방문 너머에서 듣고 있자니 더 이상 울음을 참을 수가 없었다.

'그래요, 우리 연연이는 무사할 거예요. 휘아가 구해 올 거예요. 연연아, 휘아가 너를 데리러 간단다. 조금만 참으렴…… 흑흑흑…….'

아침이 밝아오자 휘는 간단하게 떠날 채비를 꾸렸다. 처음 생각으로는 혼자만 가려 했지만, 초평우와 풍인강이 새벽부터 쳐들어와서 방문 앞을 지키는 바람에 같이 가기로 했다.

'형님이 가면 당연히 우리도 가야 한다'는 당연한(?) 어거지를 쓰며 따라붙는 데는 천하의 휘라도 어쩔 수가 없었다.

그리고 웅경과 영호련은 아예 간단한 봇짐을 싸서 상무원 앞에 대기하고 있다가 문밖을 나서는 휘의 뒤에 따라붙었다.

'명색이 철혈검단의 단주가 행차하는데 달랑 몇 명만 움직이면 사람들이 철혈검단을 어떻게 보겠소?'라는 말과 함께.

진짜 이유는 따로 있을 테지만 휘는 굳이 그들을 말리지 않았다. 어차피 강호인의 삶이란 것이 칼끝에 발을 딛고 사는 인생, 험난한 길이기는 하지만 살아 돌아온다면 이들은 또 하나의 벽을 넘을 수 있을 것이다. 그리고 하나보다는 둘이, 둘보다는 셋이 더 나을 수도 있을 것이다. 험한 길에서의 동료는 그 어떤 것보다도 더 큰 힘이 되어줄 수 있으니까.

이틀 후, 웅경과 영호련을 한중 분타에 머물게 하고 만향로로 향했다. 휘가 만상문에 도착하자 만시량이 걱정스런 얼굴로 휘를 맞이했다.

찻잔을 마주한 채 만시량이 어렵게 입을 떼었다.

"마음이 많이 아프겠군."

"저보다 사부님과 사모님이 걱정입니다."

"음… 위험한 길이 될 것이네. 사람을 더 데리고 가시게, 문주."

"많은 사람은 오히려 놈들의 신경만 건들 뿐입니다. 일단은 연락이 끊이지만 않게 해주십시오. 무슨 일이 있을지 모르니까요.”

“그거야 당연한 일이지. 연락을 받고 나서 곧바로 아이들을 움직였네. 이미 청해로 가는 길목에 적지 않은 아이들을 깔아놨으니 무슨 일이 있거든 지체 말고 연락하도록 하게.”

천천히 고개를 끄덕인 휘가 물었다.

“혹시 오룡회 쪽에서 온 다른 소식은 없습니까?”

만시량이 고개를 가로저었다.

“아직은 없네. 너무 걱정 말게나. 문주의 외숙부께선 아무 일 없을 것이네. 만일의 경우 무슨 일이 있으면 본 문의 사람들을 움직여 보겠네.”

차가운 웃음이 휘의 입가에 걸렸다.

“그래야지요. 그래야만 합니다. 아니면 제가 봐야 할 피가 너무 많아지거든요.”

“그리고…….”

만시량이 망설이는 듯한 투로 입을 열었다.

“용혈궁이 심상치 않다고 하네. 의외로 부궁주를 돕고 있는 세력이 강한 모양일세. 듣기로는 북두검회가 본격적으로 부궁주에게 달라붙은 모양이네.”

“혹시… 모용 낭자에게 무슨 일이라도……?”

“아직은 모르겠네만 조만간 정확한 정보가 들어올 걸세. 낙양에 연락처 겸해서 자그마한 객잔 하나를 인수했네. 하남과 산동에서 벌어지는 일은 최대한 빠르게 전해올 걸세.”

“수고하셨습니다. 총호법께서도 잘 아시겠지만 하남에 만상문의 총타를 세우기로 한 이상, 최소한 하남에서만큼은 그 어떤 곳보다 정보에서 앞서야 합니다. 그리고 정보를 모으는 것도 중요하지만 모아놓은 정보를 분석하는 것은 더욱 중요합니다. 사람을 모아주십시오.”

"공가 놈이 바쁘게 돌아다니고 있네. 사실 도둑질을 하기 위해서는 정보의 분석이 필수라 할 수 있지. 걱정 말게. 당분간 그 일은 공가가 잘 알아서 할 거네."

휘는 만시량을 향해 고개를 숙였다.

"총호법께 일만 맡겨서 죄송합니다. 이번 일만 끝나고 나면 만상문의 일에 전력을 쏟을 생각입니다. 그때까지만 수고해 주십시오."

"큼, 그런 말 말게나. 요즘 늙은이들이 신나하고 있거든. 하릴없이 빈둥거리다 일거리가 생기니까 자기 일처럼 뛰어다니고 있다네. 감투 하나씩 씌워주니까 나이를 거꾸로 먹은 것 같은 기분인가 보네."

휘가 씁쓸한 웃음을 지으며 말이 없자 만시량이 넌지시 물었다.

"그런데… 공가 계집은 어떻게 할 것인가?"

"후우……."

그저 한숨만 나올 뿐이다. 지금 그런 이야기를 할 때가 아님을 알면서도 만시량이 물어올 때는 그만한 이유가 있어서일 것이다. 얼마나 공이연이 닦달을 했으면 그럴까 싶었다.

"다녀와서 이야기하기로 하죠. 일단은 동생을 구하고 살아서 돌아오는 것이 중요하니까요."

만시량이 멋쩍은 듯한 표정을 지으며 말했다.

"공가 놈이 하도 지랄거려서 그만, 내가 실수한 것 같구만. 그건 그렇고, 문주, 땡추야 당연히 데리고 갈 테고, 적인풍하고 당가 계집도 같이 데려가거나. 그래야 조금이나마 안심이 될 것 같군."

"알겠습니다. 그 두 분이라면 적지 않은 도움이 될 것입니다."

"그리고 삼살귀에게 삼십육위를 딸려 보내서 철혈성 근처에 근거지를 마련하도록 했네. 만일 철혈성에 일이 터지면 최우선으로 상무원 사람들을 구할 것이네."

휘가 조용히 고개를 끄덕였다. 만시량을 비롯한 전대의 고수들이 심혈을 기울여 조련하고 있는 삼살귀와 삼십육위라면 만상문의 전위 세력 중 최강이라 할 수 있었다. 비록 완벽하지는 않지만 사부님과 사모님에 대한 안전판도 마련된 셈이었다. 그렇다면 이제 망설일 이유가 없다.

"총호법님만 믿고 바로 떠나겠습니다. 놈들과의 약속 장소가 청해의 입구라 할 수 있는 탁록(擢鹿)인만큼 지금 출발할까 합니다. 아무래도 하루 이틀 먼저 도착해서 상황을 살펴봐야 할 것 같습니다."

휘가 조용히 몸을 일으키자 만시량이 굳은 표정으로 말했다.

"문주, 동생을 꼭 구하기를 바라겠네. 그리고… 조심하시게. 자네가 없으면 만상문도 없다네."

"알겠습니다. 좋은 소식 가져오겠습니다."

휘는 안내 무사와 오 인을 대동하고 물상만가를 나섰다. 그리고 정오가 되기 전, 한중 분타의 두 사람에게 연락해 합류한 후 한중을 떠나갔다. 웅경과 영호련은 적인풍과 당홍의 이름을 듣고 놀라움을 금치 못했지만, 어디 휘에게 놀란 적이 한두 번인가.

"내 형제와 같은 사람들이다. 그러니 이 사람들에 대해선 신경 끄고 살아서 돌아올 생각이나 하도록."

결국 휘의 말에 신경을 끄기로 작정하고 무사히 돌아올 생각만 하기로 했다.

그날 오후, 두 명의 손님이 물상만가를 찾아왔다.

"말 좀 묻겠소. 혹시 이곳에 조휘라는 분이 계시오?"

물품을 정리하던 매헌상은 들어선 두 사람을 살펴보고는 천천히 고개를 저었다.

"여기에 그런 분은 안 계시오만."

두 사람 중 등에 장검을 맨 청년이 허탈한 표정으로 다시 물었다.

"그럼 그런 이름을 들어본 적도 없소?"

"허! 무사 분도 참 딱하시오. 어찌 이름만 가지고 사람을 찾으려 한단 말이오?"

그 말에 평범해 보이는 삼십 초반의 백의인이 조용한 목소리로 입을 열었다.

"우리는 멀리서 왔소이다. 무당을 들러 그분 공자의 행적이 한중으로 이어진 것을 알기까지 참으로 어려운 과정을 거쳤소. 아마 당신은 생각도 못할 거요. 우리가 얼마나 많은 수모를 당하며 왔는지."

음성이 하도 절절해서 듣던 매헌상은 자신도 모르게 문주에 대한 말을 해주고 싶을 정도였다. 하지만 그리할 수는 없는 일.

"대체… 내게 하고 싶은 말이 뭐요?"

백의인이 입가에 은은한 미소를 띠고 다시 말했다.

"그런 수모를 당하고 여기에 왔을 때는 그만한 정보를 얻었기 때문이 아니겠소?"

"그, 글쎄… 그게……."

"나는 비양문의 조령위라 한다오. 그리고 이쪽은 소진용이라는 공자요. 전부터 조 공자와는 안면이 있던 분이지요. 아마 그분에 대해 알려준다 해도 결코 당신에게 누가 되지는 않을 것이오."

매헌상이 조령위의 묘한 말투에 휘말려 어쩔 줄을 몰라 하고 있을 때였다. 안쪽에서 만시량의 조용한 목소리가 들려왔다.

"헌상아, 그분들을 안으로 모시거라."

"예? 예, 장주님."

"그리고… 애들을 시켜 주위를 돌아보게 하거라."

흠칫, 매헌상의 눈이 굳어졌다. 만시량의 말이 무슨 뜻인지를 아는 까닭이었다. 남들이 엿듣지 못하게 하란 말, 또한 그것은 눈앞의 손님들이 결코 가벼운 손님이 아니란 말이기도 했다.

'그러고 보니… 이 사람들은 천도맹의 사람들! 맙소사!!'

그제야 매헌상은 만시량의 신중한 대처를 이해할 수 있었다.

무엇 때문인지는 몰라도 당금 강호를 뒤흔들고 있는 폭풍의 핵이 물상만가를 찾아온 것이다.

6

"현재 위치는?"

"납특하의 비부(秘府)에 도착했다는 연락을 받았습니다."

"놈들의 추적이 없었다고?"

"예, 삼십 리 떨어진 곳까지 쫓아왔지만 마접들의 방해 공작으로 인해 되돌아갔다 합니다."

"놈의 움직임은?"

"철혈성을 떠났다는 연락은 받았사온데, 한중에서 그만 잠깐 행적을 놓쳤다 합니다. 하지만 비탐향(秘探香)의 아이들이 한중을 뒤지고 있으니 곧 놈의 행적이 밝혀질 것입니다."

"흠, 좋아. 어차피 놈은 탁록으로 갈 것이니 감숙에서 모습을 드러낼 수밖에 없을 게야. 그리고, 신 당주."

"예, 각주."

"감숙은 잔마혈전의 주 무대인만큼, 분명 잔마혈전이 예하 세력을 움직여 따로 작전을 펼치려 할 것이다. 그럼 그냥 놔두도록."

"예?"

"후후후. 한번쯤 뜨거운 맛을 보는 것도 좋겠지."

"하오나, 그러다 잔마혈전 놈들이 진조여휘를 죽이면?"

"신 당주, 그대는 아직도 모르겠는가? 진조여휘는 혈광루주 낙위와 곡중헌을 죽인 놈이다. 잔마혈전의 마극초 따위에게 당할 놈 같으면 내가 이리 신경 쓸 필요도 없었을 것이다. 그리고 놈들이 그를 죽인다 해도 우리가 손해날 일은 없지 않느냐? 비록 공(功)이 나눠지기는 하겠지만, 대신 우리는 전력의 손실이 없으니 그 정도는 양보해도 괜찮다."

"알겠습니다. 수하들에게 공연한 마찰은 피하라 일러놓겠습니다."

"또 한 가지, 구정마원(九鼎魔院)의 늙은이들도 움직일 것이다. 한시도 눈을 떼지 말도록."

마향각 추혼당주 신교독이 경악한 표정으로 물었다.

"구정마원이 이 일에 나서기로 했단 말씀입니까?"

혁수명의 날카로워 보이는 두 눈에 차가운 한광이 번뜩였다.

"흥! 낙위가 바로 구정마원의 아홉 괴물 중 혈영마신의 제자가 아니더냐? 제아무리 냉정하고 제자에 대해 정을 주지 않는 혈영마신이라지만 보는 눈이 있으니 나서지 않을 수가 없겠지."

구정마원(九鼎魔院).

신마천궁의 원로들이 모여 있는 구정마원은 궁의 사람들에게조차 악마의 요람이라 불리는 곳이었다. 단 아홉 명으로 이루어진 최고원로들이 기거하는 한 채의 장원, 그곳이 바로 구정마원이었으며 신마천궁의 최고고수들이 모여 있는 곳이었다.

그들이 움직인다는 말은 곧 신마천궁의 진정한 힘이 움직인다는 것과 마찬가지였다. 또한 잠들었던 과거의 전설이 다시 살아나기 시작했다는 말과도 같았다.

원단을 이틀 앞둔 십이월 삼십 일, 혁수명의 예상대로 구정마원의 아홉 마인 중 혈영마신이 또 다른 원로 무음살마제와 함께 무양산을 벗어났다. 제자를 꺾은 휘를 죽이기 위해.

그것은 또 하나의 전설이 시작됨을 알리는 시발점이었다.

무양산이 까마득히 멀어질 즈음.

통통한 얼굴의 무음살마제가 혈영마신에게 물었다.

"아무리 제자라도 실력이 없으면 죽는 게 당연하다는 놈이 웬일이냐?"

"실력이 없으면 죽는 거야 당연하지. 하지만 내 무공을 펼치고도 진 것에 대해선 빚을 갚아야 하지 않겠느냐? 그런데 너는 왜 나선 것이냐?"

"우흐흐. 그놈이 어떤 놈인지 보고 싶거든. 천하의 고집쟁이 혈영마신 염가의 무공을 깨 부쉈다는 놈이 어떤 놈인지……."

"흥! 낙위는 내 무공을 칠성도 익히지 못했었다. 아직 내 무공이 깨진 것은 아니야. 그놈을 내가 죽이면 돼!"

혈영마신의 코웃음에 무음살마제의 표정이 굳어졌다.

"글쎄……. 한데… 자네라면 낙위를 삼 초 만에 죽일 수 있겠나?"

"……."

말없이 십 리를 더 달려갔다.

침묵이 흐르는 계곡을 다 빠져나올 동안 두 사람은 약속이라도 한 듯 입을 열지 않았다.

그러다 어느 순간, 쑥 신형을 뽑아 올린 혈영마신이 길옆에 있는 십 장 높이의 절벽 위에 올라섰다. 혈영마신의 느닷없는 행동에 무음살마제가 어리둥절한 눈으로 절벽 위를 올려다보았다.

그러자 혈영마신이 복잡한 표정으로 하늘을 바라보며 입을 열었다.

"이런 기분, 정말 오랜만이야. 온몸에 전율이 일고 있거든? 흐흐흐……."

"자네 설마?"

"내가 전력을 다한다면, 낙위를 삼 초에 죽일 수 있을 거다. 그건 네놈이 더 잘 알 텐데?"

"그건 그렇다만, 놈이 정말 소문대로라면 네가 위험할 수도 있어."

"그래, 그럴 수도 있겠지. 그런데 말이야… 그래서 더 가고 싶다. 한번 화끈하게 붙어보고 싶거든. 놈이 죽든 내가… 죽든!"

혈영마신이 눈을 내려 무음살마제를 바라보았다.

"크크큭! 네놈도 그래서 가는 게 아니었나?"

"응? 나? 나야 뭐……."

두 사람 다 몸은 늙었어도 천생 무인은 무인이었다.

7

"흐흥! 혁수암이 혁수명이었다니, 재미있는 일이 아니오?"

"속하도 미처 몰랐었습니다. 설마 그가 철혈성의 제자였던 자일 줄은……."

"상관없소. 하나 의외구려. 야율무궁이 철혈성을 잃었다고 미쳐 날뛸 거라고는 생각하지 않았지만, 생각 외로 조용히 풀어가다니……. 후후후후! 하긴 그 정도는 되어야 천하를 놓고 다툴 적수라 할 수 있겠지."

"이공자, 구정마원의 노괴물들까지 움직였다 합니다. 자칫하면 철혈성의 일이 너무 쉽게 풀릴 수 있습니다. 무슨 조치라도……."

이공자 신도연백은 귀명루주 노량의 말에 사이한 웃음을 지었다.

"하하하! 그 늙은이들마저 나섰다면 철혈성의 일 정도야 쉽게 풀리겠지. 그렇지 않소, 노량?"

"그야 당연히……."

"하지만, 꼭 그렇지만도 않을 수 있소."

"예?"

"혈광루주가 누구요? 그가 아무리 천귀검신 구장무와의 대결로 내력 소모가 있었다지만, 내 듣기로 삼 초를 버티지 못하고 쓰러졌다 들었소. 본 궁에서 삼 초 만에 혈광루주 낙위를 쓰러뜨릴 고수가 몇이나 될 것 같 소?"

"그, 그건 그렇지만……."

"아마 열을 넘지 않을 거요. 그 말은 적어도 일 대 일로 그를 쓰러뜨릴 사람이 본 궁에서조차 열을 넘지 않는다는 말이오. 분하지만 그게 현실 이오. 심지어 본 공자나 야율 사형이라 해도 그를 이긴다 장담하지 못한 다는 말이외다."

"설마……?"

눈이 휘둥그레진 노량을 바라보며 신도연백은 차가운 웃음을 흘렸다.

"적어도… 현재는 그렇다 이 말이다. 현재는……."

말인즉 나중은 그렇지 않을 수도 있다는 말인가?

"그러니 구정마원의 늙은이들이 나서서 그를 죽이든, 죽이지 못하든, 우리로선 손해날 일이 하나도 없단 말이외다. 알겠소? 오히려 그로 인해 사형을 따르는 세력에 흠집이 난다면 이익이랄 수도 있으니 나로선 그가 듣던 것만큼 강했으면 한다오. 후후후……. 그래야 내가 그를 이겼을 경 우 효과가 더 크지 않겠소?"

놀란 표정으로 신도연백의 말을 듣고 있던 노량은 무슨 생각이 들었는 지 커진 눈이 더욱 커졌다.

"호, 혹시?! 경하드립니다! 이공자!"

"아직은 알려져서 좋을 것이 없으니 입을 조심하셔야 할 거요. 내 루 주를 믿고 드린 말씀이니 말이오."

"어찌 감히…… 염려 놓으십시오, 주군!"

이공자라 부르던 호칭이 주군으로 바뀌자 신도연백의 입가에 떠올랐 던 차가운 웃음이 더욱 짙어져 갔다.

'그래, 이제 시작이다! 혈천교의 비전마공인 천추신혈기는 결코 본 궁 의 삼대신마공에 비해 아래가 아니다. 천추신혈기가 완성되면 천하에 본 좌의 힘을 보여주리라! 기다려도 좋다, 야율무궁! 결코 너를 실망시키지 않고 신마천궁을 나의 것으로 만들 것이다!'

"하하하하하!!"

9장

백색 벌판이 붉게 물드니······.

1

온 세상이 하얗다. 하늘도 땅도 백설에 뒤덮여 버렸다.

흩날리는 눈보라에 오십여 장 앞이 보이지 않는다. 걷는 것조차 쉽지가 않다. 길을 가는 사람들도 눈사람이 되어 마치 설인(雪人)이 움직이는 것만 같다.

그렇게 세상천지가 온통 하얗게 물들어 버린 새해 첫날, 감숙으로 통하는 진령의 고갯길을 넘어가는 사람들이 있었다. 그들은 만상문의 무사 한 명을 안내인으로 앞세우고 한중을 떠난 휘 일행이었다.

"겁나게 오는구만."

고개를 들어 하늘을 올려다보던 초평우가 질린다는 표정을 지으며 고개를 내둘렀다. 이틀간 눈 내리는 것만 보다 보니 이제는 땅도 하늘도 본래 하얀색이 아니었던가 착각이 일 지경이었다.

모두가 굳은 표정으로 주루라도 하나 보이기만을 간절히 바라고 있을 뿐이다. 하지만 그런 와중에도 사람들의 발걸음은 늦춰질 줄을 몰랐다.

'하루의 간격이 줄어들면 그만큼 기회가 많아질 것입니다.'

떠날 때 휘가 내뱉은 한마디를 이해 못할 사람은 없었던 것이다.

사람들의 얼굴에 따분한 표정이 떠오르자 앞서 가던 만상문의 무사가 초립을 올리고 입을 열었다.

"조금만 더 가면 성곤이라는 마을이 나옵니다. 제법 큰 마을이니만큼 쉬시는 데 불편함은 없을 것입니다."

모두가 희망의 표정을 지을 때다.

"그러기 전에 확인해야 할 일이 있을 것 같군요."

휘가 전방을 바라보며 한마디 했다. 그러자 초평우가 제일 먼저 반응을 보였다. 누군지는 모른다. 아니, 처리해야 할 일이 무엇인지도 모른다. 다만 휘가 있다면 있는 것이다.

도를 잡아가며 초평우가 인상을 찌푸렸다.

"놈들일까요?"

"앞을 막는다면, 그게 누구든… 나의 적입니다. 하지만 산 사람 같지는 않군요."

뒤처져서 걷던 적인풍이 흠칫 어깨를 떨었다. 그 역시 고수였기에 휘에게서 뿜어져 나오는 기세를 느낄 수가 있었다. 그것은 눈보라조차도 얼려 버릴 것 같은 극한의 기세였다.

"일단 무슨 일인지 먼저 알아보겠소이다."

성큼, 한 걸음 나선 적인풍이 빠르게 나아가자 당홍이 뒤질세라 적인풍의 뒤를 따라붙었다.

두 사람이 앞서고 일곱 사람이 뒤따른다.

눈보라 속을 뚫고 빠르게 고갯길을 내려가자, 눈 속에 사람이 묻힌 것인지, 사람 위에 눈이 쌓인 것인지 모를 광경이 펼쳐져 있다.

시신들이었다. 그들의 몸에서 흐른 붉은 피로 인하여 군데군데 눈이 녹아내린 곳도 있다.

적인풍이 다가가 눈을 치우자 온갖 형상으로 죽어 있는 무사들이 보였다.

목이 잘린 자, 사지가 잘린 자. 배가 갈라져 내장이 흘러나온 자. 총 열한 명의 무사들이 처참하게 죽어 있다. 죽은 무사들의 팔목 쪽을 바라보던 적인풍이 눈살을 찌푸렸다.

"청심장(青心莊)?"

적인풍의 말에 당홍이 눈을 빛내며 물었다.

"청심장이라구요? 천수의 청심장을 말하는 것인가요?"

"음, 소매를 봐라."

시신의 소매를 바라보던 당홍이 고개를 끄덕였다. 소맷자락에는 청심(青心)이라는 글귀가 선명하게 새겨져 있었다.

뒤쫓아 온 휘도 적인풍의 말을 듣고 시신들의 소맷자락을 바라보았다.

"왜 이들이 여기에 죽어 있는 것일까요?"

"글쎄 말입니다. 천수는 여기에서도 족히 삼백여 리는 떨어져 있는 곳이거늘 이런 날씨에……."

"아미타불, 참으로 잔인한 손속이로고……. 관세음보살."

영등이 다가와 시신들을 살피다 말고 고개를 흔들며 염불을 외우자 적인풍이 고개를 끄덕였다.

"철저하게 살수를 썼소. 우연히 싸움이 나서 죽인 것이 아니란 말이외다."

"청심장이라면 감숙에서 다섯 손가락에 들어간다 할 수 있는 대문파가 아닙니까? 비록 중원의 대문파에 비하면 한 수 처진다 할 수 있지만 그렇다고 호락호락한 곳이 아닙니다. 감숙에서 청심장의 무사들을 이렇게 잔인하게 죽일 만한 곳이 어디라 생각하십니까?"

"형님의 말씀은 혹시?"

초평우가 의문을 품고 되묻자 휘는 가라앉은 눈으로 차갑게 말을 이었다.

"우리가 가는 길목에 청심장 무사들의 시신이 널린 것이 우연일 수도 있겠지만, 만일의 경우 우연이 아니라면……."

적인풍과 당홍이 동시에 휘를 바라보았다. 그러자 휘가 나직한 목소리로 말했다.

"또 다른 바람이 불지도 모르겠군요. 득이 될지 해가 될지, 그것이 문제일 뿐."

그냥 갈 수 없어 얼어붙은 땅을 파헤치고 시신을 묻어줬다.

휘 일행이 시신을 묻고 살겁의 현장을 떠난 지 반 시진가량이 되었을 때였다. 몇 사람이 질풍 같은 속도로 현장에 나타났다. 그들은 빠르게 주위를 살펴보고는 시신을 묻어둔 곳을 파헤쳤다.

"여기에 있습니다! 삼장주님!"

"속히 파봐라!!"

잠시 후.

"본 장의 무사들이 맞습니다. 그리고… 소장주님의 시신도 있습니다."

삼장주라 불린 흑염의 중년인이 눈을 부릅떴다.

무사들이 끄집어낸 시신은 한 팔이 잘린 채 가슴이 횅하니 뚫려 있었다. 이제 스물이나 되었을까, 곱게 자란 듯한 젊은이의 눈은 새파랗게 겁에 질려 있었다. 시신을 바라보던 중년인이 떨리는 손을 내밀어 시신의 홉떠진 눈을 감겨주었다.

지부를 방문하고 돌아오던 중 적혈단으로 보이는 자들을 쫓고 있다는 서신 한 장만 달랑 보내놓고 사라진 사람들이었다. 한데 그들이 모두 시신으로 발견되었다. 그리고 그중에는 무사들을 이끌고 순찰을 나섰던 의형의 아들조차 끼어 있다.

"찾아라! 어디에고 흔적이 있을 것이다. 무엇이든지 찾아라! 어서!!"

으르렁거리는 중년인의 독촉에 무사들이 사방을 훑기 시작했다. 그리고 반 각도 되지 않아서 여기저기서 무언가를 찾은 목소리들이 터져 나왔다.

"제법 많은 발자국이 있습니다."

"서쪽으로 이어져 있습니다!"

"떠난 지 이각에서 반 시진 정도 되어 보입니다!"

중년인이 새파란 살기를 흘리며 이를 갈았다.

"쌍호만 남고 모두 놈들의 뒤를 쫓아라! 흔적이 사라지기 전에, 어서!"

열 명의 무사들이 말없이 고개를 숙이고는 즉시 서쪽으로 신형을 날렸다. 한 걸음에 이삼 장씩 미끄러져 가는 그들의 뒷모습을 바라보며 중년인은 이를 악물었다.

움켜쥔 주먹을 덮은 소맷자락이 파르르 떨린다. 대체 어떤 놈들이기에 겁도 없이 조카인 정아를 죽였단 말인가.

한바탕 파란이 일 것이다. 거센 피바람이 불 것이다.

사람들이 의형에 대해서 잘 알지 못하는 것이 있다. 강호에 잘 나서지를 않으니 어쩌면 당연한 일일지도 모른다. 하지만 의형제들인 청심삼우만은 대형인 청심대협 군장청에 대해서 잘 알고 있다. 너무나도 정확히.

그리고 이번 일로 다른 사람들도 알게 될 것이다. 청심장을 건드린 대가가 어떤 것인지를! 청심대협 군장청이 어떤 사람인지를!

흑염의 중년인, 청심삼우 중 셋째인 흑염비객 예후상은 옆을 돌아보지도 않고 입을 열었다.

"쌍호! 너희 둘은 소장주의 시신을 즉시 본 장으로 옮기고, 대장주께 모든 사실을 보고하라. 나는 놈들의 뒤를 쫓겠다!"

"존명!"

2

얼어붙은 강물 위로 눈이 쌓이자 강은 백 장 넓이의 하얀 벌판이 되어 버렸다. 수년 만에 찾아온 추위와 십수 년 만에 내린 폭설이 만든 한 폭의 그림과 같은 풍경이었다.

그 하얀 벌판 너머로 수백 호의 집이 옹기종기 모여 있는 제법 큰 마을이 보였다. 안내를 맡은 무사가 손을 들어 마을 쪽을 가리켰다.

"저 마을이 성곤입니다. 저곳에 임시로 연락소를 만들어두었습니다. 급한 연락이 있으시다면 저곳에서 보내시면 될 것입니다."

강물이 흐를 때는 당연히 배를 타고 건너야 하는 곳이었지만, 한겨울에 얼어붙은 강물은 그 자체로 길이었다.

휘 일행이 미끄러지듯 눈 덮인 하얀 강상(江上)을 반쯤 지났을 때였다. 건너편의 둔덕 쪽에서 무언가가 꿈틀거렸다.

사람들, 그것도 족히 이십 명은 되어 보이는 적의를 입은 무사들이었다.

그들을 발견한 영호련이 힐끔 휘를 바라보았다. 눈앞에 나타난 적일지 모르는 사람들보다 휘의 반응이 더 궁금하다는 눈빛으로.

휘가 웃고 있다는 느낌이 들었다. 흩날리던 눈발이 진저리를 치며 비켜갈 정도로 차가운 웃음이 그의 눈 깊은 곳에서 흐르고 있다.

영호련은 자신도 모르게 어깨를 떨었다.

'도대체 저 남자의 가슴속에는 무엇이 들어 있을까?'

얼마나 큰 분노를 느껴야 저 정도의 차가운 웃음을 가슴속에 품을 수 있을까.

영호련은 한없이 오만하고 끝 모르게 강하게만 느껴졌던 휘가 어쩌면 누구보다 더 뜨거운 가슴을 지니고 있을지 모른다는 생각이 들었다.

'강해져라! 강해져야만 살아남을 수 있을 것이다.'

철혈관에 찾아와 자신들을 다그칠 때마다 섭섭한 적이 한두 번이 아니었거늘, 어쩌면 그러한 말에 담긴 뜻도 수하들을 위한 그의 진심이 담긴 말이었을지도……

잠시 생각에 잠긴 사이 둔덕과의 거리가 이십여 장으로 가까워졌다.

둔덕 위의 무사들이 확연히 눈에 들어온다. 하나같이 적의(赤衣)에 무심한 표정, 그들에게서 흘러나오는 기세에 바람도 잦아들고 있다. 능히 자신의 기세를 갈무리할 수 있을 정도의 고수들이다.

'일반 무사로 보이는 자들이 저런 고수라니, 도대체 신마천궁에는 얼마나 많은 고수가 있는 것일까?'

답답함과 긴장감이 범벅이 되어 영호련은 손에 땀이 배는 것도 잊어버렸다. 마침 그녀의 상태를 눈치챈 풍인강이 전음을 보내 그녀의 정신을 일깨웠다.

"정신 차리시오! 적들이 코앞이오!"

흠칫, 영호련은 어깨를 가볍게 털어내며 풍인강을 바라보았다. 풍인강이 가볍게 고개를 끄덕인다. 영호련도 입가에 가느다란 웃음을 띠고 슬쩍 고개를 마주 끄덕였다.

그사이 휘가 주욱 미끄러지며 한 걸음 내디뎠다.

"막으면 죽는다!!"

일갈이 설원을 울린다.

초평우와 당홍이 오른쪽을 맡고 풍인강과 적인풍이 왼쪽을 맡았다. 뒤처진 웅경과 영호련이 휘의 뒤를 따라가자 날개를 펼치듯 자연스럽게 진영이 갖추어졌다.

안내 무사와 함께 맨 뒤로 처진 영등의 염불을 외우는 모습이 어딘지 괴이스럽게 보이기까지 한다.

거리가 십 장으로 줄어들자 무기를 빼어 든 적의인들이 둔덕 위에서 신형을 날려온다.

서로 간에 아무런 말도 없다. 평생 처음 보는 사람들인데도 마치 서로를 아는 듯 망설임조차 없다.

어찌 보면 자연스런 반응이었다. 상대는 이쪽이 누군지를 알고 공격하고, 이쪽은 상대가 죽으려 하니 같이 검을 들이대는 것이다.

하얗게 내리는 눈과 함께 허공에서 떨어져 내리는 사람들, 난무하는 검기, 도기에 대기가 찢어지고, 함박눈이 부서져 안개처럼 흩날린다.

스윽, 바람을 타고 휘의 신형이 허공으로 솟구쳤다. 찰나간에 칠 장 높이에 이른 휘의 신형이 흩어지는 눈발 사이로 모습을 감추었다.

"헛!"

처음으로 누군가의 입에서 헛바람 빠지는 소리가 새어 나왔다. 그것이 시작이었다.

파앗!

연붉은 만양의 무지개가 회색빛 하늘에 다섯 갈래로 걸쳐졌다.

유성낙화우!

떨어지는 함박눈 사이로 붉은 꽃잎이 나풀거린다. 동시에 허공에 안개처럼 뿜어지는 붉은 선혈, 내리던 눈이 핏빛으로 물들었다.

촤라라락. 유성난산분!

"크억!"

"후욱!"

뭐가 뭔지도 모를 한순간, 허공에 떠올랐던 신형 중 다섯이 피안개를 뿜으며 곤두박질을 친다.

뒤따라 신형을 날린 적인풍의 수류도가 한 무사의 목을 스쳐 지나가고, 당홍의 차갑기 그지없는 일검이 상대의 무표정한 얼굴 이마 한가운데에 한 점 혈화를 그려 넣었다.

일순간 강상에 내려선 적의인들의 눈이 거세게 흔들렸다.

어찌해 볼 사이도 없이 일곱 명이 쓰러졌다. 상상조차 해보지 않았던 일이다. 지금 무슨 일이 벌어졌는지조차 이해가 되지 않는다.

적의인들이 동료의 어이없는 죽음에 잠시 멈칫할 때였다.

"타아앗!!"

"이야아압! 다 뎀벼!!"

그들을 향해 초평우와 풍인강이 쇄도했다. 웅경과 영호련도 굳은 눈빛으로 그들에게 달려들었다.

초평우의 대도가 광풍처럼 휘둘러지고, 풍인강의 진천검이 벼락처럼 내리 꽂힌다.

쿠르르릉! 번쩍!!

웅경의 웅혼한 권력이 상대의 검을 비틀어 버리자 영호련의 협봉검이 그 사이를 비집고 상대의 가슴을 헤집는다. 철혈관에서 수없이 행해진 훈련이 실전에서 빛을 발하는 순간이었다.

'훈련이라 생각 마라! 그러한 생각 한 번에 목숨이 달아난다!'

지독하다 생각했었다. 극한까지 내몰릴 때는 다 때려치우고 싶은 생각이 들 정도였다.

특별한 무공을 배우는 것도 아니고, 질리도록 반복되고 쓰러질 때까지 가상의 적을 향해 무기를 휘둘러야 하는 훈련이 무슨 도움이 될까 생각했었다. 그런데 이제는 그러한 훈련이 자신들의 목숨을 구하고 있다.

영호련은 새삼 자신의 무공에 자신이 생겼다.

상대의 뾰족한 첨검이 목을 쑤셔오면 자신도 모르게 몸이 돌아간다. 손은 따로 움직이는 생명체인 양 검을 들어 적의 검격 사이를 비집고 들어간다.

스쳐 가는 상대의 검은 몸을 뒤집어 흘려버리고, 뒤집힌 그 상태 그대로 눈에 보이는 상대의 인후에 검을 찌른다.

생각을 하고 의지로 움직이는 것이 아니다. 감각이 의지를 넘어서 버렸다. 그것만으로도 자신의 무공이 결코 예전에 비할 바가 아니라는 것을 절실히 느낄 수 있었다.

그러고 보니 적들이 생각보다 그리 강하지 않다는 생각마저 든다. 자신마저 이럴진대 다른 사람은 어떨까.

초평우가 대도를 폭풍처럼 휘둘러 적의 검을 휘어 감고 뒤이은 일도에 적의 허리를 베어내는 모습이 보인다.

풍인강도 웅경도 쉴 새 없이 적을 몰아치고 있다.

'우리들은 우리도 모르는 사이, 전에 비할 수 없이 강해졌다!'

손에 쥔 검이 가볍게 느껴진다. 검로의 변화가 상황에 따라 자연스럽게 흘러간다. 그렇다! 자신은 강해졌다. 철혈관에 들기 전보다 훨씬 더.

하얀 벌판이 삽시간에 붉은 수수밭으로 변해 버렸다.

점점이 떨어진 선혈들이 눈을 녹이고 스며든다.

휘둘러진 검에서 뿜어진 검기에 강상의 얼음이 길게 갈라진다.

쩌저저적!

"조심해! 얼음이 갈라진다!"

적의인들 중 수뇌로 보이는 장한이 경호성을 발하며 뒤로 물러서자, 휘가 그의 머리 위를 바람처럼 타 넘었다.

유령이 눈발 사이를 휘젓는 것만 같다. 파란 바람이 소리없이 적의인 사이를 빠져나간다.

"크윽! 컥!"

스스슥!

일말의 자비도 남아 있지 않은 검격에 적의인들의 온몸에서 피분수가 뿜어진다.

검으로 막으면 검과 함께 베어지고, 도로 막으면 도와 함께 베어진다.

쩌저정! 콰광!

광풍폭우가 몰아치듯 휩쓸고 지나간 자리에는 부서진 파편만이 남았다. 도검의 파편은 물론이고 인간의 파편까지.

휘 일행이 둔덕 위로 올라섰을 때, 그들의 뒤쪽 강상(江上)에 남겨진 것은 붉은 피냄새뿐이었다.

죽은 자는 물론이고, 잘려진 팔다리를 부여잡고 신음하는 적의인들의 몸 위로 함박눈은 여전히 쌓이고 있다.

피 섞인 붉은 눈이 흘러 하얗던 벌판을 붉게 물들였다.

갈라진 얼음 사이로 강물이 스며 올라오자, 조각난 얼음들이 시신의 무게를 이기지 못하고 뒤집힌다. 그리고… 모든 것이 하얀 벌판 밑으로 사라졌다.

누구도 뒤돌아보고 싶지 않은 광경에 굳은 눈빛들이 가늘게 떨리고 있다.

"나무아미타불……."

영등의 힘없는 염불 소리가 바람을 타고 강가에 울려 퍼질 때쯤에는, 그나마 깨지지 않은 얼음 위에 있던 부상자들의 신음 소리조차 잦아들었다.

하지만 모두가 마음은 무거울지 몰라도 자신들이 벌인 일에 큰 죄책감을 가지지는 않았다.

강호란 언제나 그렇다는 것을 알기 때문이다.

죽이지 않으면 죽는다. 생사를 가름하는 전쟁에서의 자비는 상대를 고통없이 빠르게 죽여주는 것뿐.

"간단하게라도 상처를 치료하고 출발합시다."

휘의 나직한 목소리에 사람들은 그제야 자신들의 몸을 돌아보았다. 워낙 정신없이 몰아치는 바람에 상처의 고통을 느낄 새도 없었다. 하지만 돌아보니 몇 사람의 몸에는 작지 않은 상처가 있다.

심지어 적인풍조차 왼쪽 어깨에서 피가 흐르고 있다. 오히려 무공이 가장 뒤처진다 할 수 있는 영등만이 옷만 몇 군데 찢어졌을 뿐 피륙의 상처는 보이지 않는다.

영등의 철갑이나 다름없는 외공에 초평우가 혀를 내둘렀다.

"거참, 나도 언제 저런 외공이나 하나 주워서 익혀야지 원."

염불을 외던 영등이 눈을 반짝이며 고개를 끄덕였다.

"좋은 생각이오, 초 시주. 생각이 있으면 내가 가르쳐 줄 수도 있소만."

대충 상처를 싸맨 당홍이 지나가듯이 말했다.

"저런 외공은 죽도록 얻어맞고 고생해야 얻는다는데…… 늑대, 내가 도와줄까?"

슬그머니 일어선 풍인강도 한마디 했다.

"그래도 대형에게 맞으면 아무 소용이 없지요, 아마?"

그리고 다시 걸음을 옮기기 시작하자 영호련이 남이야 듣든 말든 한마디를 보탰다.

"나는 저렇게 단단한 몸을 한 남자는 별로던데… 당 언니는 어때요?"

당홍이 일어서다 말고 멈칫, 뒤돌아봤다.

"찔러도 피가 안 나오는 남자는 나도 싫어."

휘이이잉!!

강바람이 눈보라를 몰고 사납게 불어온다.

"출발합시다."

휘의 말이 떨어지자, 한바탕 허튼소리로 상념을 몰아낸 일행은 다시 발걸음을 재촉했다.

회색 눈구름이 가득한 서쪽을 향해서.

미지의 세계에서 떨고 있을지 모를 연연이를 구하기 위해서.

'연연아! 조금만 기다리거라! 내가 간다!!'

『진조여휘』 6권에서…